위험한 사내연애

VOL. 2

위험한 사내연애 VOL. 2

초판 1쇄 발행 2020년 12월 24일

지은이 | 서경

발행인 | 김성룡
기획, 편집 | (주)스마트빅(쉼표)
교정 | 홍성희
표지디자인 | 우물
출판등록 | 제2014-000017호 (2011년 6월 30일)

펴낸곳 | 도서출판 가연
주 소 | 서울시마포구 월드컵북로 4길 77, 3층 (동교동 ANT빌딩)
전 화 | 02-858-2217
팩 스 | 02-858-2219
ISBN | 978-89-6897-084-9 03810

위험한 사내연애

VOL.2

서경 장편소설

차 례

10장. 오해

혜진에게서 오랜만에 연락이 왔다. 잠깐 시간 되냐는 연락에 지수는 퇴근하고 보자고 하였다. 퇴근하고 나오던 길. 회사 건물 앞에는 혜진의 외제 차가 큰 음악 소리와 함께 정차하고 있었다.

"김지수! 여기야!"

혜진이 창문을 내리고 그녀에게 손을 흔들었다. 내 친구지만 부끄러워. 지수는 손으로 얼굴을 가리며 빠른 걸음으로 걸어 차에 탔다.

"여기 회사 앞이거든!"

"이야. 김지수. 잘 지냈어? 이 언니가 너 보고 싶어서 여기까지 온 거 아니냐. 뒤에 봐 봐."

"뭐?"

뒤를 돈 지수는 눈이 커졌다. 거기엔 어디 백화점에서 싹 쓸어 온 것처럼 갖가지 명품 종이 백이 진열되어 있었다.

"일단 우리 집으로 가자. 가서 얘기해."

"그래. 얼른 벗어나 줘. 최대한 빨리."

아는 사람이 보기 전에.

그녀는 창문 틈으로 사내 직원 혹은 아는 얼굴이 있는지 살폈다. 옆 건물에 있는 지훈이 갑자기 나와서 마주치면, 깜짝 놀랄지도 모른다. 걘 누나 친구하면 지유만 떠올리는 녀석이라 말이다.

창문으로 밖을 보는데, 예기치 못한 인물과 눈이 마주쳤다. 채영후 팀장. 눈이 마주치자 그가 손을 흔들었고, 지수는 고개 숙여 깍듯하게 인사했다. 분명 현우의 귀에 들어갈 것 같은데.

차는 시내를 빠져나갔다. 혜진의 차 안은 꼭 이 세상이 아닌 것 같았다. 스피커에서 나오는 노래는 꼭 여기가 클럽 한가운데 같았고, 차선 변경과 속도는 오직 혜진 멋대로였다. 차가 막히는 시간에도 그녀의 차를 본 다른 차들이 자연스레 비켜 주니, 그녀는 막힘없이 빠져나갔다. 혜진이 차고에 차를 넣자, 아주머니 몇 분이 내려와 그녀의 짐을 들어 주었다.

"아주머니, 엄마는?"

"사모님께선 반신욕 중이십니다."

"알겠어. 내 방으로 가져다줘요. 아. 지수야. 오렌지 주스? 커피?"

"어, 나는 그냥 아무거나."

"과일이랑 커피도 부탁해요."

그녀는 차 키를 넘긴 후 집 안으로 들어갔고, 지수도 혜진을 따라 들어갔다. 대학생 시절 혜진의 집에 처음 왔을 때 그녀는 입을 떡하니 벌리며 그 자리에서 움직이지 못했다. 같은 하늘 아래 다른 세상이었다. 지금 다시 와도 역시 적응이 되지 않는다.

사시사철 사모님의 취향대로 인테리어가 바뀌었다. 그때마다 혜진의 방으로 가는 길에는 예술 작품이 매번 변했다. 여기가 미술관인지 사람 집인지 헷갈렸고, 때로는 여기가 수목원인지 집인지 헷갈릴 때도 있었다. 혜진의 방은 그녀가 사는 블루 아파트 모든 방을 합친 것과 같은 크기였다. 혜진은 방에 들어오자마자 침대에 풀썩 누웠다.

"살 것 같다. 하아……."

"요새 바빴어? 문자 보내도 답도 없고. 신부 수업은 잘 받고 있어?"

"어. 나 엄청 바빴어. 시집가려면 공부해야 된다고 갑자기 날 영국으로 보내지 뭐야. 몇 달 동안 아주 아침부터 밤까지 신물 나게 외국인하고 대화했다고. 죽을 맛이야. 남편하고 대화를 하려면 경제 공부도 해야 한다면서…… 나 코스피 코스닥을 거기서 알았잖아."

혜진이 공부와는 담을 쌓고 살았지. 그녀의 집에서도 공부를 하라는 압박을 주진 않았다. 넘치는 돈과 부족하지 않을 자유를 주었다. 그건 그녀가 마음껏 노는 대신 경영 구도에서는 빼겠다는 의도이기도 했다. 그런데 갑자기……? 도대체 어떤 남자와 결혼을 준비하길래.

"몇 달 동안 내 남자 코빼기도 못 봤네."

"연애도 안 하고 그렇게 결혼하면 이상하지 않아?"

"다들 그렇게 하는걸. 부모님께서 골라 준 사람 중에 그나마 내 취향 있을 때 가야지."

"사랑하는 사람하고 하면 안 돼?"

"사랑? 그런 게 어디 있어."

혜진은 세상 재미난 이야기를 들은 사람처럼 데구루루 구르며 웃었다.

"웃지 마. 나는 있다고 생각한단 말이야."

"알겠어. 알겠어. 없다는 게 아니고, 있어도 우리 세계에선 그게 버려야 하는 제1순위거든. 가진 것 중에 포기하라고 하면 제일 먼저 포기할 수 있는 거?"

혜진이 사는 세계엔 현우도 속해 있을 것이다. 어쩌면 현우가 사는 세계가 훨씬 더 클 수도 있다. 그들이 사는 곳에선 제일 쓸모없는 취급을 받는 게 사랑이고, 주요한 순간에 가장 먼저 버려야 할 것도 사랑이라니. 어쩐지 씁쓸해진다. 그때, 혜진의 방문이 열렸다.

"아주머니, 그거 다 이쪽으로 갖다 주세요."

침대에서 몸을 일으켜 앉은 혜진이 아주머니께 지시를 하였고, 두 분이 양손에 가득 쇼핑백을 들고 침대 앞으로 왔다. 나머지 한 분은 쟁반에 과일과 커피 두 잔을 들고 들어와 티 타임을 위한 간이 테이블에 두고 나갔다.

"자, 내가 몇 달 동안 유럽을 쏘다니면서 산 것들인데. 우리 지수도 몇 개 골라 봐!"

"선물로 받기에 너무 과분한데?"

"골라, 얼른! 기회가 아무 때나 오는 게 아니다 이거야."

혜진은 침대에서 내려와 쇼핑백을 헤치며 그녀와 어울릴 만한 것 몇 개를 꺼내서 침대 위에 두었다.

"회사에도 두루 들고 다니려면 역시 이게 낫겠어. 한번 메어 봐."

"어, 응."

지수는 혜진이 골라 준 핸드백을 멨다. 쇼핑백에 있던 것 중 가장 무난한 디자인과 어느 옷에도 어울릴 만한 남색이었다.

"딱 네 거네. 그거 해. 참, 지수야. 내가 부탁이 있는데."

"부탁? 어쩐지 이 가방이 나 지금 되게 무거워지려고 해."

도통 부탁을 한 적이 없는 친구인데. 그녀에게 돈을 빌릴 리는 없고.

"별거 아니야. 곤란할 만한 것도 아니고."

"뭔데?"

별거 아닌데 왜 뜸을 들이지? 지수는 짐작 가는 게 없어서 혜진이 답을 할 때까지 기다렸다.

"너희 회사에서 네가 TF 팀이랬지?"

"응."

"거기 팀장 있잖아……."

"채영후 팀장님?"

"어. 응. 나랑 자리 한 번만 마련해 줄 수 있어?"

아……. 몇 달 동안 못 봤던 내 남자가 채영후 팀장? 듣기로 영후도 재벌가 자제라고 했었다. 다만 진골이 아닌 육두품 정도 된다고 본인이 우스갯소리를 했지만, 재벌인 건 팩트였다.

"말은 해 볼게."

"응. 꼭 좀 부탁해."

"으응. 나도 친하진 않아. 팀장님이라 어렵기도 하고. 말도 못 꺼 낼지 몰라. 근데 노력은 해 볼게."

"그래. 아…… 클럽 가고 싶다."

혜진은 침대에 대자로 누워서 천장을 보며 발을 동동 굴렀다. 해 외에 있는 동안 수험생보다 더 열심히 공부를 해서 온몸의 피가 들끓고 있다며 나중에는 침대 위를 데굴데굴 굴렀다. 상대 집안 이 그녀를 주시하고 있어서 어디도 갈 수 없고, 당분간 정말 조신 하게 살아야 해서 너무 아쉽다고 하였다.

"내가 이제야 네 맘을 알겠더라. 조신하게 사는 게 이렇게 어려 운지 몰랐어."

"사람은 적응의 동물이야. 적응돼."

"어휴. 답답해."

지수는 혜진을 보며 피식 웃었다. 나는 재벌이 아닌데 왜, 남들 눈 신경 쓰며 조신하게 살아야 하는가. 그런 회의가 왔다.

더 놀자는 혜진을 두고 지수는 그녀의 집을 나왔다. 내일 출근 을 해야 하기도 했고, 현우에게서 집에 가고 있다는 문자도 받았 다. 혹시 지금 출발하면 얼굴이라도 볼까 싶어서 그녀는 얼른 택 시를 잡아탔다.

현우는 뒷좌석에 머리를 기대고 눈을 감고 있었다. 눈 주위가 화끈거려서 머리 위로 열이 오르는 것 같다.

"얼음 좀 드릴까요?"

"아뇨. 괜찮습니다."

기사가 그에게 묻자, 현우는 사양했다.

"집 다 와 가네요. 집에 가서 약 먹겠습니다."

"네, 대표님."

차는 그의 집 앞에 와서 섰다. 현우는 기사에게 인사를 하고 차에서 내렸다. 역시 블루 아파트가 좋군. 여기저기 불이 켜져 있고, 그가 지나갈 때 주민들이 안부 인사를 해 주니 기분이 상쾌해졌다.

"803호 총각! 아이고, 총각 맞네. 나 왜 요 밑에 과일집 주인."

"아…… 안녕하십니까."

"그때 내가 계산을 잘못해서 2,800원을 더 받았더라고! 다음에 지나가다가 들려요. 지금 집에 가는 길이라 현금이 없네. 경비 아저씨한테 좀 전해 달라고 했는데, 통 집에 안 온다고 하더라고."

"안 주셔도 됩니다."

"어허. 불편해서 안 돼. 아니면 와서 2,800원어치 채소라도 좀 가져가든가."

회사에서는 몇 천을, 몇 억을 눈 가리고 꿀꺽하는 사람들도 있는데, 과일집 아주머니는 무척 청렴하셨다. 현우는 다음에 가겠다고 인사를 한 후 엘리베이터를 타고 8층으로 갔다. 엘리베이터 문이 열린 순간, 비상구 문이 딸깍하며 열렸다. 어디서 튀어나온 건지, 지수가 그의 앞에 섰다.

"현우 씨!"

"지수?"

"얼굴 보고 올라가려고 기다렸어요."

"5321."

"네?"

"우리 집 비밀번호."

"……."

"다음엔 집에서 서프라이즈 해 줘. 너무 좋다."

그는 품 안에 그녀를 와락 안았다.

피곤한 그에게 그녀는 산소 같았다. 착 하고 안긴 작은 몸집이 포근해서 마음의 안정이 찾아왔다.

"현우 씨 눈 충혈된 거 같아요."

"그래?"

"네."

"퇴근할 때 외제 차 끌고 온 놈은 누구야?"

"놈 아니고, 여자 사람이에요."

"영후가 남자라던데?"

"채 팀장님은 진짜 내 편 아니야."

그녀는 입을 쭉 내밀고 툴툴거렸다. 그걸 또 고새 현우한테 가서 말하냐.

"외제 차에 명품 백이라……."

"이게 이상해 보일지도 모르는데, 진짜 여자예요. 내 친구. 친구라고요."

"누구? 지유 씨?"

"아뇨……. 대학 동기예요."

절대 남자는 아닌데. 근데 외제 차를 타고 간 것과 지금 손에 들고 있는 명품 쇼핑백을 보면 오해를 할 수도 있을 것 같았다. 그녀는 발끝을 세워 점프하듯이 그의 입술을 훔쳤다. 그가 상체를 낮춰 주지 않으니 키 차이가 많이 났다.

"야식 먹고 갈래?"

현우의 질문에 그녀는 고개를 주억거렸다. 그와 함께하는 야식이라면 거부하고 싶지 않았다. 지수는 현우를 보고 있느라 1층에서부터 위로 점점 올라오는 엘리베이터를 등지고 서 있었다. 점점 숫자가 올라가다가 8에 멈춘 것을 두 사람은 알지 못했다.

"누나?"

때마침 퇴근을 하고 집에 가던 지훈이 엘리베이터 문이 닫히지 않게 열림 버튼을 누르고 섰다. 지수는 화들짝 놀라며 뒤를 돌았다.

"네, 네가 왜 거기 서 있어?"

"그러는 누나는? 여기 8층인데?"

"아아…… 잠깐 회사 얘기 좀 하느라고."

"명품 백 들고?"

누가 봐도 선물 받은 게 확실한 명품 종이 백이 지훈의 눈에도 보였던 모양이다. 지수는 아니라며 손사래를 쳤다.

"이거 친구가 준 거야. 친구."

"안 타?"

"지유. 신혼여행 다녀오면서."

"안 물어봤거든."

지훈의 시선이 묘했다. 평소엔 선배, 선배 하면서 현우에게 애교를 부리던 그가 고개만 숙여 싸늘하게 인사할 뿐이었다. 이 쇼핑백은 진짜 아닌데.

"후배."

"네, 선배님."

"야식 먹고 갈래?"

"……."

현우가 지훈에게 야식을 제안했다. 그녀는 현우를 보고 눈가 주위에 힘을 주며 눈썹을 찌푸렸다. 괜히 그랬다가 오히려 더 의심을 산다고! 지금 지훈은 분명 그와 자신의 관계를 눈치챘을 것이다. 원래도 의심하고 있던 앤데.

"맥캘란……."

그때까지 꿈쩍 않던 지훈이 귀를 쫑긋 세웠다.

"1926년산이라고. 세계에 몇 개 남지 않은 술이지."

"선배님, 들어가시죠."

지훈은 언제 그랬냐는 듯 방긋방긋 웃으며 현우 앞에 섰다. 그리고 먼저 앞을 지나쳐 집 쪽으로 인도했다. 지수는 제 동생이지만 못 산다며 고개를 좌우로 저었다.

"선배님, 그거 경매 때 낙찰받으신 거예요?"

"선물 받았어."

"와……. 세상에. 그게 억대로 낙찰됐다는 그 술이죠?"

"응."

옆에서 듣고 있던 지수도 놀라서 입을 떡 하니 벌렸다. 억대면 소주를 몇 병을 마실 수 있는 거야? 술에 금가루를 뿌렸나.

"양주 좋아하면 좀 가져갈래?"

"선배님은 안 드세요? 저야 감사한데……."

이미 눈빛이 바뀐 지훈은 현우를 맹신하는 사람처럼 졸졸 그를 따라 집으로 들어갔다. 지수도 얼떨결에 안으로 들어갔다. 지훈이 그의 술 창고에 있는 술을 구경할 동안, 지수는 야식을 골랐다. 배달 앱으로 먹고 싶은 걸 주문한 다음 소파에 앉아서 두 사람을 보았다.

"그럼 이거 말고도 더 있는 거예요?"

"응. 선물 받는 건 일단 넣어 두니까."

"와……."

현우는 술에 대해 설명하고 지훈은 그걸 들으며 감탄하고 있었다. 그걸 보는 지수는 저 두 남자가 왜 저럴까 싶었다. 술은 그냥 술이지. 부모님께선 술을 즐기시는 편이 아니고, 특히 아버지의 경우엔 어디 가서도 소박하게 소주와 막걸리를 드신다. 그런 부모님 밑에서 태어났는데도 지훈은 온갖 양주들에 대해 은근히 해박하였다. 그녀는 들어도 잘 모르겠는데, 지훈은 현우의 말을 다 알아듣고 있었다.

"맞다, 누나 선봐?"

"어?"

서윤이 소개팅할 생각 없냐고 물어보긴 했는데, 그걸 지훈이 들었을 리는 없다. 얘가 자신의 가방 어딘가에 도청 장치를 두고 있지 않는 한.

"아침에 엄마한테 못 들었어?"

"응. 전혀."

16

"나한테 사진까지 보여 주시던데. 누나 스타일인지 아닌지 좀 봐 달라고. 직업은 교사. 우리 부모님은 무조건 사위는 공무원이 좋다잖아. 미래의 매형도 교사, 내 미래 부인도 교사……. 아예 그렇게 생각하고 계시더라고."

그 얘기를 왜 지금 여기서 하냐고! 지수는 현우의 표정이 점점 굳는 걸 보며 생판 처음 듣는 이야기라는 듯 희미하게 웃었다.

"나는 못 들었어. 아무 얘기 없으시던데."

"누나가 싫다고 할까 봐 뜸 들이시나 보다."

어느 정도 술을 구경한 지훈은 식탁 의자에 앉았다. 테이블을 두고 지훈과 지수가 앉고, 마주 보는 앞자리에 현우가 앉았다.

"후배 부모님께서는 공무원을 좋아하시나 봐?"

"네. 두 분 다 교사시고, 할아버지도 시골에서 교장 선생님이셨거든요. 저희 외가도 친가도 공무원이 많아요. 저랑 누나만 저희 집안에서 이단아예요."

"이단아?"

"네. 누나도 기억나지? 우리 명절 때마다 교사가 싫으면 공무원 준비하라고 귀에 못 박히도록 들었거든요. 누나랑 저만 교직 이수 안 되는 과를 가서 문제아 취급받았어요."

지수도 공감한다는 듯 고개를 끄덕였다. 사촌들도 지금은 모두 현직 교사이거나 9급 공무원으로 여기저기 포진되어 있었다. 지훈도 지수도 나름 대학교에서 성석이 좋고 장학금도 받았지만, 매번 명절 때마다 문제아 취급을 당했다. 부모 망신을 시킨다나 뭐라나.

딩동.

"야식 왔다!"

지수가 카드를 들고 일어나려 했다. 그러자 지훈이 그녀의 손목을 잡고 놔주지 않았다.

'왜?'

입 모양으로 묻자 지훈이 고개를 좌우로 저었다. 그 틈을 타고 긴 다리로 걸어서 현관으로 간 현우가 야식을 계산했다.

'우린 손님이잖아.'

얻어먹겠다는 그 의지가 아주 대단했다.

오돌뼈, 근위 볶음, 닭볶음탕이 식탁 위에 차려졌다. 세 사람이 먹기엔 양이 무척 많았지만, 술을 먹는다기에 종류별로 시켰다. 매운맛, 소금구이 맛, 국물.

양주를 가져온 현우는 지훈에게 아낌없이 술을 주었다. 맥주와 섞어서도 마시고, 얼음에 타서도 마시고, 스트레이트 잔에도 마시며 지훈은 여러 종류의 술을 맛보았다. 지수는 옆에서 맥주를 홀짝이며 야식을 먹는 데 집중했다.

"내가…… 스타트업을 하는데도! 계속 대기업 가라고. 지금이라도 공무원 준비하라고! 아니 선배님, 제가 얼마나 힘든지 아십니까!"

"야야. 조용히 해."

"우리 누나는 절대 공무원한테 안 보낼 겁니다. 시집가면 진짜 나만 문제아 되는 거잖아……. 그나마 우리가 동진데."

"우리가 무슨 동지야?"

"누나랑 나랑은 절대 공무원하고 결혼하지 말고, 공무원도 하지 말자. 같이 욕먹을 사람이 필요해. 나만 혼날 수 없어. 외롭단 말이야."

　얼마나 마신 거야. 술도 약한 애가. 지수는 제 어깨에 툭 기대는 지훈의 머리를 밀었다. 머리통은 또 왜 이렇게 무거운지. 피식피식 웃으며 지훈은 한창 끓고 있는 닭볶음탕으로 손을 가져갔다.

　"닭다리 먹어야지!"

　"야. 김지훈!"

　그녀는 지훈의 손등을 찰싹 때렸다. 화상 입으려고 환장했나!

　"이거 후라이드 치킨 아니야. 팔팔 끓고 있는 거 안 보여?"

　"내 눈엔 치킨인데."

　"닭볶음탕이다. 이놈아."

　이마에서부터 턱까지 손으로 긁자 지훈이 싫다고 앙탈을 부리며 짜증을 냈다. 지수는 지그시 지훈의 발을 밟고 꿀밤도 한 대 쥐어박았다. 그 앞에서 현우가 보고 있다는 걸 잠시 잊은 것이다.

　"동생은 완전 뻗은 거 같은데?"

　"그러게요. 앗. 다 보셨죠?"

　"남매 사이좋네."

　"사이가 좋긴요. 애가 어려서부터 누나 말을 진짜 안 들었어요. 아주 꿀밤 백 대는 맞아야 해요."

　"난 외동이라 그런 것도 부러운데."

　그녀에겐 당연한 것이 현우에겐 부러운 것이 될 수 있다니. 벽에 기대고 있던 머리가 다시 그녀의 어깨로 내려왔다. 힘이 풀린 남자의 머리통은 너무 무거워서 한쪽 어깨가 저려 왔다. 그걸 본 현우는 자리에서 일어나 그들의 뒤로 왔다.

　"잠시 옆으로 좀."

지수는 의자를 들고 그가 들어올 수 있을 정도의 공간을 만들어 주었다. 그러자 현우는 지훈의 앞으로 와 손바닥을 얼굴 앞에 대고 흔들었다.

"후배."

"으음……."

"김지훈."

몇 번의 부름에도 미동이 없자 현우는 등에 지훈을 업었다. 지훈도 183cm로 키가 훤칠한데, 현우는 힘든 기색 없이 번쩍 들어 침대로 옮겼다.

"몇 시간 뒤에 깨면 올려 보낼게."

"미안해요. 진짜. 김지훈, 술도 못 마시면서 이걸 다 먹겠다고."

양주 한 병도 아니고 종류별로 까서 이것저것 맛을 보더니. 진짜 진상이 따로 없다.

"근데 선본다는 건 무슨 말이야?"

현우가 안방 문을 닫으며 물었다.

"저도 모르는 일…… 으앗."

번쩍 그녀를 안은 그가 서재로 걸어갔다. 그의 고급 아파트의 축소판인 이곳은 아직 책들을 옮겨 놓지 않아 책꽂이가 휑했다. 그의 등이 책꽂이에 닿자 덜컹거리는 소리가 났다.

"그러는 대표님은요?"

지수의 질문에 현우는 그녀를 서재 데스크에 올려 두었다. 눈높이를 맞춘 그가 레일 형식의 조명을 옅게 틀었다.

'대표님 약혼자 있으시잖아.'

연애 감정에 빠져서 진실을 잊고 있었다.

"나는 선 안 봐. 너 만난 이후로는."

"정말이죠?"

"응."

"계속 안 봐도 돼요? 회장님께서 뭐라고 안 하세요?"

분명 잔소리를 엄청 들을 텐데.

"전에 내가 말했던 거 같은데. 나 임자 없다고."

"그랬죠."

"임자 있는 남자가 섹스하고 싶어서 너한테 연애하자고 한 건 절대 아니라는 거. 이제는 인정할 때 됐잖아."

지수는 얼른 손바닥으로 그의 입을 막았다. 지훈이 안방에서 자고 있긴 하지만 언제 갑자기 어디서 튀어나올지 모른다. 술이 깬 그가 좀비처럼 일어나 벌컥 서재 문을 열 수도 있었다.

"자, 그럼 김지수 씨 변명도 좀 들어 볼까."

"잘못한 게 없는데!"

"그래서 부모님께서 공무원하고 선보라고 하면, 볼 건가?"

"안 보죠!"

"그 말 지켜."

현우의 말에 지수는 고개를 주억거렸다. 그와 연애를 하고 있는데 소개팅이고 선이고 왜 본단 말인가. 주변에선 남자 친구가 없는 줄 알고 자꾸 소개시켜 주고 싶은 모양인데, 그녀는 현우와 연애할 시간도 매우 부족한 사람이었다.

"아주 맞선만 봐 봐."

"안 본다니까요."

"밤새도록 침대에서 못 나가게 할 테니까."

지수의 볼이 화르르 달아올랐다. 그 침대에서 무슨 짓을 벌일지 순간 상상이 갔다.

"왜? 기대돼?"

"아뇨. 기대라뇨."

"방금, 기대한 거 같은데."

그가 눈을 피하는 그녀의 턱을 잡아 올렸다. 그의 입꼬리가 짓궂게 올라가더니 그녀의 입술을 덮쳤다.

"으읍!"

순식간에 입 안 점막을 파고드는 키스에 지수는 주먹으로 그의 가슴을 때렸다. 손바닥으로 태산 같은 몸을 밀었으나 그는 오히려 더 그녀에게 달라붙을 뿐이었다. 이러다 지훈이가 깨면 어떡하지. 입 안을 쑤시고 들어오는 그의 혀에 점점 눈이 감기고 정신이 혼미해진다. 이러면 안 되는데…….

"점심 식사하러 갑시다."

채영후 팀장의 말에 직원들은 일제히 일어났다. 처음에는 다 같이 모여서 밥을 먹었는데 요새는 점심시간엔 자유를 주는 편이었다. 누군가는 샌드위치로 간단하게 점심을 때우고 탕비실에 누워서 한숨 자고 싶을 테고, 누군가는 자투리 시간을 이용해 누군가를 만날 수도 있었다. 지수는 영후와 밥을 먹거나 때로는 분양 1팀 직원들하고 먹곤 했는데, 오늘은 일부러 영후를 따라 나갔다. 두 사람은 백반집에 들어갔고, 미리 만들어진 메뉴는 5분도 안 돼서 식탁 위에 착착 놓였다.

"지수 씨가 점심을 둘만 먹자고 한 거 보니 할 말이 있는 거 같은데. 남자 친구 문제?"

"아뇨."

"그럼?"

"혹시 여자 친구 있으세요?"

영후는 밥숟가락을 입에 넣다 말고 뺐었다. 캑캑거리는 그에게 물컵을 건네자 그는 얼른 받아서 물을 마셨다. 조금 진정된 그가 사레가 들린 가슴을 툭툭 쳤다.

"지수 씨, 나 현우 친구예요."

"알아요."

"그냥 친구 아니고, 아주 친한."

"그것도 알아요. 팀장님, 오해하지 마세요. 그런 거 아니에요."

지수는 손사래를 치며 채영후 팀장이 생각하는 그 이상한 게 아니라고 부인했다. 다름 아닌 혜진의 부탁 때문에 자리를 마련한 건데……

"놀랐네. 여자 친구 없어요. 지금은."

"아하. 다행이네요. 제 친구가 팀장님 꼭 좀 소개시켜 달라고 해서요……."

"지수 씨 친구가요? 날 언제 봤다고?"

"이미 알고 있던데요?"

"그럴 리가. 지수 씨 친구가 어떻게 날 알지?"

그는 이해할 수 없단 표정으로 어깨를 으쓱 올렸다가 내렸다. 하긴 초중고대 같은 학교 출신도 아니고, 나이 차이도 있으니 일반

적인 상황이라면 제 친구 중에 그를 아는 사람은 없어야 맞다. 그런데 혜진은 재벌의 범주에 들어간 친구였다.

"그래도 나 좋다는데 거부할 순 없지. 조만간 한가해지면 자리 한번 마련해 줘요. 이름하고 사진도 내 톡으로 보내 주고."

"스펙 같은 거요?"

"간단한 정보 정도는 알려 줘야죠."

"조금 화려한 스타일이긴 한데…… 속은 착해요."

조금이 아니라, 많이 화려한 스타일이긴 한데. 노는 것도 엄청 좋아하고. 그래도 속은 여린 구석이 있었다. 예를 들어 길을 가다가 버려진 고양이나 강아지를 보면 꼭 데려갔고, 유기견 센터에서도 봉사 활동을 열심히 하고 있었다. 세간에 알려지진 않았지만 동물 보호 홍보 대사로서 열심히 활동 중인 친구였다. 지수는 혜진에게 조만간 영후와 만남을 주선하겠다고 문자를 보냈다. 그러고는 식사를 마저 이어 갔다.

밥을 다 먹은 두 사람은 회사 건물 정문에서 헤어졌다. 지수는 1층 카페에서 커피를 마실 예정이었고, 영후는 은행과의 미팅 때문에 나가 봐야 한다며 바로 회사로 올라갔다. 커피를 들고 엘리베이터로 가는데, 누군가와 통화하며 뛰다시피 나가고 있는 서윤이 보였다.

"서윤 언……."

서윤을 크게 불렀지만 그녀는 소리를 못 들은 것 같았다. 워낙 급해 보이는 발걸음이라 무슨 일인지 묻지도 못했다. 아들한테 무슨 일이 생겼나? 지수는 유리문 너머로 서윤을 보았다. 남이 타려던 택시 앞을 막고 사정 설명을 하며 곤란한 표정을 짓는다. 상대가 양보를 했는지 연신 고개를 숙이며 서윤은 택시를 탔다.

"어? 저거."

얼마나 정신이 없으면 핸드폰과 가방만 갖고 차에 탔다. 덩그러니 남아 있는 코트를 보고 지수는 밖으로 나왔다. 서윤의 코트를 들고 이미 멀어져서 안 보이는 택시를 좇았다.

[언니 코트 저한테 있어요. 급하게 나가는 거 같던데, 무슨 일 있어요?]

문자를 보냈으나 답장은 오지 않았다.

대출 팀과 은행장과의 미팅이 끝난 후, 영후는 넥타이를 풀었다.

"박현우 넌 어떻게 매번 회의, 회의 또 회의. 질리지도 않냐? 내 친구지만 존경한다."

"다들 이렇게 일하지."

"아니야. 넌 특히 더 일중독이야. 네다섯 시간 릴레이 회의할 때 직원들 다 하나씩 픽픽 쓰러져도 혼자만 고개 빳빳이 들고 있잖아. 너 그것도 병이다?"

"그래야 회사가 커지고, 빌딩이 높아지지."

"……"

"회사 커 가는 게 수치로 보이면 흥분돼. 넌 안 그래?"

"어. 그 흥분이 감정적? 아니면 육체적?"

"둘 다."

현우의 말에 영후는 그를 보며 인상을 찌푸렸다.

"변태 새끼."

"그게 왜 변태야?"

"회사가 커지는데 왜 네 거기가 서냐고."

"짜릿해서?"

"지수 씨는 너 그런 거 아냐? 이름만 들어도 좋아? 미친놈."

지수의 이름만 나와도 현우의 표정이 부드럽게 풀렸다. 그걸 보던 영후는 진짜 가지가지 한다는 생각이 들었다. 여자 하나로 저런 표정을 짓다니. 제 친구가 맞는지 의심스러웠다. 같이 있으면 좋고, 흥분되고, 그러다 섹스하고. 밥을 먹고, 영화를 보고, 선물을 사 주고 또 그 짓을 하고. 모든 데이트는 결국 그 짓을 위한 것 아닌가. 다른 누구도 아닌 박현우가 저런 표정을 짓다니. 반칙이다.

"오늘 지수 씨가 나 여자 친구 있냐고 물어보더라."

"지수가?"

"응."

"왜?"

잠시 고민하던 현우는 지수가 영후에게 그런 걸 물을 이유가 없다고 결론을 내렸다.

"지수 씨 친구가 나랑 만나고 싶은가 봐. 소개해 달라고 했대."

"지수 친구? 누구?"

"나도 몰라."

"널 어떻게 알고?"

아직 나도 못 만나 봤는데. 그러고 보니 지수의 친구들을 만나서 인사도 나눠야 하는데. 자신은 모르는데, 그들이 영후를 안다고 생각하니 질투심이 솟았다.

"그러게. 날 어디서 봤대. 회사 앞에서 봤나?"

같이 술자리를 했을 리는 없고. 진짜 이상하네. 성우가 주차장에서 이제 나간다고 그에게 문자를 보냈고, 현우는 자리에서 일어났다. 영후도 그를 따라 기지개를 켜며 뒤를 쫓았다.

건물 밖으로 나오자 차가 바로 앞에 섰다. 현우가 먼저 안에 탔다. 회사로 들어갈 거라 영후도 현우의 차를 얻어 타고 갈 생각이었는데, 한 여자가 그의 눈에 들어왔다. 회사 사람인 것 같은데.

"안 타?"

"어, 어……. 너 먼저 가. 나 아는 사람 만난 거 같아서."

"업무 시간에 친구를 만나겠다고?"

"좀 봐줘라. 맨날 야근하는데. 먼저 가. 나 간다?"

영후는 그에게 인사를 하고 조금씩 점처럼 변하는 여자를 따라 뛰었다. 무슨 팀이랬더라……. 이름이 뭐였지? 지수 씨랑 전에 같은 팀이라고 했는데. 골목길로 쑥 사라진 여자를 따라 그도 그쪽으로 몸을 움직였다.

병원으로 뛰어들어 간 서윤은 윤호를 찾았다. 벌써 입원 수속을 마친 아들은 병실이 배정되었다. 요 며칠 열이 떨어지지 않았다. 퇴근을 하고 밤 9시까지 야간 진료를 하는 소아과를 찾아가 약을 처방받고, 새벽엔 해열제를 들고 한 시간에 한 번씩 깨서 열을 쟀다. 열이 오르면 자는 애를 깨워서 해열제를 먹이고, 또다시 재우고. 그럼에도 그녀는 아침에 어린이집을 보낼 수밖에 없었다. 약을 사 먹이고, 두 사람이 사는 집의 월세를 감당하려면 회사에 나가야 했기에.

아들 어린이집이 오늘 휴무여서.

소풍에 가서.

우리 아들이 아파서.

조퇴 사유를 말하기엔 아직은 눈치가 보이는 사회였다. 적어도 회사에서 그녀 때문에 누군가가 피해를 보길 원치 않는다. 결국 반복되면 그건 어느 순간 책잡혀서 승진 고과에 반영될 수도 있고, 뒤에서 그녀를 욕할 수도 있었다. 연차와 반차를 적당히 써 가며 지금껏 버텨 왔는데, 병원에 실려 갔다는 어린이집의 전화에 그녀는 눈앞이 캄캄해졌다.

"어머니…… 윤호 잠들었어요. 검사는 어머니 오시면 한다고 해서 수액 맞고 있어요."

"감사합니다. 원장 선생님."

서윤은 원장의 손을 잡았다. 7세까지 보낼 수 있는 이 어린이집은 원장이 참 진국이었다. 애들 먹는 음식들은 모두 정성으로 만들었고, 윤호처럼 부모의 육아 참여가 여의치 않은 친구들도 살뜰히 보살폈다. 그래서 그녀는 늘 원장에게 감사했다. 어린이집에서 당장 찾아가라는 말 대신 직접 아이를 들고 응급실로 달려올 줄 아는 사람이었다.

"정말, 감사드려요."

"어머니, 왜 우세요. 이러면 윤호가 더 슬퍼할 거예요. 윤호 천사처럼 자고 있으니까 어머니도 마음 놓으세요. 회사에서 이렇게 나오셔도 돼요?"

"네. 친정어머니가 저녁에 오실 거라, 그때까지만 제가 있으려고……요."

울먹거리던 서윤은 결국 눈물이 그렁그렁 고였다. 친정 엄마가 평택에서 서울로 올라오고 있었다. 회사를 퇴사하고 친정이 있는 평택으로 내려가야 하나. 거기서 재취업을 해 볼까. 이 나이에 어디 가서 또 취업을 한단 말인가. 그만두는 순간, 경력 단절이 될 텐데…….

"병원비는 우선 제가 처리했어요. 바로 어린이집으로 가 봐야 해서요. 어머니, 힘내시구요."

"감사합니다. 병원비는 바로 보내 드리겠습니다."

"천천히요. 우선 윤호 다 나으면 얘기해요. 며칠 입원해야 할 거 같은데, 어머니 회사는 괜찮으세요?"

"네……."

남은 연차도 다 썼는데, 큰일이다. 서윤은 이로 입술을 질끈 물었다. 원장을 보내고 난 후, 병실로 들어온 그녀는 천사처럼 누워서 자는 아이를 보았다. 난 나쁜 엄마구나. 저렇게 아픈 아이를 두고 직원들과 점심을 먹고, 커피를 마시며 수다를 떨었다. 걱정돼서 동동거리면서도, 일도 하고 밥도 먹고 할 건 다 하고 지냈다.

서윤은 침대 위에 놓인 아이의 손을 잡았다. 손이 매우 작다. 그녀의 손의 반도 안 된다. 그런 아이의 손등엔 링거가 꽂혀 있었다. 얼마나 아팠을까. 마음이 아파 온다. 그녀는 베드에 이마를 대고 푹 숙였다.

"미안해. 윤호야. 엄마가, 미안해."

욕심껏 널 낳겠다고 해서, 이렇게 책임도 못 지면서. 아플 때 옆에 매번 있어 주지 못해서…… 엄마가, 미안해. 우리 두 사람 살기에 빠듯한 세상이다, 그치? 그래도 살아 보자. 윤호야. 우리 둘, 세상에 증명해 보이자. 잘 살았다고. 우릴 버리고 간 나쁜 새끼한테 톡톡히 보여 주자. 너 없이도 우리 잘 살 수 있다고. 그녀는 윤호의 머리를 쓰다듬었다. 손에 느껴지는 뜨거운 열기에 그녀는 마음이 무너져 내렸다.

✳

지수는 영후가 들어오자마자 보고서를 들고 그의 자리로 갔다. 미팅이 끝났다고 현우에게 문자를 받았는데, 영후는 오후까지 자리를 비웠다.

"팀장님. 메일로도 드렸는데, 팀장님 승인 처리가 필요한 보고서라서요. 바로 봐 주세요."

"어. 지수 씨."

"무슨 일 있으세요?"

표정이 좋지 못했다.

"아니. 좀 피곤해서. 여기다 두고 가요. 세수 한번 하고 와서 볼게요."

"네. 알겠습니다."

지수는 결재 서류를 그의 책상 위에 뒀다.

"잠깐만, 지수 씨."

"네. 팀장님."

"혹시 분양 1팀 서윤 씨랑 친해?"

"네. 분양 1팀 직원들하고는 다 친하죠."

서준에 이어, 설마 서윤도 회사에 손해를 끼친 건가? 같이 일했던 팀이라 그런지 그녀는 괜히 긴장해서 침을 꼴깍 삼켰다.

"밖에서 우연히 본 거 같아서 물어봤어요."

"밖에서요? 어디서 보셨어요?"

"미팅하고 들어오다가요."

"아…… 네."

어딘지 찝찝하지만 그녀는 일단 자리로 돌아왔다. 그러고는 메신저를 켜서 서윤에게 메시지를 보냈다.

[언니, 어디 간 거예요? 사무실로 언제 와요? 이따가 사무실로 갖다 드릴게요.]

[지수 씨, 미안. 답이 늦었네. 윤호가 갑자기 입원하는 바람에 정신이 없었어. 나 이따가 6시쯤 사무실 들어갈 거 같아.]

[6시요? 언니 그냥 연차 쓰세요!]

[연차 다 썼어. 내년 것도 이미 다 끌어 썼어.]

[부장님께 말하면 사정 이해해 주실 텐데요, 언니…….]

[서준 대리 퇴사하면 그 자리 공석이라 요새 신경 날카로우셔. 나 휴직도 미루라고 하는 판국인데…… 어휴. 나 말 못 해. 된다고 해도 뒤에서 얼마나 씹겠어.]

아니라곤 못 하겠다. 부장님은 사연 없는 사람 없으며, 핑계는 허용치 않는 사람이었다. 정말 주변인이 돌아가셔서 장례식장에 가는 것 외에는 모두 핑계로 보았다. 부장님을 이해시키려고 하면, '나 때는 말이야'로 시작한 설교를 한 시간 이상 들어야 한다. 좋은 상사는 일을 못한다. 그래서 상사가 싸지른 똥을 부하 직원이 다 치워야 한다. 반대로 일을 잘하는 상사는 물불 가리지 않고 불도저 같은 성향이 더 많은 것 같다. 그게 잘 절충된 상사는 왜 없는 걸까.

[7층 소회의실에서 만나.]

현우에게서 문자가 왔다. 지수는 핸드폰을 책상 위에 탁 떨어뜨렸다. 비밀 연애를 한다는 생각에 괜히 찔려서 혼자 눈치를 보고 있었다. 둔탁한 소음에 TF 팀 직원들의 눈이 그녀에게 쏠렸다. 지수가 머리를 긁적이자 영후가 씩 웃고 있는 게 보였다.

"저 잠시…… 커피 사 오겠습니다."

"지수 씨는 커피 진짜 좋아하네요. 거의 우리 담배 피우는 횟수랑 비슷한 거 같아요."

남자 직원들의 농담에도 그녀는 움찔했다. 그중 몇 번은 커피를 마신 거고, 몇 번은 현우를 만나러 갔던 거다. 똑같이 일하고, 똑같이 쉬는 시간을 갖는 건데……. 굳이 콕 집어 말하니까 신경이 쓰인다.

"우리도 담배 한 대 태우고 올까요? 팀장님, 어떠세요?"

"좋지."

영후를 포함한 몇몇 남자 직원들도 일어났다. 지수는 내려가는 엘리베이터를 타서 6층에서 내렸다. 그러고는 비상구를 통해 7층으로 올라갔다.

7층에 있는 소회의실. 어디지? 7층은 모든 룸을 회의실로 쓰고 있었다. 거래처들과의 미팅, 부서별 미팅, 또는 인사 팀에서 초청한 강연도 이쪽 회의실들을 이용했다. 그녀는 데스크에 카드 키를 찍고 안으로 들어갔다. 1회의실과 3회의실 사이를 지나서 왼쪽으로 꺾었다. 문 앞에 서 있는 성우를 보고 그녀는 그쪽 회의실로 들어갔다. 회의실 문을 열자 현우가 일어나서 그녀에게 왔다. 문이 닫히고, 블라인드가 내려갔다.

옆 회의실에서 한 시간 뒤에 미팅이 예정되어 있었다. 현우는 바로 옆 회의실을 다른 부서가 예약하지 못하도록 한 후 지수를 불렀다. 하늘하늘한 원피스를 입고 들어온 그녀는 화사하고 예뻤다. 꼭 봄이 온 것처럼 말이다. 현우는 그녀를 안은 후 어깨에 머리를 기댔다. 상체를 반쯤 숙인 그가 잠시 그러고 있자 그녀는 꼭 그를 안아 주었다.

"힘들었어요?"

"응."

"지친 거 보니까 마음 안 좋네요. 자꾸 이렇게 불쑥 부르면 사람들한테 비밀 연애 걸린다고 한 소리 하려고 했는데!"

"한 소리 할 거야?"

"아뇨. 오늘은 패스할래요."

그녀는 그의 목에 팔을 둘렀다. 키스를 하려고 내려오는 그의 입술을 피해 그녀가 고개를 옆으로 돌렸다.

"오늘 립스틱 색 진해서 안 돼요."

"으흠."

"이거 잘 안 지워지는 거라 꼭 리무버로 지워야 하거든요. 현우 씨 이따 회의 있잖아요."

"그럼 다른 곳에라도."

그는 그녀의 두 볼을 잡고 입술을 뺀 얼굴 전체에 입을 맞췄다. 쪽, 쪽, 쪽. 눈두덩이에 입을 맞추고 떼자 그녀가 눈을 떴다. 다시 그의 입술이 다가온다. 그녀는 눈을 감았다. 감았다가 뜰 때마다 그가 장난치듯이 눈가에 입을 맞추자 그녀는 손바닥으로 눈을 가렸다. 현우는 그런 그녀의 손등을 입술로 빨고 혀로 스윽 핥았다. 긴 손가락을 이로 잘근잘근 씹으며 원피스 안으로 손을 넣었다.

"앗!"

"좋다. 살 거 같아."

그는 치마 속을 배회하며 스타킹을 신은 다리를 만졌다. 그가 손가락으로 스타킹을 당기자 곧 찢어질 것 같았다. 그녀는 치마 속으로 손을 넣어 그의 손을 잡았다.

"그러다 찢어져요."

"여분 없어?"

"당연히 없죠."

그는 아쉽다며 손을 빼내었다. 그러다 마음이 바뀌었는지 아직 스타킹 위에 있는 그녀의 손 위를 큰 손으로 덮었다.

"뭐, 뭐 하는 거예요?"

"내가 만지면 찢을 거 같아서."

현우는 그녀의 손등을 지나 손가락 사이로 깍지를 꼈다. 현우가 원하는 대로 그녀의 손이 움직였다. 그러면서도 그는 중간중간 지수의 손 사이사이 끼어 있는 그의 손가락으로 원하는 곳을 긁었다.

"여기 회의실이에요. 앗."

바로 양옆이 모두 회의실이다. 각 방마다 방음은 되어 있지만 왠지 소리를 내면 들릴 것 같았다. 다리 사이를 움켜쥔 그가 그녀의 귓불을 물었다. 화들짝 놀라 그녀가 손을 빼려 하자 그가 손을 더 꽉 쥐었다. 꼭 내 손으로 민망한 곳을 만지는 기분이 들었다.

"으읏."

더운 숨이 터져 나왔다. 공간을 자각하지 못하고 몸이 흥분하기 시작했다. 현우 또한 참지 못하고 그녀에게 키스를 퍼부었다. 립스틱 묻을 텐데. 그는 립스틱이 주위에 번질 정도로 맛있게 지수의 입술을 빨았다. 원하는 걸 얻지 못한 손은 그녀의 몸 위를 배회하며 세게 움켜쥐었다. 살살 건들다가도 욕구가 솟으면 그는 꽉 쥐고 흔들기도 했다.

"아아!"

바싹 붙은 몸에 그가 닿았다. 옷 위로도 충분히 느낄 수 있었다.

"현우 씨."

입술을 떼자 그의 입 주위에 번진 붉은 자국이 보였다. 엄지로 그의 입가를 살살 쓸자, 그가 설핏 인상을 쓰며 그녀의 손등을 잡았다.

"여기서 일 치를 거 같아. 그만 만져."

"그게 아니라, 입술 주변에 립스틱이 묻어서. 회의 있다면서요."

"내가 닦을게."

그는 여유로운 손으로 입술을 벅벅 닦았다. 안 지워진다니까.

"김지수, 진짜 마약 같아. 어떻게 고작 5분도 안 돼서 날 이렇게 만드냐고."

그는 몸을 은근히 비비며 그의 상황을 여실히 느끼도록 했다. 지수의 얼굴이 점점 빨개졌다. 제멋대로 날뛰고 싶어 하는 그의 몸이 자꾸만 그녀를 건드렸다.

"하아. 하고 싶다."

"이 정도면 중증인데. 저 보면 그 생각만 하는 거 같아요."

"당연한 거 아니야?"

"그게 왜 당연해요?"

"사랑하는데, 계속하고 싶지. 밤새도록."

은근한 눈길을 피하자 그는 그러지 못하도록 했다.

"나만 이런 거야?"

그의 몸이 다시 한번 그녀의 옷 위에 닿았다.

"아니, 나도 그런데…… 장소는 구별할 줄 알거든요?"

그의 손과 입술에 속수무책으로 흐느적거리는 건, 자신도 그와의 관계를 즐기고 있다는 뜻이었다. 그가 주는 쾌락이 좋다. 밤새도록 한다는 말만 들어도 척추가 찌릿했다. 다 벗고 제 위에 올라탄 그를 상상하면, 아랫배가 욱신거린다. 그러나 여기는 회사이고, 바로 옆방에는 아는 직원이 있을 수도 있었다. 이러다가 걸리면 무슨 망신이란 말인가. 거기다 연애 상대가 박현우인 게 소문이 나면, 진짜…… 회사에 얼굴을 못 들고 다닐 수도 있다. 왜 이렇게 유명한 남자여서 신경 쓸 게 많은지.

"이따 집에 같이 가."

"바로 퇴근할 거예요?"

"응."

"알겠어요. 나 먼저 나갈 테니까 조금 있다가 나와요."

그녀는 그에게 손을 흔들고 품에서 쏙 빠져나왔다. 바로 나가려다가 회의실 안을 서성이며 티슈를 찾았다. 공용으로 쓰는 물티슈를 발견한 그녀가 한 장을 뽑아서 그에게 다가왔다.

"잠깐 고개 좀 숙여 봐요."

그는 말 잘 듣는 강아지처럼 상체를 숙여 주었다. 그녀는 물티슈로 그의 붉은 입술을 벅벅 닦았다.

"안 지워지네. 올라가서 리무버 갖고 내려올까요?"

"아니야. 화장실 가서 지울게."

"벅벅 지워야 할 거예요."

"그러는 김지수 씨도 화장실 들렀다가 가야 할 거 같은데?"

"……나도?"

그녀는 핸드폰을 꺼내 액정에 비친 얼굴을 보았다. 현우처럼 그녀의 입술 주변에도 립스틱이 번져 있었다.

"오늘 립스틱 색 진하다고 말했는데. 진짜! 박현우 이, 이, 이!"

"이 뭐."

"악당!"

"발정 난 개새끼를 순화한 건가? 악당으로?"

"개새끼는 아니었어요. 한 번도 그런 적 없어요."

"이왕 번진 김에 조금 더 번지자. 예뻐서 그래."

그는 그녀의 볼을 살살 쓸더니 입술을 갖다 댔다. 우물우물하며 뭐라 말하는 그녀의 소리까지 다 입 안으로 삼킨 그는 쩍쩍 소리가 날 정도로 입술을 빨았다. 키스를 마친 후 지수는 화장실에서

물로 입술을 깨끗이 닦고, 사무실에 들어갈 땐 고개를 푹 숙이고
자리까지 가야만 했다.

급한 일을 처리할 때 또 다른 일이 주어지고, 그걸 끝내면 전에
했던 자료들을 취합해서 새로운 보고서를 만들었다. 손목이 시
큰거릴 정도로 키보드와 마우스를 내내 움직였다. 오후는 숨 가
쁘게 지나갔다. 지수는 핸드폰을 꺼내 확인하지 않은 메시지를
눌렀다.

[지수 씨, 나 오늘 못 갈 거 같아. 코트는 내일 받아도 되는데, 혹
시 내 자리에서 USB 좀 뽑아서 병원으로 와 줄 수 있어? 오늘까
지 처리해야 할 게 있는데, 부탁할 만한 사람이 없어서. 소아 병동
이라 보호자가 꼭 있어야 해서 가질 못하고 있어. 병원은 우리 회
사랑 가까운 대학 병원이야.]

지수는 서윤의 코트를 한 번 보고는 현우와의 약속을 떠올렸다.
오늘 집에 같이 가자고 했는데. 그럼 병원에 같이 들렀다 가는 게
나을까? 현우에게 연락을 하기 위해 메신저를 켰는데, 그에게서
도 메시지가 와 있었다.

[퇴근 같이 못 하겠다. 집에 가면 연락할게. 그때 잠깐 커피 마
실까?]

어차피 현우와 퇴근을 같이 못 하니까 서윤이 있는 병원에 들
러서 옷을 전해 주고 가면 될 것 같았다. 그녀는 서윤과 현우에게
각각 메시지를 보낸 후 기지개를 쭉 켰다. 일을 할 때 어깨를 쭉

펴고 해야 하는데 저도 모르게 얼굴을 앞으로 빼고 거북 목 자세
가 되어 있었다. 스트레칭을 하자 목과 어깨에서 뚜둑거리는 소
리가 났다.

지수는 하나둘씩 퇴근 준비를 하는 걸 보고 컴퓨터를 종료했
다. 겉옷을 입고 서윤의 코트를 팔에 걸자 영후가 그녀의 뒤로 다
가왔다.

"지수 씨?"

"깜짝이야."

"그거 서윤 씨 코트 아니에요?"

"어떻게 아셨어요?"

"오전에 출근할 때 본 거 같아서."

"팀장님 눈썰미가 좋으시네요. 병원에 있다고 해서 갖다 주려
고요."

그녀의 말에 영후가 자리로 가서 코트를 집어 그녀에게 다가
왔다.

"나도 퇴근하려던 길인데, 같이 가요."

"네?"

"데려다줄게요. 날도 춥고."

"굳이 그럴 필요까지는……."

"가는 길이니까 사양 말고요. 지수 씨 친구분 얘기도 좀 해 주
고."

"아아! 맞다. 혜진이 사진 제가 안 보냈죠? 깜빡했네. 그럼 차 안
에서 말씀드릴게요."

지수는 얼떨결에 영후의 차를 타게 되었다. 남자들은 차 안에 자

기만의 향기가 있는 것 같다. 현우와 영후의 차 안에선 비슷한 듯 전혀 다른 향이 났다. 뿌리는 향수가 달라서 그럴 수도 있고 사람이 달라서 그럴 수도 있다.

"이름이 혜진이에요?"

"네네. 온리 뷰티라고 아세요? 거기 회사 직원이에요."

"온리 뷰티요?"

영후의 질문에 지수는 고개를 위아래로 주억거렸다. 역시 유명한 회사라 아는구나.

"혹시 거기 회사 대표 따님이에요? 막내딸이던가?"

"역시 아시네요. 아실 거 같았어요."

재벌들끼리는 다들 알음알음 이름을 안다던데. 역시 영후도 그녀를 아는 모양이었다.

"절 소개해 달라고 한 거 확실해요?"

"네. 확실해요. 자리 좀 마련해 달라고 특별히 부탁했어요."

"이상하네요."

그가 고개를 갸웃거렸다. 꺼림칙한 표정을 짓는 영후를 보며 지수 또한 괜히 부탁했나 싶어서 목을 긁적이다가 창문 밖을 보며 딴청을 피웠다.

"불편하면 꼭 만나실 필요 없어요. 제가 중간에서 말 잘 전할게요."

"다른 사람이랑 내가 착각했나 봐요. 병원 여기죠?"

"네!"

근데 내가 병원이 어디라고 얘기한 적 있었나? 회사 주변에 병원이 이렇게 많은데 차는 정확히 대학 병원 야외 주차장에 멈췄다.

영후도 같이 차에서 내렸다.

"팀장님께서도 가시게요?"

"네. 병문안."

서윤 언니랑 채영후 팀장님이 친한 사이인가? 그럼 누가 병원에 입원해 있는지도 아는 건가?

혼자서 아이를 키우고 있다는 걸 서윤은 굳이 주변에 말하는 편이 아니었다. 그래서 그녀 또한 같이 1년 넘게 일을 했는데도 그 사실을 몰랐다. 잘생긴 남자를 유독 좋아하고, 아이돌 콘서트 때문에 반차와 연차를 쓰는 걸로 알았다. 알고 보니 그건 모두 그녀의 아들인 윤호 때문이었다. 심지어 메신저 사진에도 아들 사진이 없었다. 애 엄마라고 생각할 수 없도록 일부러 그런 것 같았다.

"아까 낮에 병원 가는 거 봤거든요. 저는 1층에서 뭐 좀 사서 올라갈게요."

"저두요! 음료수 사서 가려고요."

그녀는 채영후 팀장과 함께 병원 내 편의점으로 왔다. 비타민 음료를 박스째로 사자, 영후는 과일을 사겠다며 밖에서 사 온다고 나갔다. 다시 생각해도 두 사람이 언제 그렇게 친해졌는지 모르겠다. 전혀.

서윤이 말한 소아 병동 병실로 올라갔다. 복도에는 유모차를 탄 아이들이 링거 줄을 꽂은 채 핸드폰 영상을 보고 있었다. 몇몇은 엄마가 아기 띠로 업은 채로 복도를 하염없이 왔다 갔다 움직이며 아이를 달래고 있었다. 그녀는 '차윤호'라고 적힌 병실로 들어갔다. 6인실로 베드에 아이들이 있는 걸 보니까 새삼 이상했다. 아직 그녀 주위엔 아이를 낳은 친구는 없어서 큰 기계를 달고 있는 아이와 보호자를 보는 게 익숙하지 않았다. 놀이터에서 뛰어놀아야 하는 아이가 이렇게 누워 있는 것 자체가 이상하게 다가왔다.

"언니, 저 왔어요. 이거는 음료수."

"뭘 이런 걸 사 왔어."

"언니 코트랑 본체에 있던 USB예요."

"진짜 고마워."

지수는 보호자 의자 옆으로 가서 윤호를 보았다. 자신을 멀뚱멀뚱 보는 윤호가 귀여워서 지수는 방긋 웃었다.

"네가 윤호구나? 나는 지수 누나라고 해."

"누나?"

"응. 너희 엄마랑 같은 회사 다니는 누나야."

누나…… 너무했나. 아이의 표정이 달갑지 않았다. 윤호의 손등에도 링거가 꽂혀 있고, 천으로 된 보호대 위로 테이프가 칭칭 감아져 있었다.

"열은 좀 내려갔어요?"

"응. 아데노 바이러스래. 고열에 결막염에 목도 부었고. 어린이집에서 낮잠 자다가 고열이 나서 응급실로 왔다더라고. 어제는 복통도 호소하긴 했는데……. 이렇게 아플 동안 난 뭐 했는지 모르겠네."

"엄마. 나 물 주세요."

"물 마시고 싶어? 잠시만."

서윤은 종이컵에 물을 따라서 윤호에게 주었다. 시계를 본 서윤이 조그만 플라스틱 약통에 물약과 가루약을 넣은 후 흔들었다. 그리고 윤호에게 주자 아이는 싫은 내색 없이 단숨에 약을 먹는

다. 사탕까지 야무지게 먹은 후 윤호는 패드를 열어 동영상을 틀었다.

"요새 애들은 핸드폰 없으면 못 살아. 나보다 저게 더 좋대."

"에이. 그냥 하는 말이겠죠. 어머니는 몇 시에 오세요?"

"오늘 못 올 거 같아. 내일 아침에 오신대. 우리 아빠도 몸이 안좋으셔서 엄마가 집 비우기가 쉽지 않아. 윤호 진짜 애기 때는 같이 살았는데, 아빠가 치매가 오시면서…… 따로 살게 됐어. 부모님은 평택으로 내려가셨고."

"치매요? 어머니께서도 힘드시겠네요."

서윤의 처지가 지수에게 많은 생각을 하게 만들었다. 두 분 다건강하신 게 얼마나 감사한 일인지 자꾸 잊게 되는 것 같았다. 두분 모두 경제 활동을 하시고, 운동도 다니고, 어디 크게 아프지않음에 다행이라는 생각이 들었다.

지수는 축 처진 서윤을 보니 마음이 아팠다. 그때, 병실 문이 열리고 남자 한 명이 들어왔다. 그 남자를 본 서윤은 지금까지 그녀가 알았던 표정이 아닌, 살벌하고 독기 어린 표정으로 변했다.

"지수 씨, 여기서 5분만 있어 줘."

"네? 네……."

지수의 대답을 듣고는 서윤은 쌩하니 나가 남자의 팔을 잡고 병실 밖으로 끌었다. 저 남자를 보고 윤호를 다시 본 순간, 저 남자가 윤호의 아빠라는 걸 직감할 수 있었다.

2003호실. 대학 병원 1인실에 박 회장이 입원했다는 소식을 듣고 현우는 퇴근을 하자마자 병실로 왔다. 위암 판정을 받았다고 해서 왔는데, 이미 수술은 다 끝났고 누워서 쉬고 있었다.

"위암이라고요?"

"네, 대표님. 2기입니다. 1~2기는 거의 완치이고, 혹시 다른 데 전이된 곳은 없는지 추가 검사 중에 있습니다. 건강 검진하다가 용종이 발견돼서 바로 수술 잡았습니다."

"생명에는 문제없는 겁니까?"

"네. 그렇습니다."

현우의 질문에 할아버지의 비서는 문제없다며 의사가 했던 이야기들을 그에게 해 주었다. 큰 수술은 아니었지만 수술은 수술이었다. 약에 취해 누워 있는 할아버지를 보니 그의 마음도 좋지는 않았다. 잠에서 깬 박 회장이 눈을 깜빡이며 그를 보고 있었다.

"인제 왔어?"

"네. 할아버지. 회사 끝나자마자 달려왔습니다. 수술은 잘 되셨대요."

"생명에 문제없기는. 수술한 곳이 엄청 아파. 나 죽네. 나 죽어."

박준호 회장은 현우의 앞에서 엄살을 떨었다.

"내 죽기 전에 우리 손자 색시는 만들어 주고 가야 하는데……."

"할아버지, 그 정도 병 아니거든요."

"떼끼! 이 할아비 암이란 거 못 들었어? 전이됐을 수도 있다고 의사가 그랬어!"

"위에 있는 용종 다 떼어 냈고 깨끗하대요. 건강 검진 자주 하시는데 전이됐으면 이미 결과 나왔겠죠."

"찔러도 피 한 방울 안 나올 놈. 할아비가 아프다는데도. 아아······."

이번엔 진짜 아픈지 박 회장이 오만상을 찌푸리며 고개를 돌렸다.

"할아버지. 의사 부를까요?"

"됐다."

도로 보호자석에 앉은 현우가 리모컨으로 TV를 틀었다. 방 안에 소음이 조금 있자 박 회장도 마음을 놓는 것 같았다.

"온리 뷰티 윤혜진하고 약혼해라."

"안 합니다."

"해. 할아비 죽기 전에."

"제 결혼은 제가 알아서 하겠습니다."

현우의 말에 박준호 회장은 잠시 말을 멈췄다.

"현우야."

"네. 할아버지."

"네 입지를 다지는 데 결혼만큼 좋은 게 없다. 네 고모, 고모부, 사촌들까지 어떻게 싸우려고. 널 산 채로 뜯어먹는 꼴 나는 못 본다. 그럼 편히 눈도 못 감아."

"······."

"지금은 내가 있으니까 네 방패가 되어 주지만, 내가 언제까지 정정할 줄 알고. 하나 아프기 시작하면 계속 아픈 것만 남은 거다. 할아비 말 듣고 결혼해."

이때까지 맞선을 보게 하고, 결혼을 압박하긴 했어도 지금처럼 진지하게 말씀하신 적은 없었다. 아니, 얘기를 했어도 현우가 별

시답지 않은 일이라고 넘겼던 것 같기도 하다. 그런데 병실에 누워 계시니 유독 오늘은 진심으로 다가왔다.

"윤호야. 만화 재밌어?"

"네. 재밌어요."

"누나랑 같이 볼까?"

지수는 윤호와 친해지기 위해 옆에서 계속 말을 걸었다. 자신을 불편해하는 아이에게 그녀도 뭐라고 말을 걸어야 할지 모르겠다. 윤호만 한 또래의 아이와 친해져 본 적도 없고, 이렇게 가까이서 둘만 있어 본 적도 없다. 그래서 그녀는 이 상황이 낯설었다.

"어린이집 선생님은 좋아?"

"네."

"어떤 선생님이 좋아?"

"우리 반 선생님이요."

"그렇구나."

윤호는 그녀에게 답을 해 주지만 대화에 집중하고 있진 않았다. 화려한 영상물 속에 푹 빠져 그녀가 끼어들 틈은 없었다. 5분 뒤에 오겠다던 서윤은 10분이 지나도 오지 않았다.

"윤호야. 엄마 금방 오실 거야. 잠깐 나가신 거거든."

"괜찮아요. 원래 맨날 늦어요."

"그래?"

"엄마는 바쁘니까. 저 기다리는 거 잘해요."

그 말이 왜 이렇게 짠하게 느껴지는지 모르겠다. 엄마는 바쁘니까, 원래 늦고, 자신은 괜찮다고. 아이의 입에서 나올 대사는 아니었다.

"윤호는 엄마가 일 안 하고 윤호랑 있어 주면 좋겠지? 누나는 너만 할 때 그랬던 거 같아. 할머니가 봐 주셨거든."

"……"

그러자 아이는 핸드폰을 놓고 그녀를 보았다.

"엄마는 회사에 가야 해요. 윤호랑 오래오래 같이 있으려면."

"윤호 똑똑하구나."

"엄마 닮아서 똑똑대댔어요."

말도 똑 부러지게 하네. 그녀는 윤호의 머리를 쓰다듬었다. 엄마의 사정을 이해하는 걸까, 이해하도록 강요를 받은 걸까. 그때, 병실 문이 열리고 서윤이 들어왔다. 그 뒤로 영후가 과일 바구니를 들고 나타났다.

"요 앞에서 팀장님하고 만났어. 지수 씨랑 같이 왔다면서?"

"네. 병원 올 때 영후 팀장님 차 타고 왔어요. 저는 두 분이 친하신지 몰랐어요."

"친하지는 않고."

지수의 말에 영후가 재빨리 대답하고 윤호에게 갔다.

"네가 윤호구나. 잘생겼네."

"안녕하세요."

"아저씨는 너희 엄마 상사야."

"상사요?"

"같은 회사에서 일하는 사람이야. 저번에는 윤호 자고 있어서 인사도 못 했는데.”

영후는 아이의 눈높이에서 그가 무슨 일을 하는지 설명을 하였고, 서윤은 영후가 가져온 과일 바구니에서 과일을 꺼냈다. 물로 깨끗하게 씻은 후 칼로 과일을 깎아서 접시에 담았다.

“지수 씨도 과일 먹어.”

“저는 괜찮아요. 오늘은 이만 가 보고, 또 올게요.”

“벌써 가?”

“시킬 일 있으면 언제든지 연락 주세요. 그 정도는 해 드릴 수 있어요!”

“고마워. 지수 씨. 덕분에 이따 새벽에 병실에서 보고서 작성할 수 있을 거 같아. 내 구세주야.”

서윤이 지수를 와락 안았다.

“팀장님, 저는 가 보겠습니다.”

“그래요. 지수 씨. 나는 과일 깎아 준 성의 봐서 조금 더 먹고 갈게요.”

“네. 회사에서 뵙겠습니다.”

지수는 영후에게 인사를 하고 핸드백을 멨다. 데려다준다며 서윤이 그녀를 따라 나왔다. 엘리베이터 앞에 선 서윤은 우물쭈물하다가 입을 열었다.

“아무 사이 아니야.”

“네?”

“채영후 팀장님하고 나, 아무 사이 아니라고. 혹시 오해할까 봐.”

“전혀요. 안 했어요.”

“윤호 입원했다는 전화 받고 정신없이 병원 왔을 때 그때 우연히 만났어. 부서가 달라서 날 모를 줄 알았는데 이름을 알고 계시더라고. 병원비 계산하고, 병실에서 필요한 물품 사러 갈 때 채 팀장님께서 잠깐 병실 지켜 주셨거든? 그때 친해졌어."

채영후 팀장님이 일만 하는 것 같아도 은근 세심한 면이 있다. 일도 잘 알려 주고, 현우와 그녀의 사이에서도 오작교 역할을 해 주기도 하고 싸울 경우 팁을 주기도 한다. 역시 팀장님은 좋은 사람이었어. 그렇지만, 다른 부서 직원의 일까지 손을 걷어붙이고 나서는 건 조금 이상하긴 했다. 서윤이 자신에게 직접 이렇게 해명하는 것도 싸하고.

"내 사정 알게 되고 신경 쓰이시나 봐. 좋은 사람인 거 같아."

"그죠. 직장 상사로서도 좋은 분이세요."

"근데 왜 여자 친구가 없으신지 모르겠어. 여자에 별로 관심 없으신가 봐."

아닐 텐데? 제 친구가 그를 소개해 달라고 했을 때, 영후는 소개팅을 거부하지 않았다. 여자에 관심이 없다면 아예 거절을 했을 텐데. 서윤에게 잘 보이려고 하는 건가? 지수는 묘한 미소를 지었다. 혜진이한테 소개팅은 어렵겠다고 말해야겠다.

"얼른 들어가 봐요."

"응. 지수 씨, 조심히 가고."

"윤호 금방 좋아질 거예요. 병원에 있는 동안 언니도 밥 잘 챙겨 먹어요. 윤호만 잘 먹이지 말고."

"응. 그럴게."

같이 일할 땐 철없는 언니처럼 느껴졌는데, 엄마로서의 모습을 봐서 그런가? 이제는 한참 어른처럼 느껴졌다. 지수는 병실을 나와 엘리베이터를 타고 1층으로 내려왔다. 병원 로비를 나설 때쯤 그녀는 예기치 못한 인물을 만났다. 호랑이도 제 말 하면 온다더니. 혜진이 영후가 샀던 과일 바구니를 들고 안으로 들어오고 있었다.

"혜진아!"

"어? 지수야, 네가 왜 여기 있어?"

"나 아는 분이 입원해서 왔지. 넌?"

"병문안. 미래의 시아버님."

"어디 아프셔?"

"응. 수술하셨대. 눈도장도 좀 찍고, 잘 보이려고 왔어. 나 어때? 참해 보여? 옷 스타일도 머리도, 화장도 다 스타일 바꿨는데."

혜진은 지수 앞에서 한 바퀴 빙 돌았다. 지수는 고개를 주억거리며 쌍 엄지를 들었다. 확실히 혜진은 전과 달라졌다. 지금 이런 옷차림으로 집에 놀러 온다면, 그녀의 부모님께서 참 좋아하실 만한 스타일이다. 반 묶음 머리에 차분한 디자인의 삔. 목걸이와 귀걸이를 했지만 과하지 않다. 옷차림 또한 노출 하나 없이 상견례 룩이었다.

"너 이런 모습 처음 보는 거 같아."

"적응 안 되지?"

"응. 너 가족 모임 갈 때도 이런 옷차림은 아니었잖아."

"그러니까 말이야."

도대체 얼마나 잘 보여야 하는 집안이길래, 얘가 이렇게 변하나? 아니면 결혼할 남자가 얼마나 마음에 들길래. 사랑 아닌 결혼이더라도 그나마 괜찮은 남자가 들어왔을 때 콱 잡아야 한다고 했던 혜진의 말이 떠올랐다. 어차피 사랑하는 사람과는 결혼할 수 없다고도 덧붙였었다.

"잠시만. 전화 온다."

혜진은 잠시 멈춰서 전화를 받았다.

"네. 실장님. 저 병원 앞이에요."

전화 목소리도 달라졌다. 말하는 속도는 느리면서도 발음은 정확하고, 목소리도 딱 듣기 좋은 톤이었다. 신부 수업이 말이 신부 수업이지, 이 정도면 사람 개조한 거 아닌가. 지수는 친구의 낯선 모습에 적응이 되지 않아 손발이 말렸다. 혜진은 전화를 끊은 후 지수에게 어깨를 으쓱 올렸다가 내렸다. 왜 지수가 부르르 몸을 떨었는지 이해한 모양이다.

"혼자 올라간다니까 굳이 마중 나오신다네."

"누가?"

"비서실장."

여기서 그럼 그만 인사하고 헤어지자고 하려다가 지수는 영후가 생각나서 혜진의 팔을 덥석 잡았다.

"참, 채영후 팀장님하고 자리 마련해 달라고 했잖아."

"응. 그랬지."

"잡으려는 약혼자가 혹시 우리 팀장님이셔? 내가 자리를 마련해 보려고 했는데……."

지수의 말에 혜진은 고개를 갸웃하다가 그녀의 말을 이해하고 깔깔거리며 웃었다.

"무슨 소리야. 약혼자라니?"

"그래서 팀장님 소개해 달라고 한 거 아니야? 잡아야 한다며."

"어후, 아니야. 물론 채영후 씨도 좋은 집안이긴 하지. 근데 내 남자는 더 섹시해."

"그럼 왜 우리 팀장님 소개 꼭 좀 부탁한다며, 자리 마련해 달라고 했어? 약혼자 따로 있으면서."

결혼할 남자 따로, 연애할 남자 따로 그런 건가?

"내가 잡아야 할 남자랑 친한 친구야. 영후 씨는."

"뭐?"

"제대로 공략 좀 해 보려고. 친구부터 아군으로 만들려는 내 계략이지."

혜진이 잡아야 할 남자의 친구……. 왜 이렇게 등골이 오싹하지. 지수는 휘휘 고개를 저었다. 나쁜 생각 하지 말자. 영후의 친구가 왜 꼭 현우일 거라 확신해? 재벌이 한두 명도 아니고. 현우의 할아버지인 박 회장이 입원했다는 소리도 못 들었다. 만약 입원을 했다면 오늘 기사로 떴든지, 사내에서 분명 이야기가 나왔을 것이다.

"저기 비서실장님 오시네. 나 먼저 가 볼게. 지수야. 다음에 봐."

"응. 연락할게."

그녀에게 손을 흔든 혜진은 두 손으로 바구니를 들고 지수와 반대 방향으로 걸었다. 물끄러미 혜진을 보던 지수는 마중 나온 실장의 얼굴을 보고 들고 있던 가방을 떨어뜨렸다. 유성우 실장. 현우를 보좌하는 그의 오른팔이자 왼팔인 남자. 그가 혜진이 든 바구니를 대신 들고 병원 안으로 들어가고 있었다. 아까 전 싸했던 느낌이 맞아떨어졌다. 영후와 가장 친한 친구이자, 혜진의 약혼 상대는 박현우다. 현우인 것이다. 말도 안 돼. 왜 하필.

핸드백을 주우려는데 손이 덜덜 떨렸다. 친구의 약혼자와 나는, 지금……. 어차피 다른 세계에 사는 친구라 약혼자에 대해 묻지도 않았다. 물어도 모를 확률이 컸고, 관심도 없었으니. 한 번이라도 물어볼걸. 그랬다면 현우에게 반하지 않았을 텐데. 성우가 여기 있는 거면, 현우도 분명 이 병원에 있을 것이다. 그럼 현우는 혜진이 병문안을 오는 것도 알고 있는 걸까?

[퇴근 같이 못 하겠다.]

갑작스럽게 약속을 변경했던 이유가 병문안이었을까? 그럼 나는 뭐지?

순식간에 그녀의 가슴에 불안감이 잠식했다. 진정되지 않은 심장이 미친 듯이 뛰었다.

'이름이 혜진이에요?'

'절 소개해 달라고 한 거 확실해요?'

'이상하네요.'

영후가 했던 말들이 그제야 이해가 갔다. 온리 뷰티 막내딸을 그는 정확히 알고 있었다. 그저 재벌끼리 어디 모임에서 만났겠거니 생각했는데, 자신을 소개해 달라는 게 맞냐며 이상하다고 한 건 현우와의 관계를 알고 있다는 반증이기도 했다. 나만 몰랐던 거다. 나만.

박현우, 이 나쁜 자식. 임자 없다며. 왜 그 임자가 하필 내 친구인 건데…….

현우의 마음이 혜진에게 없는 건 그녀가 더 잘 안다. 혜진도 그걸 알고 있을 것이다. 그러니 그를 잡기 위한 노력을 하고 계략을 짜는 게 아닌가.

'우리 세계에선 그게 버려야 하는 제1순위거든.'

사랑, 그거.

제일 먼저 포기할 수 있는 거.

혜진이 했던 말들이 가슴속에 비수가 되어 꽂혔다.

11장. 불안

 밤에 잠깐이라도 보자는 현우를 기다리며 지수는 초조함을 달래려 애썼다. 집에 도착해서 샤워를 하고 방 안에서 핸드폰이 울릴 때마다 현우의 연락인지 괜히 긴장했다. 그러던 그녀는 기다리지 못하고 현우에게 문자를 보냈다.

 [현우 씨, 오늘 우리 봐요?]

 1, 2, 3, 4, 5······.

 원래도 그의 답장이 이렇게 느렸나? 그녀는 그와 나눴던 메신저를 들어가 시간대를 보았다. 원래도 답이 빠른 사람은 아니었다.

본인이 보내던 연락도 갑작스러운 미팅이 있거나 전화가 오면 띄엄띄엄 한두 시간에 걸쳐서 하던 사람이었다. 아는데, 다 아는데 초조했다. 엄지손톱을 물어뜯으며 그의 연락을 기다리는데, 드디어 답장이 왔다.

[응. 집에 다 와 가. 커피숍에서 볼까?]

[아뇨. 현우 씨 집으로 갈게요!]

[그럼 나야 좋지.]

커피숍에도 눈이 많다. 지훈과 같이 갔을 땐 괜찮지만, 둘이서 간다면 소문이 돌 것이다. 어쩌면 두 사람의 대화를 엿들은 누군가가 부풀려서 그녀의 부모님과 이웃에게 전달할 수도 있었다. 이 동네를 뜨는 방법밖엔 없나. 자취한다고 하면 허락 안 해 주실 것 같은데. 그녀는 옷을 갈아입고 코트를 입었다. 거실로 나오자 TV를 보고 계시던 부모님의 시선이 그녀에게 향했다.

"어디 가?"

"밖에, 운동. 조깅이라도 하려고. 맨날 앉아 있었더니 허리도 아프고, 손목도 아프고."

"그럼 정형외과를 가야지."

"내일 가 볼게요, 아빠."

"아빠가 같이 가 줘?"

"아니에요. 아빠! 내가 애도 아니고, 혼자 다녀올 수 있어요."

지수는 손을 흔들며 아빠가 따라 나올세라 운동화에 발을 밀어 넣었다. 문을 열고 나간 다음에서야 그녀는 방금 자신의 행동이 좀 부자연스럽지 않았나 싶었다.

9층 복도에서 현우를 태운 차가 들어오는지 목을 빼고 보았다.

멀리서 차 불빛이 보이자 그녀는 현우의 차인 걸 확인하고 엘리베이터 앞에 섰다. 엘리베이터 숫자가 1, 2, 3, 4…… 점점 위로 올라가자 그녀는 비상구를 통해 8층으로 내려갔다. 8층의 문이 열리고 현우가 내렸다. 그녀는 그의 손을 잡았다.

"오늘은 포복 자세 안 해?"

"네. 안 해요."

"샤워했네? 좋은 향 난다."

그는 그녀의 어깨를 한 팔로 감싸며 오른손으로는 코트를 펼쳐 열었다. 품속에 그녀가 있는 걸 가리듯, 보안 요원처럼 그녀를 지키며 집 앞까지 갔다. 동네 주민들 때문에 걱정하는 그녀를 위한 배려였다.

"부모님께선 주무셔?"

"아뇨. 아직."

"나가는데 무슨 말씀 없으셨어? 늦게 나오면 눈치 보인다며."

"괜찮아요. 운동하러 간다고 했어요."

"이렇게 깨끗하게 다 씻고? 믿으셔?"

지수는 고개를 주억거렸다. 다 씻고 나서도 운동하고 싶을 수 있지 않나? 부모님께선 그녀가 연애하는 건 꿈도 못 꾸실 거다.

"그럼 같이 운동할까?"

"어떤 거요? 배드민턴? 조깅?"

"아니. 우리 둘만 할 수 있는 거."

어깨에 있던 손이 그의 집으로 들어온 순간 더 아래로 내려왔다. 라운드 티 안으로 손이 밀고 들어왔다. 아래에서 위가 아닌, 목에서부터 손이 들어가자 이상했다.

"잠, 잠깐만······."

그의 야릇한 손길에 지수는 팔꿈치로 그의 배를 가격했다.

"윽."

현우는 옷 속에서 손을 빼며 본인의 배를 잡고 상체를 숙였다.

"아파요? 너무 세게 쳤나?"

"······."

"현우 씨?"

지수가 앞에 다가와 몸을 굽히고 걱정하자 그가 그녀를 번쩍 안 았다. 하지 말라고 하면 더 하고 싶은 법. 그는 그녀를 안아 안방으 로 간 다음 침대에 내려놓았다. 그러고는 그녀의 품으로 안겼다.

"잠시만. 이렇게 있어 줘."

"······."

"10분만. 힐링하게."

그는 그녀의 품에 안겨서 눈을 지그시 감았다. 지수는 지쳐 보이 는 그를 위해 머리카락을 손으로 빗어 주고 귀를 만져 주었다. 귓 불을 비틀고 조몰락거리자 그의 귀가 빨개졌다.

"기분 좋다."

"정말요? 더 해 줄까요?"

"응."

그의 입술 끝이 올라가 있었다.

"어디 갔다 왔어요? 갑작스러운 미팅?"

"아니."

"그럼요?"

"할아버지가 갑자기 수술하셨어."

"회장님께서요? 어디 크게 아프신 거예요?"

"아니. 위암 2기래. 근데 큰 건 아니야. 수술 잘 끝났고 회복도 빠르셔. 2주 내로는 퇴원하실 거 같아."

"현우 씨 많이 놀랐겠네요."

가족의 갑작스러운 병은 놀라지 않을 수가 없다. 거기다 암이라니……. 지수는 누워 있다가 침대 위에 아빠 다리를 하고 앉았다. 1기든, 2기든 '암'이라는 소리가 의사의 입에서 나오는 순간, 죽음이 가까워진 것 같은 느낌이 든다. 완치율이 높아도 재발률도 그만큼 높은 게 암이기 때문이다.

"기사 사진에서 뵀을 땐 정정하신 거 같은데, 사람 아픈 건 한순간인가 봐요."

"그러게."

"병문안은 혼자 갔어요?"

"아니, 유 실장이랑. 우리 할아버지가 나만큼 성우도 좋아하거든."

현우는 몸을 꿈틀거리며 움직여서 그녀의 허벅지를 베고 모로 누웠다. 눈을 뜬 그는 바로 보이는 그녀의 얼굴을 보며 손을 뻗어 볼을 감쌌다. 지수는 큰 손이 보드랍게 볼을 만지며 그녀가 했던 것처럼 귓불을 만지자 간지러움에 어깨를 움찔했다.

"표정이 안 좋은데? 무슨 일 있었어?"

그가 그녀의 얼굴을 감싼 채로 엄지로 볼을 살살 쓸며 물었다. 사박사박거리는 소리가 좋다. 이 남자의 스킨십이 점점 좋아지고 있다. 이렇게 다정하게 물어보면…… 자꾸 기대하게 되고, 더 원하게 된다.

"내가 현우 씨를 많이 사랑하는 거 같아요."

"응?"

"그래서 자꾸 초조하고 불안해요."

"왜 불안해?"

"다른 여자가 채 갈까 봐."

그는 단숨에 몸을 일으킨 후 앉아 있는 그녀를 침대로 눕혔다. 그 위로 올라타 눈을 가까이 마주한 그가 큰 손으로 그녀의 얼굴을 감쌌다.

"김지수. 난 너밖에 없는데. 왜 불안해해. 다른 여잔, 눈에 안 들어와."

"그냥. 대표님 가족들은 제가 아니라 다른 여잘 원할 수도 있잖아요."

"내가 원하지 않으면 끝이지."

그는 코끝을 비비며 쓸데없는 생각을 지우려는 듯 그녀의 입술에 가볍게 키스를 하였다. 이렇게 그와 살을 맞대고 대화를 나누고 있으면 아무 생각도 들지 않는다. 내가 언제 초조함을 느꼈더라? 그냥 좋은 감정만 가득했다.

어떻게 말을 꺼내야 하지. 당신 약혼녀, 내가 아는 사람이라고. 그것도 친했던 대학 동기라고. 우리 어떡하면 좋냐고. 차마 입이 떨어지질 않는다. 나중에 혜진이 알게 되면 또 뭐라고 해야 하지? 나는 네 약혼자가 될 사람이 현우인 걸 몰랐다고, 알았다면 절대 마음을 주지 않았을 거라고. 모든 게 다 변명이다. 몸과 마음은 이미 그에게 구속되어 있는데. 이렇게 그의 품이 좋은데…….

"누가 무슨 말 했어?"

"아뇨. 안 했어요."

"얼른 말해. 내가 알아내기 전에."

그는 그녀가 눈을 피하지 못하도록 한 후 말을 했다. 다정하게 묻던 그도 그녀의 표정에서 심각성을 느꼈는지 서서히 웃음을 지워 갔다.

"회사에 나에 대해 도는 소문은 무시해. 특히 결혼 관련해서는. 난 결혼 생각 없어."

"약혼은요?"

"그것도 관심 없어."

"……."

지수는 입을 꾹 닫았다. 그럼 당신을 꼬시겠다고 계략을 짜고 있는 혜진은 어떻게 생각하고 있는지 너무 궁금했다.

"내 요새 관심은 너야. 김지수 당신이라고."

"현우 씨……."

"할아버지가 아니라 조상님이 결혼 상대를 데려와도 안 해. 적어도 내가 집에 들어갔을 때 편안한 사람하고 하고 싶어. 몸이 반응하지도 않는 여잘 안고 잘 수도 없고."

"……."

"아무 여자랑 잘 수 있었으면 너 이후에 다른 여자가 있었겠지. 근데 내가 보기보다 여자관계가 깨끗해."

처음 우리가 잠을 잤던 그때 이후로 정말 한 명도 없었다니. 수많은 유혹이 있었을 텐데 흔들리지 않았다는 게 믿기지 않는다. 지수의 눈빛이 흔들리자 그는 그녀의 입술을 빨았다.

"그러니까 날 믿어. 네 남자니까."

내 남자.

그 어감이 주는 느낌은 묘했다. 혜진에게 당장에라도 달려가 현우는 자신의 남자라고 소리치고 싶었다. 내 남자이고, 내가 사랑하는 사람이고, 그도 나를 사랑하고 있다고. 우리의 처음은 네가 아는 것보다 훨씬 이전이라고. 네가 끼어든 거라고. 근데 그 말을 쉽게 할 수가 없다. 그것도 혜진에게. 혜진과 같이 마신 술이 몇 병이며, 같이 논 날이 며칠인지 셀 수도 없다. 자신보다는 오히려 혜진이 그녀를 좋아하고 챙기고, 여기저기 데리고 다녔다. 친해지려고 노력했던 것도 혜진이었고. 그만큼 그녀도 혜진에게 정이 생기고 친구로서 잘 지내 왔는데. 어떻게 이렇게 꼬일 수 있단 말인가.

"그러는 너는, 정말 나 말고 없었어?"

"네. 없었어요."

"감정적으로도?"

육체적으로 그밖에 없었단 건 믿는 눈치였다. 하긴 두 번째 경험 때도 그녀는 그를 받아들이는 데 아파했고 힘겨워했었다. 그녀는 남녀 행위에 익숙하지 않아 모든 게 서툴렀다. 심지어 키스조차 숨 쉬는 타이밍을 몰라 키스 중에 입술을 뗀 게 한두 번이 아니었다.

"네. 감정적으로도. 없었어요. 나도 현우 씨한테만 설레요."

가슴이 뛰고. 그와 하는 키스가 좋고, 사랑을 나누는 것도 좋다. 그와 하는 건 무엇이든지 다 좋아서 집 안에서 아무것도 안 하고 안고만 있어도 가슴이 벅찬다. 그가 옆에 있으면 그의 품에 안기게 되고, 손가락을 만지작거리게 되고, 자꾸 그의 곁에 서고 싶다. 진짜 중증이다. 언제 이렇게 됐을까. 태연해 보이던 그가 그녀의 고백에 트레이닝복 바지 속으로 불쑥 손을 집어넣었다.

"준비될 때까지 못 참겠어. 어쩌지?"

"그냥, 해요……."

그녀의 말에 그는 손을 빼더니 본인의 엄지를 입 안에 넣고 혀를 굴렸다. 그러고는 다시 그녀의 바지 속으로 쑥 손을 넣었다. 아래가 횅해진다고 느낀 순간, 그의 다리가 그녀의 다리로 얽혔다.

혜진은 엄마가 챙겨 준 책을 들고 박준호 회장이 입원해 있는 병실로 갔다. 문을 두드린 후 그녀는 병실 안으로 들어갔다.

"안녕하세요, 할아버지."

그녀는 회장님 대신 할아버지라고 부르며 애교 있게 다가가 보호자 의자에 앉았다. 그러자 박 회장은 인자한 웃음을 지으며 그녀를 반겼다.

"혜진이 왔구나."

"네, 할아버지. 적적하실 거 같아서 읽기 좋은 책 몇 권 가져왔어요."

혜진은 쇼핑백에서 책 몇 권을 꺼내서 협탁 위에 두었다.

"오늘 현우는 안 오는 거 같다."

"네. 저 오늘은 할아버지 뵈러 온 거예요! 현우 씨는 나중에 봐도 되죠."

"말도 참 예쁘게 하네. 윤 대표가 예쁜 딸을 뒀어. 부럽구만."

"감사합니다."

그녀는 냉장고에서 사과를 꺼내 예쁘게 깎았다. 신부 수업 때 배웠던 실력을 유감없이 발휘하며 먹기 좋게 잘라서 포크로 찍어 박준호 회장에게 주었다.

"이런 거 안 해도 되는데, 미안하게."

"제가 하고 싶어서 하는 거예요. 저희 아버지 아프실 때도 제가 종종 깎아 드렸거든요. 그럼 좋아하시더라고요."

흐뭇한 표정을 짓는 박 회장을 보며 혜진은 입꼬리를 올려 웃었다.

"근데요, 할아버지."

"응. 그래."

"현우 씨는 제가 마음에 안 드나 봐요."

"녀석이 사람 볼 줄을 몰라서 그래."

"여자 친구가 있다고 하더라고요. 그것도 그냥 절 떼어 내기 위한 거겠죠?"

혜진은 첫 병문안을 왔을 때 현우를 만났고 반갑게 인사했다. 신부 수업을 하는 걸 그도 알고 있겠거니 했는데 그는 처음 듣는 표정이었다. 약혼과 결혼은 그와는 관련이 없는 것처럼.

'혜진 씨, 저 여자 있습니다.'

'네?'

'결혼은 다른 분하고 하시는 게 좋겠습니다.'

그는 그녀에게 폭탄을 던졌다. 여자 친구가 있다는 건 자신을 떼어 내기 위함이라고 생각하려 했지만 석연치 않은 구석이 있었다.

"여자 친구?"

"네. 아니죠? 아니겠죠?"

"녀석, 여자는 무슨. 그런 거 없다."

박 회장은 부인했지만 혜진은 박 회장이 현우의 여자 친구를 알 거 같단 확신이 들었다. 그녀는 고개를 끄덕인 후 컵에 물을 따랐다. 과일을 먹고 있는 그에게 컵을 주자, 박 회장은 받아서 물을 마셨다. 그러고는 그녀는 다시 컵을 받아 협탁 위에 뒀다. 그녀는 지수를 통해 영후를 만나든, 아니면 지수에게 묻든 박현우 대표에 대해 좀 더 알아봐야겠다고 생각이 들었다.

여자 친구는 어떤 사람일지 궁금해졌다. 박 회장의 반응을 보니 여자 친구가 있더라도 박 회장의 눈에 차지 않은 사람일 것이다. 없는데 있다고 한 걸 수도 있겠지만, 그 남자는 그런 것으로 장난을 칠 사람은 아니었다. 신부 수업을 받기 전, 혜진은 현우의 집 앞에 찾아가고 이것저것 선물을 보내기도 했었다. BH에 있을 때는 회사 앞에서 기다려 보기도 했고 말이다. 둘만 있는 상황에서 그녀는 그를 유혹해 보려고 갖은 애를 썼지만, 그는 꿈쩍하지 않았다. 언제 한 번은 목석같은 남자에게 다가가 그대로 입을 맞춘 적도 있었다. 그때도 그 남자는 눈도 감지 않은 채 그녀가 하는 대로 그대로 뒀다. 그게 더 굴욕적이었다.

'봤죠? 나 윤혜진 씨한테 관심 없는 거.'

'현우 씨.'

'원하면 바지도 벗겨서 더 해 보든가요. 미안하지만 그쪽은 정말 아닙니다.'

오히려 현우의 태도가 그녀의 승부욕을 자극했다. 저 남자를 침대 위에 쓰러뜨리고, 자신만을 보도록 만들고 싶단 생각이 들었다.

"그럼, 저는 가 보겠습니다. 할아버지, 읽고 싶은 책 있으면 말씀해 주세요. 다음에 올 때 사 올게요."

"그래. 고맙다. 조심히 가고. 아버님께 안부 전해 줘."

"네. 할아버지."

그녀는 배꼽 아래 두 손을 붙이고 몸을 숙였다. 병실을 나와 그녀는 지수에게 전화를 걸었다. 몇 번의 신호음이 갔으나 전화를 받지 않는다. 바쁜가? 아무래도 회사에서 박현우를 좀 감시해야 할 거 같은데. 지수가 같은 회사이니 이것저것 정보를 캐 보기 딱 좋을 거 같았다. 현우의 절친인 영후와도 만나면 좋을 텐데.

주말 문화 센터 수업이 끝난 후, 지수는 샤워를 마쳤다. 머리를 다 말리지 않은 채 밖으로 나왔다. 부재중 전화 두 건이 액정에 찍혀 있었다.

[혜진.]

어떡하지. 평소라면 왜 전화했냐고 바로 전화를 했을 텐데, 지금은 그러지 못했다. 결국 현우와 자신의 사이를 알게 된 건가? 실망했겠지?

지수는 친구의 약혼자를 뺏은 것 같은 기분에 내내 잠을 설쳤다. 남자 친구인 현우는 새벽부터 골프 모임이 있다며 집을 나서서 주말 내내 서울에 없을 예정이었다. 이번 골프 모임은 사이판에서 열린다고 했다. 최근 그는 체인 호텔 사업을 위해 몇몇 작은 업체에서 원룸 장사를 하려고 올린 건물을 사들이고 리모델링을 했다. 주 고객층으로 외국 바이어와 외국인들을 받기 위해 그는 문화 체육 관광부 소속 장관과 동남아의 유명 여행사 대표들과의 만남을 갖기도 했다. 사람은 한 명인데 준비하는 사업이 많다 보니, 사내에서는 그런 그를 걱정하는 무리도 생겼다.

어떤 사업은 6개월, 어떤 건 1년, 어떤 건 앞으로의 5년. 오늘 해서 내일 결과가 나오는 거라면 참 좋은데, 현우의 옆에 있어 보니 세상에 그런 사업은 없었다. 어떤 변수가 작용할지 모른다. 하다가 실패할 수도 있고, 또 다른 사업과 합쳐질 수도 있고, 때로는 다 된 것 같은데 정책에 의해 다시 처음부터 기획해야 할 때도 있었다. 그럼에도 현우는 실패한 것도 다시 기획해 결국 성공해 내는 인물이었다. 지독한 집념으로 포기하지 않고 밀어붙이는 힘이 있었다. 그걸 견뎌야 하는 아랫사람들은 불만을 표하기도 했지만 결국 결과물로서 그는 그들의 불만을 잠재웠다. 뒤에서 그가 욕먹는 걸 듣는 건 그녀로서도 마음이 아팠다.

'박 대표님도 부모님께서 돌아가시지만 않았어도 좀 쉬엄쉬엄 일하면서 회사 꿀꺽했을 텐데. BH 계열사들이 다 한데 힘 모아서 우리 박 대표님 견제하잖아.'

'결혼이라도 좀 잘해서 콧대 눌러 줬음 좋겠다. 박 대표님 오시고 서일 건설도 연일 상승세잖아.'

감사 팀 직원들이 했던 이야기가 그녀의 가슴에 남았다. 그를 받쳐 줄, 부모 없는 그의 뒤를 봐 줄 처가가 있다면 다를 거라는 말들. 그 말들과 혜진이 자꾸 같이 떠올라서 지수는 가슴이 답답했다. 편의점에 들어가 탄산음료를 산 그녀는 단숨에 한 캔을 비웠다.

[혜진.]

그때, 다시 전화가 왔다. 끊이지도 않고. 이건 피할 수 없는 문제였다. 언젠가 결국 알게 될 거고, 만나서 담판을 지어야 할 것이다. 피하고 싶지 않았다. 그녀는 통화 버튼을 눌렀다.

현우는 호텔로 들어왔다. 땀이 밴 운동복을 벗자 성우가 등을 돌렸다.

"새삼스럽게 왜 등을 돌려?"

"예의상요."

성우는 다시 현우 쪽으로 몸을 돌렸다. 같이 해외로 나갈 때마다 보는 몸이지만, 남자가 봐도 조각 같은 현우의 몸은 멋지다는 표현이 절로 나왔다. 어디 한 군데 군살 하나가 없다. 특히 현우는 복근이 유독 아름다웠다.

"대표님은 모델 했어도 성공하셨을 거 같아요."

"가끔 아부가 과해."

"아부 아닙니다."

드로즈 아래로 뻗은 허벅지는 운동선수처럼 탄탄했다. 어렸을 때 축구를 했나? 제우스의 허벅지에서 디오니소스가 태어났다는데, 저기도 아이 하나가 들어갈 수 있을 만큼 굵었다.

"대표님, 박 회장님께서 전화가 왔는데요. 바로 받으시겠습니까?"

"어. 줘."

현우는 성우에게 손을 내밀었다. 핸드폰을 받은 후 그는 통화 버튼을 눌렀다.

"여보세요."

- 나다.

"압니다. 저 사이판입니다. 급한 일 아니면 서울에 가서 연락드리겠습니다."

- 왜? 나랑은 국제 전화 아깝고, 여자랑 하게?

현우는 피식 웃었다. 그는 지수를 숨길 생각이 없었다. 그래서 일부러 보란 듯이 데이트를 했다. 외부에는 노출이 되지 않지만 할아버지는 아시도록. 그리고 그와 결혼할 거라 철석같이 믿는 온리 뷰티 딸 혜진에게도 여자 친구가 있다고 밝혔다.

- 일부러 모른 척하고 있었다.

"그러셨군요. 얼른 아시길 바랐는데. 저 혜진 씨와 약혼도 결혼도 안 합니다."

- 그래서 그 사원하고 할 게냐?

"네. 하고 싶습니다."

- 그 집안이 네게 뭘 해 줄 수 있다고. 다음번엔 경고로 끝나지 않을 게다. 할아빈 내 새끼 위해서라면 뭐든 할 수 있다.

"제 사람 예뻐해 주시는 게 절 위한 겁니다. 할아버지."

그 사람으로 인해 일의 능률이 오른다. 제 사람을 지키기 위해 더 단단해지고 강해지고 싶단 동기 부여가 된다. 세상 누구도 그녀를 건드리지 못하도록. 제일 높은 곳에 올라 제 가족을 품고 싶단 생각이 든다.

"할아버지. 저는 부모님처럼 살고 싶지 않아요. 제가 사랑하는 사람 정부로 두고 싶지 않고, 정부인 두고 다른 여자 품고 싶지도 않습니다. 다 같이 상처받는 길 원치 않아요."

– 너, 너!

"그러니까 뭐든 하지 말아 주세요. 부탁드립니다."

할아버지께서 뭐라도 하시면, 저를 사랑해 주신 은혜를 원수로 갚는 사람이 될 수도 있다. 주신 사랑에 보답하는 사람이 되고 싶은데, 제발…….

– 네가 어떻게 네 부모님 일을 입에 올려! 그래서 내 탓이라고 말하고 싶은 게냐?

"아닌 거 아시잖아요. 할아버지 탓 아니에요. 결국 선택은 두 분이 하신 거니까. 저는 그런 선택, 안 할 겁니다. 전 할아버지도, 제 여자도, 그리고 제 자신까지 아무도 잃고 싶지 않습니다."

현우는 박 회장과의 전화를 끊은 후 성우에게 전화기를 건넸다. 호텔에 있는 로브를 걸친 그는 냉장고 문을 열어 맥주 캔을 땄다. 단숨에 다 비운 그가 한 손으로 캔을 구겼다.

"지수 주변에 사람 붙여."

"네. 알겠습니다."

"나한테 다 보고하게 하고."

"알겠습니다."

아무 일 없어야 하는데. 현우는 마른세수를 하며 아직 일어나지 않은 일을 상상하지 않으려 애썼다.

지수는 집 앞으로 찾아오겠다는 혜진을 말리지 못했다. 전화로 할 만한 내용은 아니긴 해도 이렇게 빨리 만나자고 할 줄은 몰랐다.

그녀는 혜진이 도착하기 전 먼저 동네 인근 카페에 자리를 잡고 앉았다. 주문한 아메리카노가 꼭 사약처럼 썼다. 문이 열리며 딸랑 소리가 날 때마다 그녀는 문 쪽을 보며 가슴을 쓸어내렸다. 죄를 지은 것도 아닌데 왜 자꾸 긴장을 하게 되지? 현우에게 당신 약혼녀가 될지도 몰랐던 여자와 지금 만나게 될 것 같다고 말해야 할까. 그때 종소리와 함께 혜진이 들어왔다.

선글라스를 빼며 다가오는 혜진은 전과 달리 순둥해 보였다. 헤어 스타일과 메이크업에 따라 사람이 주는 인상이 확 바뀌는 것 같다.

"지수야. 나도 커피 좀 시키고 올게. 잠시만."

"응. 그래."

네가 감히 내가 찜한 남자를 뺏어? 머리채를 잡히면 어떡하나 하면서 막장 드라마에 나오는 장면을 상상해 보기도 했다. 그러나 혜진은 무척이나 태연하게 커피를 주문해서 머그 컵을 들고 자리로 왔다.

"이제 진짜 봄이 오려나 봐. 코트 입고 왔더니 덥네."

"차 히터가 셌던 거 아니야?"

"그랬나 봐."

혜진은 옆 의자에 신상 가방을 두고 테이블 위에 차 키를 두었다.

"내가 진짜 이런 부탁까지는 안 하려고 했는데."

드디어 말을 하는 건가? 헤어져 달라고? 아니면 조용히 만나라고? 지수는 혜진의 입만 뚫어지게 보았다.

"내 약혼자 될 남자가 여자가 있대."

"으응……."

"날 떼어 내기 위한 거짓말은 아닌 거 같고. 신부 수업하러 해외에 갔을 때 생겼던 모양이야."

"……."

"내가 약혼자에 대해 말한 적 있나?"

"아니, 없었어."

"아…… BH에 있다가 서일로 간 대표. 너도 알지? 너희 회사 대표 박현우."

지수는 고개를 끄덕였다. 그런데 혜진의 말투에서 공격성이 보이지 않았다. 전과 너무 똑같아서 오히려 지수는 혜진이 아무것도 모르는 건 아닐까 하는 상상을 했다.

"그 남자 좀 감시해 줘. 회사에서 이상한 소문 돌면 나한테 바로 말해 주고. 아무래도 어떤 애랑 붙어먹는지 봐야겠어. 나보다 예쁜가? 어디 집 자식인지. 박 회장님께서 아예 현우 씨 애인에 대해 부인하는 거 보면 아시면서도 믿고 싶지 않은 모양이야. 반대는 불 보듯 뻔한데 왜 그 남잔 굳이 그런 여잘 택한 거지?"

"……."

"돈 보고 접근했나? 외모만 봐도 한번 가져 보고 싶은 남자긴 해. 결혼 전에 여러 여자 만난 건 눈감아 줄 수 있는데, 그 여자 때문에 감히 나를 차는 건 용납 못 하지."

지수는 확신했다. 혜진은 현우의 여자 친구가 자신이란 걸 모르는 것 같다고. 만약 알았다면 제 앞에서 돈 보고 접근했는지 아닌지에 대해 논하며 경멸 어린 표정을 짓진 않았을 것이다. 만약 알고 그랬다면…… 혜진은 자신을 친구로도 생각하지 않았던 것이 된다.

"혜진아."

"응. 얘기하니까 또 덥네. 열난다."

"놀라지 말고 들어."

"응. 뭔데?"

결국 혜진은 누군가를 통해서 아니면 직접 현장을 목격하거나 어떤 방식으로든 알게 될 것이다. 어차피 알게 될 거라면 더는 숨기고 싶지 않았다. 차라리 내 입으로 말하는 게 편할 것 같다.

"내가 작년에 5년 전쯤 처음 클럽 갔을 때 기억나냐고 물었잖아."

"언제?"

"왜, 그때 기억 안 나? 클럽에서 만났던 남자랑 회사에서 만났다고 전화했잖아."

"아아! 기억난다. 클럽 오는 남자들이 일일이 어떻게 다 기억하냐고 걱정 말라고 내가 대답했지?"

"응. 맞아."

"그게 왜?"

혜진은 갑자기 지금 그 이야기가 왜 나오는지 모르겠다는 얼굴로 지수를 보았다.

"그 남자가 박현우 대표였어."

"뭐?"

"그리고 지금은 우리, 만나고 있어."

"……."

혜진은 병찐 표정으로 지수를 보았다. 당황한 혜진의 손이 벌벌 떨렸다. 머그 컵을 쥔 그녀가 진정이 되지 않는지 커피를 한 모금 마셨다가 내려놓았다.

"그러니까 현우 씨 여자 친구가 너라고?"

"응."

"……."

"나 돈 보고 접근한 거 아니야. 먼저 꼬신 것도 현우 씨고, 약혼자 있다는 말 안 했어. 그랬다면 받아 주지 않았겠지. 만약 너랑 연관된 남자란 걸 알았다면 더더욱 관심을 두지 않았을 거야."

"뭐, 뭐."

"아니, 관심이 가더라도 끊어 냈을 거야."

지수의 단호함에 혜진은 할 말을 잃었다. 황망한 표정의 친구를 보니 지수도 마음이 좋지 않았다.

"어차피 네가 알게 될 거 같아서 얘기했어."

"넌 언제 알았는데?"

"그때 너 병문안 온 날. 유성우 실장님이 너 데리러 오더라고. 난 네가 채 팀장님께 관심이 있는 줄 알았어. 그래서 채 팀장이 네 약혼자라고 착각했지. 그런데 병문안 온 날 느낌이 싸하더라고. 네가 말한 그 남자가 현우 씨인 거 같았어."

하필 이렇게 꼬이다니.

"이걸 나한테 말하는 걸 보니, 너 현우 씨 많이 좋아하는구나?"

"응. 미안해."

"됐고. 그럼 헤어질 생각도 없는 거네?"

"못 헤어지겠어. 나 그 남자가 많이 좋아."

"너 되게 뻔뻔하다. 너 박현우가 어떤 남자인 줄은 알아? BH 그룹의 박 회장이 제일 예뻐하는 손자야. 후계자 물망에 올라 있는 남자라고. 그 집안에서 널 받아 줄 거 같아? 웃긴다, 진짜. 이래서 우리 엄마가 친구는 가려 사귀라고 하더니. 가진 거 없는 사람들이 제일 무섭다더니 진짜 네가 내 옆에서 내 남자를…… 진짜 기도 안 찬다."

혜진이 하는 말들이 지수의 가슴을 후벼 팠다. 현우와 자신의 빈부 격차를 누구보다 잘 아는 건 그녀였다. 지금까지 같이 밥을 먹고, 술을 마신 세월이 얼만데 친구를 가려 사귀어야 한다니. 가진 거 없는 사람이 무섭다는 말을 어떻게 면전에 대고 할 수 있을까. 지유만큼 친한 친구는 아니었어도 그녀는 혜진을 좋아했다. 같이 있으면 재미있으니까. 그런데 친구가 아닌 같이 다니는 들러리였나 보다.

"좀 예뻐서 데리고 다녔더니 진짜 웃기고 앉았네. 지수야. 정신 차려. 박현우 그 남자, 절대 네 거 안 돼. 잘난 몸뚱아리는 언젠가 질리게 되어 있어."

"……."

"그래도 현우 씨 여자가 너라고 하니까 안심은 된다."

다른 말보다 안심이 된다는 말이 지수의 신경을 건드렸다.

"윤혜진."

"그 눈은 뭔데? 나 치겠다?"

"너 진짜 너무한다. 내가 네 친구 맞아?"

"그럼 넌 내 친구 맞아? 내 남자 꼬시고? 어?"

"말은 바로 하자. 내가 먼저였어. 6년 전에 내가 먼저 만났다고. 현우 씨 집에서 날 어떻게 생각하든, 우리가 연애를 하다가 헤어지든 아니든 내 문제야. 내가 왜 네 충고를 듣고 있어야 하는지 모르겠어. 내 몸뚱아리에 질리는 것도 우리 문제야."

그런데 네가 했던 말들이 꼭 네가 날 지금껏 그렇게 생각했던 것 같아서 너무 마음이 아파. 배신감이 들어. 사는 세계가 달랐어도 같은 공간에서 시간을 공유하며 즐거웠었다. 같이 어울리는 데 이때껏 문제가 없었는데, 실상 혜진은 마음속에서 자신을 친구가 아닌 한 층 아래로 두고 있었다는 사실을 깨닫자 처참한 기분이 들었다.

"그걸 알면서 왜 굳이 만나? 이해가 안 돼."

"네가 그랬지. 제일 먼저 포기해야 하는 것이 사랑이라고. 너흰 그렇다고. 근데 난 아니야. 다 포기하고 딱 하나 잡으라고 한다면 사랑을 택할 거야. 나에겐 그만큼 가치 있어. 날 웃게 하고, 살게 하고, 행복하게 해. 부모님의 사랑이 그랬고, 지금의 현우 씨가 그래. 그러니까 네가 현우 씨 버려. 나는 내 사랑 못 버리니까."

뜨거웠던 피가 식는 느낌이 든다. 혜진과는 오늘부로 다신 보지 못하겠구나. 내가 혜진에게 이런 취급을 받고 있었구나. 여행을 다녀올 때마다 그녀의 선물도 종종 사 오곤 했는데 그걸 줄 때마다 무슨 생각을 하고 있었을까. 모든 것이 비참했다.

"나 이제 너 못 보겠다. 혜진아."

"……."

"나는 적어도 너한테 솔직하게 말할 때 엄청난 용기가 필요했어.

미안하고 또 미안했고. 왜 하필 네가 약혼하려는 남자가 현우 씨일까 고민했고, 포기해 볼까 잠시 생각도 해 봤어. 우리가 친했는데 넌 왜 약혼자에 대해 나한테 얘기도 안 했을까? 분명 넌 네 세계에 있는 친구들한텐 다 얘기했을 텐데."

이 남자가 내 남자다. 곧 약혼할 거다. 여기저기 말하고 다녔을 것이다. 그런데 혜진이 자신에게 말하지 않은 건 아예 계급 자체가 다르다는 생각 때문이었을 것이다. 만약 혜진이 자신에게 얘기를 해 주었다면, 5년 전 잤던 남자가 그 남자였어도 그냥 모른 척 지나갔을 것이다.

"넌 날 친구로도 보지 않았고 너보다 아래라고 생각했던 거야. 빈부 격차가 있고 재벌이 아니니까 현우 씨랑 절대 엮일 일도 없고 아예 소개해 줄 필요성을 못 느낀 거겠지. 그러니 알고 나서도 안심이 된다는 말을 했을 테고. 난 그게 제일 열 받고 속상해. 차라리 네가 그 사실을 알자마자 내 머리채를 잡아 뜯었으면 속이 편했을 거 같아."

눈물이 복받쳐 올라왔다. 얘가 날 친구로 생각했다면 차라리 때리고 머리채를 잡고 시원하게 욕을 했겠지. 지수는 더는 혜진과 마주하고 싶지 않았다. 그녀는 혜진을 두고 먼저 자리에서 일어났다. 사약 같던 아메리카노가 목에 걸린 건지, 계속해서 목과 속이 썼다.

집에 가는 길, 그녀는 현우가 보고 싶어졌다. 당신 집안끼리 엮인 약혼녀를 한 방 먹였는데, 왜 이렇게 찝찝한 걸까. 현우가 왜 그랬냐고 혜진의 편을 들면 어떡하지. 정말로…… 나는 그저 잠깐 스쳐 가는 여자로 생각하고 있었으면 어떡해.

그의 진심을 느끼면서도 불안함은 잠재워지지 않았다. 혜진의 생각이 결국 현우의 가족들의 생각과 일치할 것 같아서 무서웠다. 우리 부모님도 금쪽같이 제 자식 생각하며 자신을 지금껏 키워 줬는데, 가진 거 없어서 못 배웠다는 투의 그 빈정거림은 참을 수가 없었다.

✳

"지수야. 얼른 들어와. 밖에 춥지?"

"응. 도형 오빠는 언제 오셔?"

"3일 뒤? 촬영 빨리 끝나면 이틀 뒤."

"역시 바쁘시구나."

지수는 지유의 신혼집으로 들어갔다. 안 그래도 기분이 꿀꿀하던 차에 어떻게 알고 지유가 딱 전화를 주었다.

"몸은 좀 어때? 어디 아프진 않고?"

"응. 컨디션 엄청 좋아. 애도 잘 크고 있고."

지유는 배를 손으로 탁탁 쳤다.

"요새는 태동 게임도 한다니까."

"그게 뭐야?"

"도형 오빠랑 나랑 여기 쳐 봐, 저기 쳐 봐 하면서 배 톡톡 두드리면 애가 반응해 주는 게임이야. 되게 신기해."

"그런 게 된다고?"

지수는 몸을 숙여 지유의 배로 눈높이를 맞췄다.

"여기 안에 있는 아가 천재인 거 아니야? 천재 같아. 벌써부터 말귀 알아듣는 거 보면."

"배 안에 있어도 원래 다 엄마 아빠 목소리 듣고 있댔어. 그래서 태교가 중요한 거고."

지수는 고개를 주억거리며 상체를 일으켰다. 그녀는 지유를 따라 부엌으로 들어갔다. 지유가 과일과 차를 내왔다.

"무슨 일 있어? 지수 너 표정이 안 좋아."

"무슨 일은."

"아닌데. 무슨 일 분명 있는데. 내 친구 너 하나라 표정만 봐도 알아. 어머니, 아버지 때문은 아닌 거 같고. 남친?"

"남친 문제긴 해."

"헤어지자고 했으면 울고불고했을 테니 그건 아닐 테고. 싸웠어?"

애는 진짜 날 너무 잘 알아. 만약 헤어지는 거였으면 제 발로 지유의 집에 찾아오지 못했을 것이다. 집에서 엉엉 울고 있거나 어디서 술을 퍼마시거나, 괴로움을 잊기 위해 몸부림쳤을 것이다.

"전에 내가 혜진이 결혼한다고 했잖아."

"응. 그랬지. 약혼인지 결혼인지 한다고 했던 거 같아."

"그 상대가 박현우 대표라네."

"박현우 대표? 네 남자 친구?"

지유의 눈이 동그래졌다. 지수가 고개를 위아래로 한 번 끄덕이자 가뜩이나 큰 눈이 더 커졌다.

"아니, 세상에……."

"진짜 웃기지?"

"어. 너 그래도 종종 혜진이 만나지 않았어? 어떻게 약혼자 될 사람을 몰랐어? 중간에 바뀐 거 아니고?"

"처음부터 박현우였을걸."

"걔 왜 말 안 했대?"

그러게. 정말 친했다면 나이가 몇 살이고 이렇게 생겼고 미주알 고주알 얘기를 했을 것이다. 그 수많은 시간 중에 단 한 번은. 초등학교 동창이나 잘 안 보는 친구라면 그 친구의 결혼 상대를 결혼식장에서 처음 볼 수 있다. 그런데 혜진은 다르다.

"말할 가치를 못 느꼈나 봐."

"걔가 그래?"

"그냥 뉘앙스가."

"뭐라고 했는데?"

지유의 물음에 지수는 입을 꾹 닫았다. 그걸 다시 입으로 꺼내려니 가슴이 쿵 떨어지는 기분이 들었다.

'잘난 몸뚱아리는 언젠가 질리게 되어 있어.'

'재벌이라고. 재벌. 그 집에서 널 받아 줄 거 같아?'

'가진 거 없는 사람들이 제일 무섭다고 하더라고.'

'현우 씨 여자가 너라고 하니까 안심은 된다.'

지수는 눈을 질끈 감았다. 떠올리고 싶지 않은데 그 말들이 너무 생생하게 기억이 났다.

"나 처음부터 걔 마음에 안 들었어! 됐어. 이제 걔랑 놀지 마."

"……."

"왜 울려고 해."

"그냥. 그래도 나는 친구라고 생각했거든. 근데, 걔 날 친구로 생각하지 않았나 봐."

"너도 이제 걔 친구로 생각 안 하면 되지. 박현우 씨는 이 사실을 알고 있고?"

"아니. 오늘 터진 일이라 아직 말 못 했어. 현우 씨 지금 해외에 있어."

해외에 놀러 간 것도 아니고 일하러 간 건데. 전화로 미주알고 주알 얘기하고 싶진 않았다. 현우가 서울로 오면 그때 얘기해도 되니까.

"혜진이한테 나도 막 쏴붙였거든?"

"잘했어."

"근데 그러고 카페를 나오는데, 이걸 현우 씨가 알면 어떤 반응을 할지 몰라서 무서운 거야. 집안끼리 엮인 거라 현우 씨가 난감해지면 어떡하지. 회장님이 아시면. 온갖 생각이 들면서 불안하고. 걔 앞에서 당당했지만 진짜 초조해."

지금도, 여전히…….

현우는 다르겠지. 자신을 버리진 않겠지. 그런데 한편으로는 아닐 거란 생각도 스멀스멀 기어 나온다.

"믿어. 네 남자 친구."

"응?"

"네가 사랑하는 사람 네가 안 믿으면 누가 믿겠어. 잘 생각해 봐. 그럼 현우 씨 진심이 느껴질 거야. 만약 아무리 생각해도 진심이 안 느껴지고 불안하면, 그땐 놔 버려. 사람이 진심을 보이면 분명 느낄 수밖에 없거든? 근데 아니라고 생각이 들면 아닌 거니까 그땐 바로 놔주는 게 맞는 거 같아."

곰곰이 생각해 보면 현우는 재회한 이후로 내내 진심이었다. 자고 싶어서 만나냐는 질문에 자신이 원하지 않으면 참겠다고 했다. 둘이 있을 때마다 흥분한 몸을 티 내지 않고 혼자 버텼다. 자신의 말을 증명하기 위해서. 아파트 아래층으로 이사 와 놓고 그녀가 부담스러워할까 봐 천천히, 아주 천천히 다가왔다. 비밀 연애하자고, 동네 주민들 회사 직원들에게 눈치 보인다고 말한 것도 그녀였다. 그는 그녀의 생각대로 하라고 존중해 주었다. 배려를 할 수 있는 건 그 사람이 진심이기 때문이다. 원래 성격이 그렇지 않은 사람이 배려를 한다면 더더욱.

"현우 씨 서울 오면 얘기해야겠다."

"그래. 얘기해."

"다른 여자한테 눈길만 줘 봐. 가만두지 않겠다고 협박도 해야겠어."

"나도 도형 오빠한테 자주 해."

"진짜?"

지유가 고개를 끄덕였다. 도형 오빠가 워낙 지유한테 빠져 있어서 제 친구는 절대 안 그럴 것 같았다. 의외라는 듯 지수가 가늘게 눈을 좁히자 지유는 피식 웃었다.

"응. 진짜야. 나도 내 남편이 다른 데서 웃어 주면 불안해. 남편은 믿는데, 다른 여자를 못 믿어."

"크큭. 도형 오빠는 반대로 말하던데?"

전에 도형이 그랬다. 지유는 믿는데, 그 주변 남자들은 못 믿는다고. 지수는 두 사람이 똑같은 생각을 하는 것에 신기해하며 크게 웃었다. 친구 하나를 잃었지만 그녀에겐 즐거움과 슬픔을 나눌 수 있는 진정한 친구가 있었다.

*

　월요일 아침, 지수는 회사 앞에서 영후의 전화를 받았다.

"네, 팀장님."

– 지수 씨, 어디예요?

"저 지금 회사 앞이요. 시킬 일 있으세요?"

– 어, 아니, 아닌데. 회사 건물 들어왔어?

"네. 카드 키 찍으려고요."

– 잠깐!

　정문을 통과하기 위해 카드 키를 찍으려는 순간, 영후가 전화기 너머로 그녀를 말렸다. 지수는 카드 키를 찍으려다 말고 급한 일 인가 싶어 핸드폰을 잡고 집중했다.

"왜요? 무슨 일이에요?"

– 내가 내려가고 있으니까, 잠깐 기다려.

"지금요?"

– 어, 어, 지수 씨. 기다려요.

　서윤과 관련된 일인가? 지수는 고개를 갸웃하며 영후를 기다렸 다. 끊긴 핸드폰으로 진동이 울렸다. 이번엔 서윤이었다.

[지수 씨, 출근했어?]

[네. 정문이에요.]

[잠시만!]

　서윤도 똑같은 반응이다. 영후와 서윤 사이에 무슨 일이 있었 나?

[내가 내려갈게.]

이것도 똑같고.

뭐지? 뭘까?

근데 왜 자꾸 사람들이 지나가면서 날 보는 거 같지? 기분 탓인가. 지수는 머리를 긁적이며 옆으로 비켜섰다. 보안대를 막고 있어서 그랬나? 그런데도 그녀를 힐끔거리는 느낌은 지울 수가 없었다. 저 멀리서 그녀에게 빠른 걸음으로 오는 영후가 보였고, 그녀의 뒤로는 이제 막 출근한 서윤이 급히 오고 있었다. 이상한데.

"지수 씨."

"지수 씨!"

거의 비슷한 속도로 그녀에게 온 두 사람은 지수의 팔을 한쪽씩 잡고 건물 밖으로 나갔다.

✳

현우는 주말 동안 골프 회동을 마치고 먼저 귀국했다. 전용기를 타고 온 그는 성우와 함께 그들을 기다리고 있는 차로 갔다.

"대표님, 보고드릴 게 있습니다."

"뭔데?"

"방금 들은 소식인데, 회사 사내 자유 게시판에 이런 글이 올라왔다고 합니다."

성우는 비서실에서 보내온 사진을 눌러서 현우에게 보여 주었다.

"오늘 아침에 게시판에 떴던 내용인데 지금은 개발 팀에서 임의로 지웠다고 합니다. 그런데 이미 본 사람들이 캡처해서 돌려 보

84

는 거 같습니다."

그 소식은 박현우의 여자에 관한 거였다. 단순히 약혼녀가 있다, 없다의 추측성이 아니라 회사 내에 있다는 확신을 담은 글이었다.

[박 대표 여자 친구가 우리 회사래. TF 팀 소속이라는데? 약혼녀 있는 남자 꼬셔서 승진도 하고 넌 좋겠다.]

TF 팀 소속 여자라면, 딱 한 사람뿐이다. 김지수. 그 밑에 써 둔 문구만 읽어도 이걸 본 사람들은 그 여자가 누군지 추측할 수 있을 것이다.

"지수 씨 출근했어?"

"확인해 보겠습니다."

"이 게시물 올린 사람은 찾아서 내 사무실로 불러 줘."

"알겠습니다."

차에 탄 현우는 이로 입술을 질끈 물었다. 할아버지가 나선 건 아니다. 이런 유치한 방식으로 그를 도발할 리가 없다. 그렇다면 누굴까. 사내에 그들의 연애 사실을 아는 사람이라곤 채영후와 유 실장밖에 없는데. 두 사람 다 아닐 테고. 딱히 짐작 가는 인물이 없었다.

"대표님, 인사 팀에 있는 윤정식 사원입니다."

"윤정식?"

"온리 뷰티 윤혜진 씨 사촌 오빠라고 합니다."

"아."

결국 그 여자가 사달을 냈군.

현우는 핸드폰을 켜 그 여자의 이름을 검색했다. 저장해 둔 적이 없으니 뜰 리가 없다. 인상을 쓴 그가 문자를 한참 내려가며 그녀가 보낸 문자를 찾았다. 통화 버튼을 누르자 신호음이 들렸다. 그의 표정은 살얼음판 위에 있듯 차갑고 매서웠다. 상대를 가만 두지 않겠다는 의지를 담고 있었다.

– 네. 여보세요.

"윤혜진 씨?"

– 네. 현우 씨.

"지금, 어딥니까?"

– 저 집이에요.

"거기로 가죠. 잠시 만납시다."

현우의 말에 상대는 숨을 들이마셨다. 호흡이 고르지 못한 채 떨리고 있었다.

"왜 만나자고 하는지는 혜진 씨가 더 잘 알 거라 봅니다."

– 저는 잘 모르겠는데요.

"아…… 그렇군요. 제 사생활을 먼저 공개하셨으니, 그럼 저도 하나 까겠습니다. 윤혜진 씨, 생일 파티 때 술 말고 맛있는 거 드셨 더라고. 한두 번이 아닌 거 같던데. 부모님도 아십니까?"

너구리를 만난 그날. 클럽에서 지수를 만났던 그때. 그 장소에 혜진도 있었다. 알고 싶진 않았지만 그녀가 너구리가 덮쳐서 잡 으려는 인물 중 하나라는 걸 알게 되었다. 그가 경멸하는 약쟁이 중 하나였다.

– 만나요. 제, 제가 집 앞으로 나갈게요.

"좋습니다. 만나서 얘기 나눕시다."

현우는 성우를 보며 눈가에 힘을 주고 고개를 끄덕였다. 그러자 성우는 알아서 기사에게 도착지를 변경해 달라고 말하며 내비게

이션의 주소지를 바꿨다.

✳

　지수는 채영후 팀장과 서윤이 심각한 표정을 짓고 있자 그제야
조금 걱정이 되었다. 회사에 정말 무슨 일이 있나?
　"무슨 일이에요? 괜히 걱정되네요."
　"그게……."
　"뭔데 뜸을 들이세요. 서윤 언니는 또 왜 그렇게 긴장하고 있
어요?"
　"사내 자유 게시판에 글 하나가 올라왔는데, 아무래도 지수 씨
얘기인 거 같아."
　"무슨 얘기인데요?"
　지수의 말에 서윤은 핸드폰을 켜서 사내 홈페이지에 접속했다.
출근길에 반차와 연차 무단결근 규정을 보려고 들어갔다가 서윤
은 우연히 그 글을 보게 되었다.
　"지워졌나 봐. 방금 전까지 있었는데. 지수 씨, 무슨 글이냐면.
음…… 우리 회사 박현우 대표님이랑 지수 씨가 그렇고 그런 관
계라고."
　"네?"
　지수는 들고 있던 핸드백을 떨어뜨렸다. 조심한다고 조심했는
데, 누가 본 걸까? 영후가 뛰어왔던 것도 그것 때문이었나 보다.
　"진짜였어?"
　"……."

"차라리 아니길 바랐는데."

서윤은 지수의 옆으로 와서 손을 잡아 주었다.

"지수 씨 상처받을까 봐 걱정되네. 아니라고 딱 잡아떼. 이런 소문나면 좋을 거 없어."

"오늘 아침에 올라온 거예요?"

"주말에 올라온 거 같아. 오늘 아침에 일찍 출근한 사람들이 본 거 같고. 지워졌어도 내가 봤을 때만 해도 조회 수가 꽤 높았거든."

"도대체 누굴까요?"

왜 나한테 이런 짓을. 박현우 대표가 연애를 한다고 해도 그건 그의 사생활인데 이렇게 공개하는 건 옳지 않다. 남의 일이다. 남의 일. 우리의 연애가 누군가에게 폐를 끼친 것도 아니고, 그렇다고 일을 소홀히 한 것도 아니다. 그저 같은 회사를 다니는 것뿐인데.

"팀장님께서도 이것 때문에 나오신 거예요?"

"네. 아직 박 대표는 모르는 거 같아서. 일단 내가 내려왔지."

"위에 사내 분위기는 어때요?"

"그냥……."

"다들 우리 얘기하는구나. 아무래도 여론은 저한테 더 불리하죠?"

돈 보고 접근했다거나, 가만히 있는 남자를 꼬셨다거나. 서일 건설에서 수뇌부인 TF 팀에 들어간 게 남자 친구 빽이라거나. 안 봐도 훤했다. 하나 꼬투리 잡으면 그 사람이 끝장날 때까지 물어뜯을 것이다.

"오늘은 조퇴하는 게 어때요?"

"그래, 지수 씨. 일단 여론 상황 보고 내일 출근하는 게 좋겠어. 채 팀장님께서 조퇴 허락하셨잖아."

"내가 박 대표랑 얘기해 볼게요."

주말엔 혜진과 한판을 하고, 출근하자마자 직원들에게 눈총을 받고. 그냥 사람이 좋아서 연애 한번 한다는데. 왜 이렇게 말도 많고 탈도 많은 건지. 쉬운 연애는 없다지만 현우를 만나면서 그녀가 감당해야 할 몫이 많아지는 기분이다.

"알겠습니다. 저 오늘은 조퇴하고 내일 출근하겠습니다."

채 팀장이 여기까지 내려온 거면 TF 팀 내에서도 술렁이고 있는 걸 거다. 설마 서준이 퇴사하면서 다 말한 건 아니겠지? 아니어야 한다. 혜진처럼 아닌 얼굴로 자신을 뒤통수치는 일은 없어야 한다.

집까지 대중교통을 탈 힘이 없어서 그녀는 지나가는 택시를 잡았다. 나는 잘못한 게 없는데……. 그녀는 핸드폰을 꺼내 현우에게 전화를 걸었다. 목소리가 듣고 싶다. 지금쯤 한국에 왔을 텐데. 몇 번 신호음이 가자 현우가 전화를 받았다.

- 어디야?

"그러는 현우 씨는요?"

- 미팅 중.

"현우 씨, 나…… 우리, 들켰어요."

우리 연애하는 거, 이제 회사에 다 소문났어요. 당신도 나도 진짜 일 열심히 했는데. 데이트도 시간 쪼개 가며 했고, 그를 본 날보다 못 본 날이 더 많았다. 회사에서도 스쳐 가듯이 마주쳤고,

영후가 도와주지 않았다면 스치지도 못했을 것이다.

"현우 씨 일 죽어라 했는데 회사 직원하고 놀아났다고 소문나면 어떡해요? 현우 씨 가족들이 가만히 안 있겠죠? 현우 씨?"

그녀의 말에 상대는 별말이 없었다. 나만 걱정하는 건가?

– 내 걱정은 마. 할 건 다 했으니 문제 될 건 없어. 지수 씨도 나랑 연애하면서 혜택 본 거 없잖아. 떳떳하게 출근해. 욕하든 말든 신경 쓰지 말라고.

"네……."

– 고작 소문 하나에 흔들리면 내 옆에서 어떻게 버티려고.

고작 소문 하나에 벌벌 떠는 자신이 미련해졌다. 세상에 비밀이란 없다. 언젠가는 걸릴 일이었다. 주차장에서, 비상구에서, 그의 대표실에서, 탕비실에서. 키스를 하기도 했고, 잠깐 만나서 서로 안고 있기도 했다. 그런 시간이 지속되면 분명 누군가는 그들을 볼지도 모른다. 다만 지수가 생각했던 것보다 이르게 연애가 발각되었고, 그걸 퍼뜨린 누군가가 악의적으로 행동을 했다는 것이 불쾌했다.

– 박현우의 연인으로서 잘 버텨 보라고.

"네?"

– 그럼 이제 대놓고 연애해도 되겠군.

"현우 씨, 나는 지금 심각해요."

– 나도 심각해. 대놓고 내 여자라고 해 두면 면전에 대고 욕할 강심장은 없겠지. 내가 애지중지 아끼는 여자라는 걸 안다면 더더욱.

그는 이걸 기회로 삼아 아예 방패가 되어 주려는 모양이었다. 지수는 현우에게 미안해졌다. 소문으로 그녀도 피해를 보지만, 현우도 마찬가지일 텐데. 서일 건설 살리라고 보내 놨더니 직원이랑 연애 놀음이나 한다고. 박 회장님께 불려 가 그가 혼이 날까 봐 걱정이 되었다.

– 미팅 끝나고 회사로 갈게. 피하지 말고 거기 있어.

"네."

– 내가 갈 때까지만 참아 줘. 이후엔 다신 누구도 혀를 함부로 놀리지 못하게 할 테니까.

그는 화를 내진 않았다. 생각보다 목소리는 차분했다. 그러나 그녀는 그가 지금 차분하고 안정된 상태가 아님을 알 것 같았다. 그가 냉정해지고 태연해지는 그 순간, 가슴 안에서는 부글부글 끓고 있다는 걸 누구보다 잘 알고 겪었던 그녀였으니까. 지수는 전화를 끊고 핸드폰을 가방에 넣었다.

"아저씨, 서일 건설 건물로 다시 가 주세요. 죄송해요."

그녀의 말에 택시 기사는 차를 돌렸다. 그녀는 현우의 말대로 도망치고 싶지 않았다. 오히려 현우의 말 덕분에 불안한 마음이 싹 가셨다. 그의 여자, 그가 애지중지하는 여자 친구. 망설임 없이 말하는 그가 더 좋아진다. 혹시라도 자신과 연애를 하며 뒤에서 다른 생각을 하면 어쩌나 하고 의심했던 시간들이 너무 미안해졌다. 그는 자신의 사랑을 확신하고 있는데.

다시 온 서일 건설 건물 앞에서 그녀는 한숨을 푹 쉬었다. 보안대를 지나 엘리베이터를 탔다. 다른 부서를 지나칠 때마다, 복도에서 누군가를 마주칠 때마다 그녀는 모진 눈총을 받았다. 시선만으로도 사람에게 상처가 될 수 있구나. 혐오, 경멸 등 안 좋은 감정이 상대의 표정에서 느껴졌다. 자신을 알지도 못하고, 일면 식도 없는 사람들이 고작 현우의 여자 친구라는 이유로 색안경을 낀 채로 보고 있었다. 원치 않게 그녀는 사내에서 점점 유명 인사가 되어 갔다.

12장. 진실

혜진의 집 앞으로 간 현우는 차에서 내렸다. 수화기 너머로 잔뜩 떨리던 지수의 목소리가 심상치 않았다. 가서 얼른 안아 주고 싶었지만, 처리해야 할 것이 있었다. 혜진은 그를 보자마자 뛰어 내려왔다.

"여, 여기 말고 다른 데 가서 얘기해요. 네?"

"왜 그런 짓을 했어요?"

"네?"

"약혼 안 해 줘서? 아니면 내가 당신한테 반하지 않아서? 가져

보려 해도 눈길 한번 안 주니까?"

그의 추궁에 그녀는 한마디도 하지 못했다. 현우는 혜진의 턱을 잡아 올렸다. 저절로 손에 힘이 들어가자 혜진의 눈가가 찌푸려졌다.

"공개 연애를 해도 내가 해. 왜 당신이 멋대로 나서지? 사람이 좋게 말하면 왜 들어먹질 않냐고."

"현, 현우 씨. 놔……줘요."

"이대로 목을 비틀어 버리고 싶은 심정이에요. 박 회장님 찾아가도 가만히 뒀잖아. 당신은 내가 당신에 대해 모를 거라 생각하죠? 나라고 내 약혼녀가 될 사람 조사 안 해 봤겠어요? 난 약쟁이랑은 친구도 안 합니다."

"……"

"내 친구가 약쟁이들 잡아가는 사람이라서. 아예 곁에도 안 둬요."

약에 대한 이야기가 나올수록 그녀의 얼굴은 사색이 되며 자꾸 주변을 흘깃거렸다. 누군가 들을까 봐 무서운 모양이다.

"내가 혜진 씨에 대해 아는 게 그거 하나라고 생각하는 건 아니겠죠?"

"……"

"윤 회장님 친지분들이 다들 혜진 씨 많이 도와줬죠? 대학 입학부터 잘못한 일들 다 덮어 주고. 근데 나는 그걸 하나하나 다 끄집어내서 아주 투명하게 다 보여 줄 수 있는 사람이야."

"현, 현우 씨."

"내가 그러고 싶은 생각이 안 들도록 해야겠죠?"

현우는 혜진의 턱을 놓아주었다. 그러자 혜진은 위아래로 고개를 끄덕이며 그에게 잘못했다고 사과를 했다.

"미안해요, 현우 씨. 나 우리 부모님께 폐가 되고 싶지 않아요. 술 먹고 충동적으로 홧김에 사촌한테 부탁한 일이에요. 고 기지배가 약 올라서. 현우 씨 저 지수 씨랑 대학 동기인 건 알아요? 가진 것도 없는 걔가 날 먼저 도발했어요. 참을 수가 없더라고요."

"지수가 가진 게 왜 없습니까?"

"……."

"당신은 죽어도 가질 수 없는 날 가졌는데."

현우는 혜진의 자존심을 다시 한번 긁었다.

"예의 바르고, 사리 분별 정확하고, 수어진 일은 정확히 저리하는 사람인데. 무엇보다 여자로서 매력이 넘치죠. 그건 그쪽도 알텐데? 동기라서 같이 다녀 봤으면 더 잘 알겠지."

안 봐도 훤하다. 같이 다니는 동안 본인이 우월하다고 생각했겠지만 현우의 생각은 달랐다. 겉으로 봐도 지수가 예쁘긴 하지만, 속은 더 사랑스럽다. 그래서 그녀는 가만히 있어도 주변 남자들이 모이는 타입일 것이다. 같이 다니면서도 혜진은 지수를 수없이 미워하고, 부러워하고 그랬을 것이다. 유치하게도 그런 사소한 감정이 이런 결과를 낳았을 거고.

"다시는 그쪽 입에서 결혼 이야긴 안 나왔으면 합니다. 다시 태어나도 당신과는 안 해. 알겠어요?"

"네……. 네."

"당신 부모님께는 따로 인사드리죠. 당신 행실이 어땠는지 왜 우리가 결혼할 수 없는지 사실은 알려 드려야죠."

"현우 씨, 근데요."

혜진은 고개를 숙이다가도 다시 위로 치켜들었다.

"내가 지수랑 친했거든요. 그럼 내가 약을 먹고 클럽에 가서 술을 마시고, 남자랑 놀고. 당신 말대로 내 행실이 그렇게 되는 동안 다 누구랑 있었을까요? 당신이 믿어 의심치 않는 지수가 나보다 더 헤픈 여자였다면?"

"뭐?"

"아, 뭐…… 너무 사랑해서 과거 남자들은 다 괜찮나? 이 남자 저 남자한테 깔렸을 텐데."

"뚫린 입이라고 말을 너무 막 하는군."

혜진의 도발에 현우는 오히려 웃음이 나왔다. 현우가 상대할 가치도 없다는 듯 그녀를 보며 웃자, 오히려 상대는 점점 표정이 굳었다.

"내가 내 여자가 이 남자 저 남자 만났는지 구분도 못 하는 호구로 보이나 봐요?"

"겉모습만 봐선 모르니까요."

그는 그녀의 말에 동의하며 고개를 끄덕였다. 그러나 사람을 한두 명 만나 본 게 아닌 현우는 사람의 눈빛과 외모, 버릇, 말투 같은 것에서 그 사람을 파악하는 편이다. 대체적으로 그건 잘 들어맞았다. 사업을 하면서 사람을 믿고 배신당하며 자연적으로 터득한 게 얼만데. 그녀는 자신을 과소평가하는 모양이다.

"남자들은 예쁜 여자한테 약하잖아요. 실제로 여우인 줄도 모르고."

"보통 남자라면 그럴 수 있죠."

96

"현우 씨는 아니라고 자신하네요?"

"나는 지금껏 들은 이야기가 윤혜진 씨 자기소개처럼 들리는데."

"……."

"아닌가요?"

현우가 웃으며 묻자 혜진의 얼굴이 새빨개졌다. 이 남자 저 남자한테 깔렸고, 얼굴 반반하지만 여우이고, 클럽에 가서 약을 먹고 술을 마신 사람. 그건 모두 그녀에 해당되는 것 같았다. 처음 맞선 자리에서부터 그는 그녀에 대해 어느 정도 파악이 되었다.

"자기소개라뇨? 제가 헤픈 여자라는 거예요? 어딜 봐서요? 지금 당신 엄청 무례한 거 알죠?"

"본인이 들을 땐 기분 나쁜 말이 다른 사람에겐 어떨지 생각 안 해 봤나? 당신이 원한다면 지금껏 잤던 남자들 하나하나 찾아서 줄지어 줄 수도 있어. 당신이 했던 것처럼 재벌가 모임 때 다 까발려 줘? 재밌을 거 같은데."

"뭐, 뭐라고요?"

"왜. 내가 못 할 거 같나?"

사람의 위치라는 게 그렇다. 눈 하나 깜빡하면 원하는 정보를 찾아 주는 직원이 있고, 사설 업체를 통하면 눈으로 보이지 않는 것들까지 찾아 주기도 한다. 세상엔 비밀이란 없으니까. 그 비밀을 철저하게 숨기지 못한다면 분명 흔적이 남을 것이다.

"지수랑 친했다고 했죠?"

"……."

"다시는 그 입에 지수 이름 올리지 말죠. 당신을 친구로 생각했을 지수 씨한테 일말의 미안함이라도 느낀다면. 뭐…… 미안하지 않아도 그 입에 지수 이름 올리면 안 될 거야. 그땐 당신이 파르르 떨던 약점들 모두 까발려질 테니까.”

“현, 현우 씨.”

“당신이 했던 것처럼. 아주 유치한 방법으로 말이야.”

현우는 자신을 잡으려는 그녀의 손을 피했다. 몸을 옆으로 틀자 그녀는 상체가 앞으로 쏠리며 중심을 잡지 못했다. 이 정도 말했으면 알아들었겠지. 이번엔 정말.

그녀는 현우가 미동도 없자 억울한 표정을 지었다. 그러더니 그렁그렁 눈물이 고이고 결국 그의 앞에서 펑펑 울었다.

“그냥 나는, 걔가 부러웠어. 내가 더 잘났는데 걘 볼 거 없는데. 왜 나한테만 이러냐고!”

“…….”

“다신 걔한테 피해 안 가게 할게요. 그러니까 현우 씨도 멈춰 줘요. 당신이 정보를 드러내는 순간 전 매장이에요. 좁은 재벌가에서 우리 부모님까지 매장이야.”

돈이면 다 된다는 생각으로 누군가가 다 덮어 줄 거란 믿음으로 행한 짓들을 평생 후회하며 살지도 모른다. 현우처럼 그녀의 약점을 아는 이가 한두 명은 아닐 테니. 그는 엉엉 우는 그녀를 두고 성우에게로 갔다. 차 문을 열자 그는 뒷좌석에 탔다.

“대표님, 바로 회사로 가겠습니다.”

성우의 말에 현우는 고개를 끄덕였다.

TF 팀에 그녀가 발을 들인 순간 영후가 제일 먼저 놀랐고 다른 직원들은 그녀의 눈을 피했다. 그러다 그녀가 자리에 앉자 의자 바퀴를 끌며 조심스럽게 다가온다.

"축하해요, 지수 씨."

"네. 감사해요."

"그게 진짜였어요? 저흰 소문인 줄 알았는데."

"무슨 소문이요? 전 축하한다고 하시길래 그냥 감사하다고 답한 건데."

　만약 소문에 대해 진실을 알고 싶었다면 그게 진짜인지를 먼저 물어봤을 것이다. 같은 부서 직원들마저도 진실은 알고 싶지 않고 안줏거리가 필요했던 모양이다.

"다들 안 바빠? 지수 씨는 잠시 얘기 좀 합시다."

"네. 팀장님."

　그녀는 먼저 나가는 영후를 따라 일어났다. 그는 먼저 앞서 걸어 엘리베이터 버튼을 눌렀다. 가는 길에도 만나는 직원마다 그녀를 흘깃거리자 영후는 그녀의 곁에 바짝 붙어 서서 사람들의 시선을 막았다.

"저 괜찮아요. 애쓰지 마세요."

"내가 안 괜찮아요. 사람들 시선이 어떻게 괜찮아? 나도 여기저기 곱게 보는 시선이 없어서 아는데 그 시선들 매우 신경 쓰이잖아요. 나만 그런가?"

"사실은…… 저도 그래요."

　엘리베이터 문이 열리자 영후가 먼저 탔고 지수도 따라서 안으로 들어갔다. 그들이 탄 엘리베이터는 옥상으로 향했다. 옥상에는 바람이 불었다. 거기서 담배를 피우고 있던 다른 회사 직원들도 보이고, 서일 건설 사원증을 목에 걸고 있는 몇몇도 보였다.

"지수 씨 오늘 연차 써도 된다니까 왜 다시 왔어요? 아직 회사가 좀 시끌시끌한데."

"집에 간다고 해결되는 건 아니잖아요. 그냥 부딪쳐 보려고요!"

"현우한테 연락 왔어요?"

"네. 현우 씨도 피하지 말라고 하더라고요."

"그랬어요? 만약 나라면 피하라고 했을 거 같은데."

영후가 속이 갑갑한지 주머니에서 담뱃갑을 꺼냈다. 라이터로 불을 붙이려다가 그는 도로 입에서 담배를 뺐다.

"지수 씨, 담배 안 피우죠?"

"네. 팀장님 피우셔도 돼요."

"나중에 혼자 있을 때 피울게요. 비흡연자 앞에서 피우는 건 실례니까."

"그럼 정말 감사하죠!"

현우의 친구이자 그녀의 상사인 영후는 정말로 매너가 수준급이었다.

"저 먼저 내려갈게요. 담배 피우다가 오세요."

"아니야. 지수 씨. 같이 가."

"저 때문에 걱정돼서 같이 가시는 거면 사양할게요. 저 정말 괜찮아요."

지수는 오히려 영후에게 미안해서 손사래를 쳤다. 업무 시간에 부하 직원 신경 쓰느라 일도 못 하게 생겼다. 친한 친구의 애인이라서 더 신경을 써 주는 것 같기도 하고. 그 모든 게 그에게 미안했다. 그녀는 영후를 두고 먼저 사무실 자리로 돌아왔다.

지수는 점심시간 바로 직전, 사내가 술렁이자 같이 긴장했다. 현우가 출근을 한 것이다. 거기서 끝이면 좋은데, 병원에서 퇴원을 한 BH 박 회장이 서일 건설을 방문했고 지금은 대표이사실에서 나오질 않고 있었다. 혹시 우리의 연애 소식 때문에 그런 걸까? 그녀가 입사한 이래로 BH 박 회장이 직접 서일 건설을 찾은 일은 이번이 처음이었다. 심지어 현우가 서일 건설 대표로 취임을 하던 자리에도 박 회장은 없었다. 대기업 총수의 움직임은 어떤 의도를 담고 있기 때문에 그에 따라 파급력이 생긴다. 벌써부터 서일 건설은 포털 사이트 검색어로 오르고, 서일 건설의 주식이 점점 오르고 있었다.

"지수 씨, 식사하러 안 가요?"

"네? 네. 배가 안 고파서요."

"그럼 우리끼리 먹고 올게요."

TF 팀 직원들이 모두 식사하러 나간 후 지수는 홀로 사무실을 지켰다. 영후는 점심 미팅이 있어서 아까 옥상에서 내려오자마자 외근을 나갔다. 홀로 초조하게 있는데 그녀의 핸드폰이 울렸다. 화들짝 놀란 그녀는 사형 선고를 받는 사람처럼 덜덜 떨며 핸드폰으로 손을 뻗었다.

[지수 씨, 아무것도 못 먹었지? 사무실이야?]

[네, 언니.]

[잠깐 올라갈게. 혼자야?]

[네. 다들 식사하러 가셨어요.]

그녀는 답 문자를 보낸 후 핸드폰 액정을 뒤집었다. 테이블에 팔을 베고 엎드린 그녀는 한숨을 푹푹 쉬었다. 현우와의 연애 때문에 사내가 술렁이는데, 회장님까지 오시다니. 당당해지려 했으나 박 회장의 등장은 그녀를 주눅 들게 하였다. 혜진이 퍼부었던 말들이 자꾸 머릿속을 맴돈다.

"지수 씨!"

"언니 왔어요?"

"응. 여기 커피 배달."

"고마워요. 안 그래도 엄청 당겼는데."

"당 떨어질 거 같아서 일부러 엄청 단거로 주문했어. 캐러멜마키아토."

지수는 군말 없이 엄지를 올리며 최고라고 찬사를 이어 갔다. 역시 배운 사람이다. 다디단 커피가 목 안으로 넘어가자 그제야 정신이 돌았다.

"내가 진짜 궁금해서 그런데, 누가 먼저 고백했어?"

"언니, 저 이 커피 반납할래요."

"아니, 나는 지수 씨 편이지. 근데 궁금한 건 궁금한 거라……."

"그러는 언니는 영후 팀장님하고 무슨 사이예요?"

"아무 사이 아니야."

"엄청 수상한 거 아시죠?"

눈치가 둔한 그녀가 느낄 정도로. 두 사람은 수상했다. 그녀의 말에 서윤은 고개를 좌우로 저으며 극구 부인했다. 아무 사이 아니라고.

"박 대표님이 먼저?"

"네."

"역시. 왠지 그럴 거 같았어. 와, 정말 지수 씨. 저런 남자랑 연애하면 어떤 기분이 들어? 매일 봐도 잘생겨서 세상을 막살고 싶단 생각이 들겠다."

지수는 서윤의 변함없는 모습에 웃음이 나왔다. 지금 웃을 상황이 아닌데 미소가 번진다. 잘생긴 남자를 유독 좋아하며 외모 지상주의임을 당당히 밝히는 서윤은 오늘도 한 건을 했다.

"언니는 세상에서 제일 잘생긴 윤호랑 살잖아요. 나중에 여자 꽤 울리겠던데요. 아직 어린 애가 엄청 잘생겼잖아요."

"어머. 지수 씨도 느꼈구나? 우리 아들 외모가 보통이 아니지."

"정말 언니도 참. 못 살아."

"우리 아들도 박 대표처럼 몸까지 좋았으면 좋겠다. 키도 크고. 이왕이면 저렇게 섹시하면 오죽 좋아?"

"현우⋯⋯씨가 그렇게 섹시해요?"

"말해 뭐 해. 섹이란 단어랑 되게 잘 어울리는 남잔데. 보기만 해도 좀 묘하게 섹하잖아."

"섹하다는 게 도대체 뭔 뜻인지 전 모르겠어요."

섹이란 단어랑 잘 어울린다는 말은 거짓이 아니었다. 생김새와 몸매도 빠지지 않지만 실제로 그는 행위에 있어서 적극적인 남자였다.

"특히 뇌섹. 뇌가 섹시하단 건데, 지수 씨 무슨 생각 한 거야?"

"아, 언니! 저 웃을 상황 아니에요. 지금 심각하다고요."

"심각할 게 뭐 있어. 섹한 남자랑 연애하는데."

"앞에 '뇌'를 꼭 붙여 주세요."

어감 진짜 이상하단 말이에요.

지수가 울상을 짓자 서윤은 키득거리며 팔꿈치로 그녀를 툭 쳤다. 여기까지 와서 자신을 웃게 하는 서윤에게 고마움을 느꼈다.

현우의 자리엔 박준호 회장이 앉아 있었다. 비서실을 통해 미리 연락을 받았지만 이런 갑작스러운 행보는 현우를 당황하게 했다.

"대표가 돼서 출근이 이렇게 늦어서야. 쯧."

"아직 퇴원할 때 아닌데 왜 나오셨어요?"

"위암 2기는 금방 퇴원해. 먹는 것만 조심하면 된대서 나왔다."

"여기는 또 왜 오셨습니까."

괜히 직원들 술렁이게.

현우는 겉옷을 벗어서 성우에게 주었고, 성우는 그것을 옷걸이에 걸어 둔 후 대표이사실을 나갔다.

"회사가 시끄럽더구나."

"네."

"앞으로 더 시끄러워질 참이냐?"

"아마도요."

그는 지수와의 연애를 처음부터 숨기고 싶지 않았다. 지금껏 살면서 가장 마음 편한 때를 고르라면 현우는 최근 지수와 함께한 시간들을 꼽을 수 있었다. 몸은 전과 똑같이 힘들고 시간에 쫓겼

으나 그래도 행복했다. 때로는 과로로 집으로 주치의를 불러 수액을 맞기도 하고, 때로는 두통약을 먹어 가며 일하기도 했다. 지금도 별반 다르지 않지만 옆에 누가 있느냐에 따라 버틸 힘이 생긴다. 지수가 있다면 앞으로도 힘이 날 것 같았다.

"현우야."

"네. 회장님."

"생각나는 소원 하나만 말해 봐라."

"갑자기요?"

"딱 하나만 들어주려고."

현우는 박 회장의 뜻을 가늠해 보려고 미간을 좁혔다.

"뭐든 다 들어주신다고요?"

"그렇다니까."

"그럼 제가 BH라도 달라고 하면 주실 겁니까?"

박 회장은 그 나이에도 본인이 일궈 놓은 걸 놓지 못하는 사람이었다. 자식들에게 물려준다고 해도 기어코 회장직을 내려놓지 않은 채로 오랫동안 회사 발전에 개입했다. 자회사 곳곳에 심어 둔 사람이 그의 뜻대로 움직여 오히려 현재 대표와 이사진들을 머리싸움으로 이겨 먹는 행태였다.

"내 자리 욕심나면 줄 때 가져가라."

"회장님."

"대신, 온리 뷰티 윤혜진 아니어도 좋으니 정치인 집안하고만 결혼해. 다음 대선 후보들 중에 골라도 좋고."

"……."

"고민할 이유가 있나?"

박 회장은 회사를 주는 대신, 그의 짝은 본인이 골라 주겠다는 뜻을 비쳤다. 그건 현우의 부인을 제 사람으로 심어 그마저 꼭두각시로 만든다는 뜻으로 보이기도 했다.

"만약 제가 제 여자를 택하면요?"

그 말에 박 회장은 자리에서 일어나 본인의 코트를 찾아 주머니에서 종이봉투 하나를 꺼냈다. 어디서 많이 본 봉투였다. 꼬깃꼬깃해진 종이봉투는 색이 바래져 있었다. 아버지의 유품으로 남겨진 봉투는 아버지께서 가슴속에 매번 품고 다니셨던 거였다. 할아버지에게 몇 번이나 드렸던 그 봉투는 더는 BH의 일원으로 남고 싶지 않다는 아버지의 유일한 소원이었다.

"처음 이걸 받았을 땐 스물두 살 때였나. 그래서 유학을 보냈다. 사지 끝으로 밀어 넣으면 뭐든 해 오는 놈이었으니까. 두 번째로 받았을 땐 결혼을 시켰다. 부인과 애가 생기면 마음을 잡지 않겠나 기대했지. 현우 네가 올해로 서른하나제?"

"네."

"네 아버지의 요구를 난 들어주지 않았다. 내 아들로 태어났으니까 버텨야 한다고 했다. 세상이 네 발아래 있는데 뭐가 무서워서 자꾸 도망가냐고. 그런데 네 아버지는 그런 사람이었던 거야. 세상을 품을 수 없는 약한 사람. 놔 달라고 발버둥 치는 걸 무시하고 또 무시했다. 오히려 목을 잡고 끌고 가 절벽 아래를 보게도 하고, 거기에 매달려 있는 손을 발로 밟아 떨어지지도 못하게 했다."

아버지의 외도, 정착하지 못한 삶은 어머니와 현우에게 상처를 남겼다. 가족을 돌보지 않은 아버지는 매번 어딘가로 도망가고 싶어 했다. 단 하루도 사람으로 살 수 없었다. BH 패밀리는 은퇴라는 것도 없다. 은퇴란 곧 죽음을 뜻한다. 죽음조차도 고결해야 하기에 모두 내막은 숨긴 채로 아름답게 미화시켜 버린다. 그 누구도 건드릴 수 없는 성이 되었고 그 안에 있는 사람들은 사람답지 못하게 산다. 누군가에겐 부러움의 대상인 그들은 매번 무한 경쟁 속에서 살아야 했다. 내가 살려면 사촌의 날개를 꺾어야 한다. 때로는 부모라도.

언제든 마음 편히 잠을 잘 수 없었다. 중학교 때 준겸은 매번 칭찬받는 현우를 불러 커피를 마시게 했다. 그 커피에는 누군가의 도움 없이는 구할 수 없는 약이 들어 있었다. 친구라고, 동생이라고, 사촌이라고 생각했던 녀석은 자신을 죽이고 싶어 했다. 해외에서 납치를 당하기도 했고, 총을 맞을 뻔한 사건도 있었다. 그랬기에 그는 웬만한 사설 업체 경호원보다 강해질 수 있었다. 부모님이 없었기에 그는 방패가 없었던 것이다.

"네 발로 나가라."

"할아버지……."

"사직서 수리하마."

"……."

"왜? 미련이 남나?"

"아닙니다."

미련은 남지 않았다. 오히려 홀가분했다.

보내 준다는 말에 붙잡고 싶단 마음이 들지 않았다. 나는 왜 지금껏 달려왔는가. 왜 회사가 성장하는 걸 보면서 기뻐했는가. 고작 왜 나는 거기서 기쁨을 찾아야만 했는가. 살살 부는 바람에서, 맑은 하늘에서, 때로는 비 오는 날 바닥에서부터 올라오는 쾌쾌

함에서, 어떨 때는 새벽에 공병을 줍는 사람들에게서 희로애락을 느낄 수 있지 않았나.

"그럼 이 자리는 누가 오는 겁니까."

"네 밑에 성우 있지 않나. 성우 녀석한테 다 줘라. 이제부터 내 아들 시킬 기다."

"유 실장이 반기지 않을 텐데요."

"내가 내 아들 시킨다는데 반기지 않으면 우얄 끼고. 목에 줄 채워서 갖다 놔야지."

"성우도 누군가에겐 소중한 아들이에요."

그의 말에 할아버지는 가소롭다는 듯 웃었다. 성우는 BH로 가든 서일에 남든 잘할 것이다. 어깨너머로 그에게 배운 세월이 얼마인가. 일을 잘 터득하고 잔머리도 잘 굴리는 친구였다. 성우가 부족했던 부분들은 그가 데리고 다니면서 할아버지처럼 벼랑 끝으로 밀어 배우게 했다. 영어든, 중국어든, 경제 용어든. 도망가면 잡아 와서 앉혀 놓고 공부를 시켰다. 그러면 또 배워서 결과물을 냈으니까. 할아버지가 아버지에게 했던 것처럼, 자신에게 했던 것처럼. 그는 할아버지의 핏줄을 물려받은 사람이었다. 정말 놀랍게도.

"현우야."

"네, 할아버지."

"넌 불효를 저지르지 마라. 할아비 부탁이다."

"안 저지릅니다."

"이제는 무섭다. 내 뒤통수치는 놈들이. 너만은 그러지 않았으면 해. 그래서 놔주는 거야."

"감사합니다."

현우는 그의 집무실을 나가는 할아버지의 뒷모습을 물끄러미 보았다. 어느새 키는 그보다 한참 작고, 당당하던 어깨는 굽어져 있었다. 누군가의 부축이 필요할 정도로 나이가 든 것이다. 그래서 마음도 전보다 약해지신 걸까.

"대표님. 박 회장님 가셨습니다."

"응. 유 실장. 지수는?"

"사무실에 있다고 합니다. 불러올까요?"

"호출해 줘."

현우는 일어서서 창밖을 보며 팔짱을 끼었다. 업무 시간에도 수많은 차들이 도로를 꽉꽉 메우고 있었다. 모두 저마다의 이유로 살기 위해 일을 하고 있는 걸 거다. 무거운 가방을 들고 뛰는 사람도 보이고, 전화기를 손에서 떼지 못한 채 택시를 타고 있는 직장인도 보인다. 그걸 보고 있는데 노크 소리가 들렸다. 지수가 온 모양이다.

지수는 대표이사실 안으로 들어갔다. 밖에서 보자고 할 줄 알았는데 대표이사실로 부른 걸 보고 그녀는 내심 놀랐다. 연애를 숨기지 않겠다고 했지만 그렇다고 이렇게 바로 직접 부를 줄은 몰랐다. 대표이사실 앞에서 들어오라는 그의 대답을 기다리는데 등이 따가웠다. 뒤를 돌자 현우의 비서진은 책상 아래로 시선을 돌리거나 갑자기 서로 업무 얘기를 하는 둥 어색하게 연기를 했다. 모두 그녀에 대해 궁금한 것이다.

대표이사실 안에 들어가자 너른 현우의 품이 먼저 보였다. 팔짱을 낀 채로 창가 앞에 서 있는 그는 오후의 빛을 그대로 받고 있었다.

"지수야."

"현우 씨……."

그는 팔짱을 풀며 그녀에게 걸어왔다. 그러고는 폭 안아 주었다.

"힘들었지?"

고작 몇 시간인데. 사람들의 눈길을 받는 건 이렇게나 힘든 거였다. 그녀는 부모님께서 눈에 띄지 말고 조용히 제 할 일 하며 사는 걸 강조한 이유를 이제야 깨달았다. 있는 듯 없는 듯 사는 삶이 가장 편한 것이다. 배신도 지인에게 당하고, 욕을 먹는 것도 그녀와 안면이 있는 사람이 하는 것이다. 질투와 부러움은 한 끗 차이인데, 오히려 적당히 아는 사람이 질투에 눈이 멀어 상대에게 상처를 주는 것 같았다.

"안 힘들었어요."

"거짓말."

"회장님께서 뭐라셨어요?"

현우는 그녀를 품에서 놓은 후 두 손으로 볼을 감쌌다. 눈 밑과 광대 위를 옮겨 다니는 그의 손길이 부드럽고 따스했다.

"회사에 이런 소문 돈다고 화나셨죠? 많이 혼났어요?"

"내가 혼날 나인 아니지 않나."

"그럼요?"

"그냥 불효를 저지르지 말라고 하셨어."

"나랑 만나는 게 불효래요?"

그녀의 질문에 그는 그녀의 머리를 쓰다듬으며 웃었다. 아닌가? 다른 뜻이 있었던 걸까?

"세상에서 가장 큰 불효가 뭔지 알아?"

"아뇨."

"부모보다 자식이 먼저 죽는 거."

"아……."

"나만은 그러지 말래."

"지금 이 상황에 그 말을 하셨다고요?"

"응. 이상하지?"

지수는 위아래로 고개를 끄덕였다.

"너는 나 출장 가 있을 동안 뭐 했어?"

"현우 씨, 나 말 못 한 게 있는데. 현우 씨 약혼하려던 여자 있
잖아요. 윤혜진. 혜진이. 나랑 대학 동기예요. 같은 과였고, 같은
동아리였어요. 나는 정말 몰랐어. 만약 혜진이 약혼자인 거 알았
다면."

"알았다면? 절대 나 안 받아 줬을 거라고?"

"……."

"정말 나 밀어냈을 거야? 끌리는데도?"

지수는 고개를 끄덕였다. 아무리 끌렸어도 절대 티 내지 않았을
것이다. 그게 친구에 대한 예의일 테니까.

"아니, 넌 알았어도 나랑 만났을 거야."

"어떻게 그렇게 확신해요?"

"이미 6년 전에 나한테 반해서 처음을 줬잖아. 은근히 고지식하
고 고집불통인 네가. 약혼 안 할 거야."

"알아요."

그는 그녀의 볼을 붙잡고는 입을 맞췄다. 그러다가 그녀를 놓고

집무실 책상으로 와서 서랍을 열었다. 그러고는 상자 하나를 꺼내서 그녀에게 가져왔다.

"너 말고는 아무도 없었어. 난 앞으로도 너만 사랑하고 싶어. 결혼해 줘."

열린 상자 속에서는 반지 하나가 영롱하게 빛나고 있었다.

"이렇게 갑자기……. 현우 씨 나는. 뭐라고 답을 해야 할지 모르겠어요."

지수는 당황해서 두 손으로 얼굴을 가렸다. 프러포즈를 받아서 행복한데 지금은 이럴 때가 아닌 것 같았다.

"이번에 출장 갔다 오면서 확신이 들었어. 쉬지 않고 달린 인생이지만, 앞으로도 계속 그럴지라도 지수 너랑 함께라면 살 거 같더라고. 다시 너 만나서 연애하는 몇 달이 평생 내가 가진 기억 중에 제일 행복한 기억이더라. 그래서 난 당신이 나와 결혼해 줬으면 해."

"현우 씨, 나는……."

"회사에 너랑 내 사이가 소문이 나든 아니든 프러포즈는 했을 거야. 눈이 쌓인 시골집이나 호수가 얼어 있는 곳으로."

"치. 눈하고 얼음은 다 녹았거든요. 봄이 오고 있는 마당에."

"인공 호수를 얼려서라도 프러포즈했을 거야."

겨울이 가기 전에 여행 가자며 했던 말을 그가 기억하고 있을 줄은 몰랐다. 비록 여행은 못 간 채로 겨울이 끝나 가지만…….

"일단 현우 씨 고마워요."

지수는 그를 폭 안았다. 프러포즈해 줘서. 나랑 같이 연애한 시간들이 가장 행복한 기억이라고 말해 줘서.

"이 반지 받을 건데, 받을 건데요. 결혼 얘기는 아직 일러요."

"이르다고?"

"네. 서일 건설에 대표로 온 거 놀러 온 거 아니잖아요. 당신이 그거 다 이루고 BH로 가면 우리 사내 연애도 아니게 되는 거니까. 그사이에 전 열심히 일해서 승진할게요. 채영후 팀장님께서 앞으로 몇 년 안에는 퇴사하신다고 했으니까…… 제가 그 자리 한번 뺏어 볼게요."

"뭐라고?"

채 팀장은 칼춤을 추러 본가로 들어간다고 했었다. 언젠가는 그렇게 될 거니 현우의 옆에서 그를 잘 보좌할 수 있는 사람이 되라고. 그녀는 그 말을 잊지 않고 있었다.

"채 팀장 간대?"

"못 들었어요?"

"응."

"아. 나 실수한 거 같은데. 지금은 아니고, 먼 훗날. 먼 훗날에요."

"좋은 소식이네. 얼른 가라고 해. 내가 이번엔 채 팀장 밑으로 들어가 볼까?"

"개 풀 뜯어 먹는 소리."

이 사람은 매사가 진지하지가 않아. 무슨 일이 던져져도 그에겐 다 해결할 수 있는 문제일 뿐인가 보다.

"나 그럼 차인 건가."

"보류요, 보류. 다시 눈이 오면 그때 해요."

"그땐 너무 늦어. 봄, 여름, 가을을 지나야 하잖아."

"그때까지 열심히 연애하면 되죠."

"나보고 태연하다고 전에 그랬지? 그 반대야. 항상 당신이 우위에 있어. 난 그걸 들어줄 수밖에 없고."

현우는 고개를 절레절레 흔들었다. 지수의 손엔 반지가 든 벨벳 상자가 올려져 있었다.

"이건 내가 잠시 맡고 있을게요."

"응."

"그래도 반지 너무 예뻐요. 지유 결혼반지 봤을 때 예뻐서 부러웠는데. 웨딩 사진도 진짜 예쁘고. 메이크업 받으니까 내 친구가 진짜 여자 배우들처럼 예쁜 거예요. 순간 결혼해 버릴까 혹했는데, 우리 둘 다 너무 이른 결정 같아서요."

현우는 지수의 볼을 잡아당겼다.

"알겠어. 당신 마음 충분히 알았으니까 그만."

"삐졌어요?"

"아니. 내가 무슨."

"차인 거 아니라니까."

"나도 알아. 잠시 보류인 거. 봄, 여름, 가을 동안."

삐진 거 맞는 것 같은데.

"박 회장님께서는 저희 연애 반대 안 하세요?"

"응. 안 하시던데."

"정말요? 혜진이한테 들은 재벌은 그렇지 않을 텐데."

"걔가 뭐라는데?"

지수는 토씨 하나 안 틀리고 외우고 있는 말들을 입에 다시 담았다. 우리 세계에서 사랑이 버려야 하는 제1순위라고. 그것이 제일 먼저 포기할 수 있는 것이라는 것.

"그건 그 사람 생각이지. 적어도 난 아니야."

"……"

"우리 부모님도 아니었고."

현우의 눈빛이 잠시 어두워졌다. 그러고 보면 현우에게서 그의 부모님에 대한 얘기는 들은 적이 없었다. 일찍 돌아가셨다는 것 외에는. 상처가 있는 듯한데 그걸 들추고 싶지 않았다. 기다리면 말해 주겠지 싶지만, 그는 그 말을 꺼내는 것조차 힘겨운지 그녀에게 털어놓질 않는다. 지수는 그의 손을 잡아 주었다.

"나 오늘 야근 있는데, 집에다가 밤샘한다고 얘기할까요?"

"그래도 돼?"

"되죠. 오늘 프러포즈 받았는데 집에 갈 순 없잖아요."

"거절했으면서."

"보류라니까. 보류인 거 안다면서요."

"머리는 알아. 머릿속에 있는 게 마음으로 안 내려오네."

그게 뭐야. 지수가 얼굴을 찌푸리자 그는 그녀의 볼을 감싸고 진하게 키스를 하였다. 거절을 보상받으려는 듯 잡아먹을 듯한 키스에 그녀는 그를 맞춰 주었다.

외근을 나갔던 영후가 자리로 돌아왔다. 그는 사내 전화기를 들더니 어디론가 전화를 하고는 금방 사무실을 나갔다. 너무 급해 보여서 말을 걸지 못했다. 출장 나가서 무슨 일이 있었던 걸까.

그녀는 모니터를 켜고 업무에 집중했다. 이럴 때일수록 더 열심히 일을 해야 한다. 아무 생각이 나지 않도록. 처리해야 할 목록을 오른쪽 모니터 상단 위쪽에 나열해 두고, 왼쪽 모니터에 엑셀과 PPT 파일을 켰다. 일단은 회의 자료를 만드는 게 먼저였다. 그때, 영후가 나간 후 바로 들어오지 않는 걸 확인하고 TF 팀 직원세 명이 그녀에게로 몰렸다.

"지수 씨, 바빠요?"

"아뇨. 말씀하세요."

"대표님이랑 언제부터 사귄 거예요? 티가 하나도 안 나서 몰랐어요."

"방금 대표이사실 갔다 온 거 맞죠? 제 입사 동기가 비서실에 있어서 들었어요."

오늘따라 주변의 관심을 많이 받는 것 같다. 그럴 수밖에 없는 걸까.

"언제부터 알고 지낸 거예요?"

"처음 안 건 5년 전, 아. 해가 바뀌었으니 6년 전쯤이요."

"헉. 그렇게 오래되셨어요?"

처음 안 건 그때지만, 연애를 한 지는 반년도 아직 안 됐다. 뒤의 말을 듣기도 전에 이미 판단을 내린 직원들은 놀라움을 금치 못하며 서로 수다 삼매경이었다.

"고백은 누가 먼저 했어요?"

"당연히 대표님이겠지."

"일할 때랑 연애할 때 대표님은 달라요? 연애할 땐 그래도 스윗하시죠?"

당분간은 보는 사람마다 누가 먼저 고백했는지, 현우는 연애할 때 어떤 스타일인지 물을 것 같다.

"저희 오후에 회의 있잖아요. 저 보고서 아직 남았는데."

"미안해요. 우리가 너무 방해했네."

"더 궁금한 건 나중에 회식 때 물어보세요. 술 한잔 들어가야 편히 말할 거 같아요. 저 지금 계속 심장이 벌렁거리거든요."

지수가 가슴 부근에 손을 대고 꾹 눌렀다. 괜찮은 척을 해도 질문이 하나씩 늘 때마다 심장이 크게 뛰었다.

회의가 끝난 후 회의록을 정리하고 직원들과 저녁을 함께 먹었다. 저녁 식사는 생략하는 경우도 있고 집에 갔다 오는 사람도 있어서 자유에 맡기는 편이었다. 그런데 오늘은 누구 하나 빠지지 않고 음식점에 모였다. 거기서도 현우와의 연애에 대해 많은 질문을 받았다. 회장님은 만나 본 적 있는지. 결혼까지 생각한 건지. 사내에 지수 씨 탐낸 남자 직원들은 어떻게 할 건지. 분양 팀은 이걸 알고 있었는지. 등등등. 답변을 하면 그에 따른 질문이 수십 가지로 번졌다. 그래서 새삼 현우가 영향력 있는 사람이란 걸 깨닫게 됐다.

저녁 식사가 끝난 후 야근을 했다. 오히려 연애 사실을 부인하지 않으니 마음이 편해졌다. 현우는 주차장을 나와 건물 입구 앞 도로에 잠시 차를 대고 그녀를 기다리고 있었다. 몇 블록 지나서, 아니면 아예 집 앞에서 보는 경우가 태반인데 이렇게 정문 앞에서 저를 기다리고 있으니 이상했다. 그녀가 퇴근하는 걸 본 그가 차에서 내려 마중 나왔다. 지수가 차 앞으로 가자 그는 직접 차 문을 열어 주었다. 대부분은 퇴근을 해서 지금의 상황을 못 보겠지만 그래도 야근을 하는 몇몇 직원은 볼 거였다. 그럼 내일은 눈덩이처럼 소문이 또다시 부풀어지겠지. 그러나 신경 쓰고 싶지 않았다.

현우는 블루 아파트가 아닌, 그의 원래 집으로 그녀를 데리고 왔다. 밤샘 작업을 한다고 했는데, 블루 아파트로 갔다가 누구라도 마주치면 큰일이니 말이다. 집으로 들어온 두 사람은 누가 먼저라고 할 것도 없이 키스를 나눴다. 아까 그의 대표이사실에서 나눴던 키스보다 훨씬 진하고 야했다. 현우의 혀가 그녀의 입 안으로 들어가 안쪽 살들을 핥았다. 점막을 핥으며 혀로 찌를 때마다 온몸이 쭈뼛하고 섰다. 그의 키스는 왜 더 야한 느낌인지 모르겠다.

"으음……."

지수가 신음을 내뱉자 현우는 그녀를 벽에 밀치며 블라우스 단추를 풀었다. 그러고는 본인이 입고 있는 셔츠 단추도 단숨에 풀었다. 그녀가 탄탄한 복근에서부터 가슴으로 손을 올리자, 그의 미간이 좁혀졌다.

"그러고 보면 나만큼 현우 씨도 예민한 거 같아요."

"뭐?"

"손만 닿아도 막, 여기가 이렇잖아요?"

지수의 손이 그의 바지 사이로 갔다. 도발하는 그녀가 귀여워서 현우는 그녀의 얼굴을 잡고 키스를 퍼부었다. 무지막지한 힘으로 입술을 빨고 손으로는 우악스럽게 가슴을 쥐었다. 이로 말캉한 입술을 물고 혀를 세워 입천장을 긁었다. 그러자 그녀는 몸에서 힘이 풀렸다. 현우의 팔을 잡은 그녀의 손에 점점 힘이 들어갔다.

"으읏…… 아……."

그는 입술을 떼어 주고는 목선으로, 더 아래로 입술을 내렸다. 맨질맨질한 그녀의 살결에 혀를 대다 보면 금세 붉은 자국이 만들어졌다. 알사탕보다 훨씬 작은 열매가 그의 혀 위를 돌아다녔다. 아니, 그의 혀가 열매 주변을 어르며 가지고 놀았다. 어떻게 하면 그녀가 더 흥분하는지 잘 아는 그가 혀끝을 세워 콕콕 누르자 그녀는 자지러지듯 허리를 꺾었다.

"현, 현우 씨……."

갈비뼈에 입을 맞추고 다시 위로 올라가 둔덕을 감쌌다. 손가락 사이로 삐져나온 것을 혀로 간질이고 빨고 다리 하나를 그녀의 다리 사이로 넣었다. 지수는 그의 허벅지 위에 반쯤 앉아 버렸다. 자꾸 힘이 풀린 다리가 휘청이고 있었다. 그러자 그는 은근히 허벅지를 움직이며 그녀의 몸에 비볐다. 그 야릇한 감각에 점점 피가 뜨거워지는 기분이 들었다.

현우는 그녀를 안아 욕실로 데려갔다. 그는 욕조 안에서 그녀를 안았다. 지수는 등 뒤로 그의 체온을 느끼며 살며시 등을 기댔다. 허리를 감싸던 손은 점점 올라와 둔덕을 쥐고, 그의 입술은 어깨와 목선을 빨며 거침없이 혀를 댔다. 그녀의 몸이 꿈틀거리자 그의 혀는 점점 집요해졌다. 찰박거리는 물소리가 현우를 더 자극했다.

"아아!"

그의 손이 다리 사이로 점점 가까워졌다. 지수는 그의 손등을 손으로 덮으며 깍지를 끼었다.

"그만, 그만 만져요."

검지와 중지가 그녀의 목소리를 무시하고 살결 위를 두드렸다. 꼭 키보드 오른쪽 숫자판을 두 손가락으로 누를 때처럼 그의 손가락이 지나다녔다.

"좋아?"

"응……으응."

그녀의 입에서 나온 좋다는 말에 현우는 손을 멈추지 않았다. 지수는 그의 가슴에 머리를 대고 목을 꺾었다. 그러자 그는 그녀의 입술을 혀로 핥았다. 목 위로는 그와 키스를 하고, 목 아래로는 그의 손길에 취해 갔다. 두 사람의 몸은 물기가 묻어 축축했다. 적당히 뜨거운 물 안의 온도가 두 사람의 몸을 이미 데워 둔 상태라 닿은 곳이 뜨거웠다. 서로의 몸을 비비며 그들은 탁한 숨을 토해 냈다.

"아응. 현우 씨. 얼른."

"얼른?"

"얼른 더 해 줘요."

그녀는 현우의 몸을 만지며 보챘다. 그녀가 뭘 원하는지 제일 잘 알면서 그는 일부러 그녀를 애태웠다. 지금처럼 이렇게 사슴 같은 눈망울로 해 달라는 대답을 듣고 싶어서였다.

"너 그런 말 할 때 얼마나 예쁜지 모르지?"

"으응."

그는 그녀의 쇄골을 빨고 그 아래로 혀를 쑥 내렸다. 예쁜 구석이 넘치는 몸을 번쩍 들었다. 지수가 욕조에서 일어나 세면대를 잡고 서자, 그는 그녀의 두 다리를 손으로 쓸었다.

"앗!"

바로 몸을 겹칠 거라 생각했는데 아니었다. 그의 얼굴이 간 곳은 상상조차 못 한 곳이라 지수는 두 무릎을 꼭 붙였다. 이후로는 욕실에 잔뜩 그녀의 신음이 울렸다. 그의 손과 입술 아래서 아이처럼 울며 애원하는 걸 보고 나서야 그는 그녀가 원하는 것을 주었다.

"못됐어."

"뭐가."

"아까 일부러 그랬잖아요."

"그래도 몇 배로 더 좋지 않았어?"

"그렇긴 한데."

몇 번이나 그의 손과 혀에 의해 쾌락의 정점을 찍었다. 그런 이후에는 그가 몸을 겹치자마자 또 절정이 왔고, 현우가 끝을 볼 동안 그녀도 최소 두 번은 더 느낀 것 같았다.

"하루에 이렇게 많이 느끼면 몸에 안 좋을 거 같아요."

"전혀."

"분명 일부러 그랬어."

"우는 모습이 너무 예쁘잖아. 계속 보고 싶더라고."

"내가 울면 좋아요?"

"상황에 따라 다르지. 아까처럼 섹스할 때 우는 건 좋아. 더 흥분되고."

변태. 지수가 작게 말하자 현우는 그러거나 말거나 하는 표정으로 웃었다.

"프러포즈 받을 땐 안 울더니 섹스할 땐 울더라."

"결국 그거였어요?"

프러포즈도 안 받아 주고, 감동에 겨워 울지도 않고. 그래서 삐진 건가? 지수의 물음에 현우는 대답을 피했다.

"나 아까 엄청 감동받았어요."

"언제? 섹스할 때?"

"아니! 현우 씨가 나한테 프러포즈했을 때요. 벅차고, 설레고 그랬어요."

그런데 울진 않았어요. 회사였으니까. 내가 거기서 울면서 사무실을 나가면 다른 직원들이 어떻게 생각하겠어요. 이 말들을 전하려다가 멈추고 그녀는 침대 헤드에 등을 대고 앉아 있는 그의 배 위로 올라와 목에 팔을 감고 입을 맞췄다.

"사랑해요. 현우 씨."

"나도."

쪽. 입을 맞춘 후엔 두 사람은 서로를 보며 웃었다.

"지수야. 우리 지수. 사랑해."

그는 이번엔 그녀를 꼭 안았다.

"진짜. 왜 한 번으로 만족을 못 해요?"

앉은 상태로 점점 몸집을 불리고 있는 그를 느끼며 지수가 미간을 좁혔다.

"나 오늘 몇 배로 느껴서 더 느낄 힘도 없어요."

"과연 그럴까?"

"살려……줘요."

"살려는 드릴게."

그는 그녀의 척추를 타고 손을 내렸다. 대충 덮은 이불을 치워 버리고는 그가 본인 배 위에 손바닥을 댔다.

"하지 말까?"

그의 손바닥이 따스하게 그녀를 감쌌다. 그에게 적응된 몸은 짓 궂은 손길에 다시 한번 뜨겁게 타오르고 있었다.

"당신 정말 못됐다니까."

회사는 변함없이 돌아가고, 새로운 주말은 금세 찾아왔다. 날씨 는 완연한 봄이 되었다.

토요일 저녁, 지수는 오랜만에 지훈과 맥주를 마시러 동네 술집 으로 갔다. 그녀는 동생에게 연애 사실을 밝히기로 결심했다. 언 젠가 결혼을 하게 된다면 부모님께 맞설 우리 편이 필요하니까.

"나 진짜 먹고 싶은 거 다 주문해?"

"응."

"누나 후회할 텐데?"

"남긴 건 싸 가면 되니까 다 시켜."

지훈은 미심쩍은 눈으로 보다가 그녀에게 손바닥을 내밀었다.

"일단 카드부터 나한테 줘."

"속고만 살았나."

"이래 놓고 화장실 간다면서 집에 가 버리면 나 어떡해."

"내가 그 정도로 쓰레기는 아니지 않니. 지훈아?"

"나 이제 아무도 안 믿어. 절대."

그녀는 고개를 절레절레 흔들며 지훈의 손바닥 위에 카드를 놨다. 그걸 본 지훈이 씩 웃으며 손을 번쩍 들었다. 직원이 오자 지훈은 며칠 굶은 사람처럼 갖가지 종류의 치킨을 다 주문했다.

"너 이거 다 먹게?"

"아니. 하나씩 맛보고 제일 맛있는 거 먹을 거야. 나머진 포장."

"어휴. 진상."

두 사람 앞에 놓인 생맥주 두 잔을 그들은 동시에 집었다. 남매 아닐까 봐 맥주를 마시고 잔을 내려놓는 시간도 일치했다.

"너 취하진 마라. 취하면 여기다 버리고 갈 거야."

"맥주 마시고는 절대 안 취해."

"퍽이나."

술만 마시면 업혀서 오는 게. 그 술 때문에 여자 친구랑 싸운 건지도 모르고. 바보.

"지훈아, 나 할 말 있는데."

"뭔데?"

때마침 나온 치킨 중 후라이드 닭다리를 든 그가 뜨겁다고 호들갑을 떨며 접시에 내려놨다. 그러더니 포크 두 개를 들고 해체해서 제일 맛있는 살점 하나를 콕 집었다.

"나 남자 친구 생겼어."

풉.

"더럽게. 진짜."

지수는 티슈를 뽑아 지훈에게 주었다. 입 안에 방금 들어간 치킨이 도로 밖으로 튀어나왔다. 지수는 지훈의 입에서 나온 것들이 묻은 치킨은 아예 그의 옆쪽에 두고, 양념이 밴 치킨을 가운데로 뒀다. 저건 김지훈 혼자 먹으라고 해야겠다.

"너 눈치 못 챘어?"

"응. 전혀."

"내가 요새 외박을 자주 했는데도?"

"그랬어? 원래 누나 회사 바빴잖아. 야근도 잦고."

"내 남자 친구가 누군지 그럼 모르겠네?"

얘가 이렇게까지 눈치가 없다니. 우리 누나 여기 있냐고 현우의 집에 찾아온 건 진짜 아무것도 모르고 한 거라고? 내 냄새가 난단 것도? 연기에 소질 없는 녀석이라 거짓말은 아닐 거라 생각했지만 한편으로 찝찝했다. 그 이후에도 현우의 집에서 잠까지 잤는데, 그때 그녀는 지훈이 자고 있던 안방 옆에 있는 서재에서 현우와 키스를 나눴었다.

"내가 누나 남자 친구를 어떻게 알아? 지유 누나밖에 모르는데."

"그럼 그냥 말 안 할래."

"누군데?"

"솔직히 말해 봐. 너 누나한테 관심 없지?"

"당연하지. 내 여자 친구 챙기기도 바쁜데."

"어떤 남동생들은 누나 채 가는 남자가 누굴까 전전긍긍한다던데?"

"걔넨 할 일이 없나 보지. 난 일도 해, 여자 친구도 있어, 하루가

위험한 사내연애 125

바쁜데. 전혀. 얼른 데려가라, 우리 누나.”

얘가 정상인가, 비정상인가. 눈치를 못 채 줘서 좋긴 한데, 내가 뒤에서 준 용돈이 얼마고 볶아 준 김치볶음밥이 몇 그릇인데. 관심조차 없다니.

“누나 옆자리가 아무리 바뀌어도 난 피를 나눈 사이니까 안 바뀌잖아. 그럼 된 거 아닌가? 난 누나의 마지막 남자만 소개받을 거야.”

“소개받으면 뭐 하게?”

“군기 잡아야지.”

“군기?”

펵이나. 네가 다 잡히겠다. 양주 몇 병 가져오면 눈 돌아갈 것 같은데.

“그래서 남자 친구 누군데?”

“마지막 남자만 소개받겠다며. 아직 마지막이 될지 모르니까 다음으로 미룰게.”

“어허…… 말을 꺼냈으면 끝을 봐야지.”

지훈이 치킨을 내려놓고 지수의 손목을 덥석 잡았다.

“김지훈 진짜! 너 손에 묻은 치킨 기름……!”

네이비색 맨투맨 티에 기름이 묻었다. 그의 손가락이 닿은 군데군데 얼룩진 걸 보며 지수의 표정이 구겨졌다. 지훈은 그제야 손목을 놔주며 손가락을 입에 넣고 쪽쪽 빨았다. 저럴 때 보면 덜떨어진 것 같은데, 어떻게 회사를 운영하지? 신기할 노릇이다.

“너도 아는 사람이야.”

“누구? 정식이?”

"정식이가 왜 나와? 걔 아직 민증에 잉크도 안 말랐어. 너희 누나는 미성년자를 보호해야 할 나이란다."

"그럼 누구지."

"네 선배."

"누구…… 박현우 선배님? 누나 회사 대표님?"

"응."

지훈이 입을 크게 벌렸다. 지수는 그의 입 속에 감자튀김을 넣어 준 후 손바닥으로 턱을 받치고 입을 닫게 했다.

"우리 누나. 하필 남자를 골라도 말이야."

"……."

"곧 백수가 될 선배님을."

"응?"

백수라니. 알쏭달쏭한 말을 하는 동생을 보며 지수가 눈썹을 찡그렸다.

"못 들었구나. 내가 또 앞뒤옆 건물에 지인들이 많잖아. 소문을 들었는데, 박현우 선배님 대표이사직 내려놓는다는데?"

"정말?"

그럼 이제 BH로 다시 가는 건가. 요새 많이 바빠 보이긴 하던데.

"다시 BH 건설로 가려나 보다."

"응? 아니. 아예 일 그만두고 쉬신다는데?"

"말도 안 돼."

그 사람 일 없으면 못 사는 사람인데. 자면서도 잠꼬대로 일 얘기를 하고, 잠에서 깨면 핸드폰으로 메일부터 보는 사람이다. 자다가도 해외에서 전화가 오면 꼭 낮에 전화를 받는 것처럼 또렷한 목소리를 내는 사람이고. 일하는 게 체질이라고 봐도 무방한 사람인데. 회사가 커지는 걸 보면 육체적 쾌락을 잊을 정도로 엔도르핀이 도는 남잔데.

"누나가 모르는 거 보면 소문인가 보네. 하긴 좀 이상하긴 했어. 박현우 선배가 미치지 않고서야 그 좋은 자릴 박차고 나갈 리가 없잖아."

"……."

"누가 뭐 나가라고 협박하지 않은 이상."

지훈은 닭다리를 들고 다시 맛있게 뜯었다. 순간 지수는 박준호 회장의 얼굴이 스쳤다. 두 사람의 연애 사실이 회사에 공개된 그날 회사에 찾아왔었다. 불효를 저지르지 말라고 했다던 회장님. 반대하지 않는다고 했던 현우의 답변. 모든 게 이상했다.

가슴속이 불편해졌다. 바삭하게 튀긴 치킨의 맛이 잘 느껴지지 않는다. 꼭 고무를 씹는 것처럼. 지수는 설마 하는 생각이 들었다. 말도 안 되는 생각인 것을 아는데, 회장의 뜻을 따르지 않은 그가 지금껏 쌓은 것을 모두 버리고 박차고 나오는 장면이 머릿속에 그려졌다.

현우는 때로는 엉뚱했다. 그녀에게 관심이 생기자 본인의 그 좋은 집을 놔두고 블루 아파트를 매매했던 일, 서준과 친한 게 싫다며 워크숍 때 장기자랑 안 해도 된다는 공문을 내린 것. 연애한 사실이 발각돼서 어지러운 와중에 그녀에게 회사로 출근하라고 하고, 그는 당당히 대표이사실로 그녀를 불렀다. 그는 예상을 벗어나는 순간이 꽤 많았던 것 같다. 그래서 그녀는 지금 하는 상상도 어쩌면 실제의 일일 수 있겠단 생각이 들었다.

나 때문에……. 그 사람의 인생에서 일을 빼고서는 남는 게 없을 텐데. 설마 나 하나 갖자고 그런 무모한 짓을 하진 않았겠지? 그랬을 거야. 그러면서도 불안했다.

"누나 그럼 그때."

"그때 언제?"

"내가 누나 있냐고 현우 선배 집 찾아갔을 때, 설마 누나 거기 있었어?"

"응?"

"경비 아저씨가 누나 8층에서 봤다고 했단 말이야. 그때도 그럼 연애 중이었어?"

"어."

지수의 볼이 붉어졌다. 현우의 집에서 숨어 있었단 걸 동생에게 들키는 건 매우 부끄러웠다.

"우리 누나는 평생 연애 안 하고 혼자 늙어 갈 줄 알았는데."

"넌 줄기차게 연애하면서 난 하지 말라고?"

"세상이 험하잖아. 안 하는 게 나아."

"참나."

피식 바람 빠진 소리가 입에서 나왔다. 지훈은 학창 시절부터 여자 친구가 항상 있더니 성인이 된 지금도 마찬가지였다. 헤어졌다가 만났다가 또 헤어지고. 어떨 땐 헤어지면 너무 힘들어서 죽고 싶다며 술에 떡이 돼서 집에 오기도 했고, 어떨 땐 설레서 밤에 잠이 안 온다며 거실에서 밤을 새우기도 했다. 아침에 퀭한 눈으로도 배시시 웃으며 좋아하는 지훈을 보고 지수는 매번 궁금했다. 도대체 연애란 무얼까.

그녀는 지훈처럼 누군가가 좋아진 적이 없었다. 누군가의 고백도, 누군가의 관심도 그녀를 설레게 하진 못했다. 그래서 그녀는 감정이 메마른 사람이라고 생각하며 살았다. 박현우, 그 남자를 만나기 전까지는 말이다.

"그 집에서 반대 심할 텐데. 괜찮겠어?"

"모르겠어."

"상처받을 텐데. 누나 마음 여리잖아."

"지레 겁먹지 않으려고 하는데 때로는 무서워. 미래가 잘 그려지지 않아서 말이야. 그렇다고 헤어지긴 싫어."

"……."

"나 네가 밤새 TV 켜 놓고 여자 친구랑 통화할 때도 이해 못 했거든? 뭐가 저렇게 좋을까. 근데 이젠 알겠어. 같이 있고 싶고, 밤새 통화하고 싶고. 매일 보고 싶어."

"진지하게 말하지 마. 기분 이상해."

지훈은 포크로 애꿎은 치킨을 갈기갈기 찢었다. 지수는 지훈과 대화를 하면서도 현우가 생각나 저도 모르게 지훈처럼 포크로 치킨을 뜯고 있었다.

"지훈아. 나……."

"응?"

"이거 다 싸서 집에 가. 나 어디 좀 들렀다 갈게."

"어디?"

"그냥. 현우 씨 좀 만나야겠어. 미안."

지수는 핸드폰만 달랑 들고 일어났다. 그녀는 지나가는 택시를 잡아타고 현우의 개포동 집 주소를 말했다. 그러고는 현우에게 전화를 했다.

－여보세요.

"현우 씨, 어디예요?"

－나…… 지금, 반포. 집에 가는 길이야.

"어디 집이요?"

－개포동으로 가고 있는데.

"저도 거기로 갈게요."

－지금?

그는 난감해 보였다. 그녀는 오늘 지훈과 함께 가족들과의 시간을 가질 거라고 했었다.

－저녁 식사 가족끼리 하는 거 아니야?

"맞아요. 가면 안 돼요?"

－아니, 되는데……. 영후랑 준원이도 있어.

"아!"

－얘네 보낼게. 와. 지수야.

그녀가 망설이는 투로 당황하자, 현우는 당장에라도 친구들을 집에 보내겠다고 했다. 이 사람은 뭐든 내가 1순위구나.

"아니에요. 불편하지 않으시면 같이 봬도 돼요."

－응. 조심히 와. 앞에서 기다릴게.

"네. 저 택시 탔어요."

지수의 말에 현우의 입에선 기분 좋은 웃음소리가 들렸다. 그의 뒤에 있는 친구들이 그를 놀린다. 그걸 듣고 있으니 평범한 일상 같았다.

전화를 끊고 그에게 가는 길이 길게 느껴졌다. 그가 친구들과 섞여 평범하게 살아가는 것도 좋지만, 노력해서 일군 것들을 버리진 않았으면 좋겠다. 그것도 고작 연애 때문에. 그녀가 생각하는 일은 절대 아니길. 절대로.

✳

먼저 집에 도착한 현우는 집 내부 바로 갔다. 준원과 영후는 자리를 잡고 앉아 잔을 골랐다. 현우는 진열장에서 양주를 꺼내 왔고, 준원은 플라스틱 통에 얼음을 담아 왔다.

"지수 씨 온대?"

"응."

"난 정식 소개받는 거 처음인 거 같은데. 설렌다."

"왜 네가 설레?"

현우는 준원의 잔에 술을 따라 주며 미간을 좁혔다.

"영후야. 얘 지금 질투하는 거야?"

"어. 익숙해져라. 우리가 아는 박현우 아니야."

"이런."

영후는 그가 질투하는 건 회사에서 이미 본 익숙한 모습이었기에 크게 놀라진 않았다. 그러나 준원은 현우가 지수랑 통화하거나 도착할 때 돼서 강아지처럼 방 안을 서성이며 창가를 보는 걸 보며 놀라 했다.

"연애하면 다 쟤처럼 돼?"

"글쎄."

"난 아니었던 거 같은데. 물론 밤마다 보고 싶긴 하지. 나라고 왜 안 보고 싶겠어?"

"보고 싶은 거야, 자고 싶은 거야?"

"둘 다."

준원의 솔직한 대답에 현우와 영후는 고개를 절레절레 저었다.

"뭐야. 영후 넌 왜 걜 이해한다는 표정인데? 너도 내 과잖아."

"난 달라. 여자 있어."

"누구?"

현우도 처음 듣는 이야기라 영후를 보았다. 회사에서 자주 얼굴을 마주치는데도 내색 안 하더니.

"있어. 좋아하는 사람."

"꼬시는 중?"

"장렬히 차였다."

"이런."

"그래서 더 들이대고 있어."

영후의 말에 준원은 기가 막힌 표정을 지었다. 현우도 그렇지만, 영후도 학창 시절부터 어디 가서 빠지지 않는 외모를 갖고 있었다. 오히려 상대가 영후에게 안달 내며, 그의 친구인 준원과 현우에게 전화해서 영후의 감정 상태를 말하며 고민 상담을 하곤 했다. 헤어지고 나서도 영후가 전화를 안 받는다며 그들에게 전화를 했었다. 근데 그 반대 상황이라고 하니, 준원은 정말 믿기지가 않았다.

"말도 안 돼. 박현우도, 채영후 너도. 남자 가오가 있지."

준원을 빼고 현우와 영후는 술잔을 부딪쳤다.

"가오 챙기다가 차이는 것보단 나아."

"가오가 밥 먹여 줘?"

현우는 두 사람을 두고 지수를 마중 나가기 위해 일어났다. 도착할 때가 되었다.

✽

거대한 성은 매번 적응이 안 된다. 지수는 택시에서 내린 후 심호흡을 했다. 현우에게 전화를 하려고 하는데, 그가 마중을 나와 있었다. 그녀는 그에게 다가가 손을 잡았다.

"오늘 못 볼 줄 알았어."

"지훈이한테 현우 씨랑 연애한다고 말했어요. 그러다가 갑자기 너무 보고 싶어서 왔어요."

"나도 그랬어. 엄청 보고 싶었어."

몇 년 만에 만난 것도 아닌데 두 사람은 손깍지를 끼고 거의 한 몸처럼 붙어서 그의 집 안으로 들어갔다.

"친구들은요?"

"안에 있어."

"안에서 뭐 하고 있어요?"

"술 마시고 있지."

현우는 도어 록에 비밀번호를 눌렀다. 문이 열리자 바로 그의 친구들이 보였다. 술을 마시고 있을 줄 알았는데 두 사람 모두 앞에 나와서 그녀를 반기자, 오히려 지수는 당황해서 어색하게 인사를 했다.

"지수 씨, 엄청 어색해한다. 이게 다 준원이 때문인가?"

"아니에요. 문 앞에 계실 줄 몰랐어요."

"지수 씨, 반가워요."

준원이 손을 내밀었다. 지수는 두 손으로 그의 손을 맞잡았다. 반갑다며 손을 흔들자 현우가 지수의 어깨를 안으며 그의 품으로 당겼고 두 사람은 손을 놓게 되었다.

"들어가자."

"아무것도 못 사 왔어요."

"안 사 와도 돼. 처음 오는 것도 아닌데."

지수는 신발을 벗고 안으로 들어갔다. 이렇게 갑작스러운 만남이 아니었다면 좀 차려입고 왔을 텐데. 아쉽다.

"지수 씨 편하게 입으니까 엄청 어려 보이네요?"

"팀장님도 참……. 그러면 저 진짜인 줄 알아요."

"진짠데. 현우야, 나만 그렇게 생각한 거야?"

"아니. 어려 보여. 그리고 예쁘고."

"오…… 이런."

준원은 입을 크게 벌리며 경악하는 표정을 지었다. 지수는 준원의 반응이 당연한 것 같았다. 어려 보일 나이도 지났고, 예쁘다는 건 현우에 한에서 그런 것일 테니.

"지수 씨 오해 말아요. 저는 현우 반응 때문에 놀란 거예요. 현우 옆에 서 있으니 더 어려 보여요."

"띄우지 마세요. 저 진짜 믿어요."

"믿어. 너 진짜 예쁘니까."

현우의 말에 영후가 등을 돌렸다. 준원과 영후는 팔불출 같은 제 친구를 두고 집 안으로 먼저 들어갔다. 현우는 친구들의 등을 보며 지수의 어깨를 감싸고 이마에 입을 맞췄다. 지수는 그런 현우의 배를 팔꿈치로 가격했다.

"왜……."

"친구들 있잖아요."

"뒤돌고 있잖아."

"나중에요. 나중에. 다 가시면."

두 사람의 대화가 영후와 준원의 귀에 들린다는 걸 그들은 알지 못했다. 등을 보이고 있지만 영후와 준원의 눈은 웃고 있었다.

"인사했으면 이만 갈까?"

"그러자. 우리가 얼른 가야 할 거 같네."

두 사람은 일부러 지수와 현우가 들리도록 큰 소리로 말했다. 그러자 지수의 볼이 빨개졌다.

"그래. 시간도 늦었는데 조심히들 가."

"얼굴만 보고 그냥 가라고?"

준원이 휙 뒤를 돌아 현우를 보았다.

"간다며. 네 입으로."

"너 놀린 거지. 야박하게 쫓아내냐?"

"준원 씨, 저도 현우 씨에 대해 궁금한 거 많거든요. 안에 가서 얘기 나눠요."

지수가 먼저 선수 쳐서 준원에게 말을 걸었다. 그러자 준원은 '봤지?' 하는 표정으로 턱을 들고 현우를 보았다. 어이없어하는 현우에게 지수는 팔짱을 끼었다.

"현우 씨 이제 죽었다. 나 현우 씨 과거 좀 캐 볼 건데?"

영후와 준원이 간 후, 현우와 지수 둘만 남았다. 테이블 위에 남긴 술잔과 접시들을 치우려는데 그가 뒤로 와 그녀를 안았다.

"그냥 둬."

"금방 해요."

"그거 두고 나랑 있자."

그는 그녀를 번쩍 들었다. 지수는 손에 있는 걸 놓고 현우를 잡았다. 몸이 위로 붕 뜨자 머리가 핑그르르 돌았다.

"술 마셔서 어지러워요. 그만 내려 줘요."

현우는 지수를 침대 위에 내려놨다. 그녀가 누운 자리가 푹 팼다. 현우가 옆에 눕자 그녀는 그의 가슴에 팔을 올리고 안겼다.

"영후는 자주 봐서 괜찮고, 준원이 불편했어?"

"아뇨. 다들 살갑게 대해 주셔서 감사했어요."

"다들 내 사람 예쁘다 하니까 기분 좋더라. 어딜 가도 예쁨받는 상인가 봐."

"그래도 현우 씨한테 예쁨받는 게 제일 좋아요."

나는 이 사람이 왜 이렇게 좋을까. 그의 가슴 위에 볼을 대고 누우면 따스한 체온이 온몸을 감싸 주는 기분이다.

"내 과거를 캐 보니까 어때?"

"그냥, 뭐……."

지수는 입을 꾹 닫은 채로 그저 그를 안았다. 술을 마셔서 그런지 감정 조절이 잘 되지 않았다. 눈가가 시큰거렸다.

'전쟁터가 따로 없었지.'

현우의 말에 영후와 준원도 거들었다. 그들이 현우의 집에 놀러 갔을 때 목격했던 광경들은 너무 놀라서 믿기질 않았다. 부모님이 돌아가신 후 조카를 안아 주지는 못할망정, 경쟁자로 본 어른들의 눈이 잔인하다. 내 것을 뺏어 갈지도 모른다는 생각에 차라리 부모랑 같이 가지 그랬냐고, 어떻게든 사고사로 만들기 위해 다들 알음알음 그를 위험에 몰아넣었다고 했다.

이러다 죽겠구나. 음식을 잘못 먹어서 게거품을 물고 있는데 아무도 도와주지 않고, 창립 기념회 때 올라간 산에서 납치를 당해 묏자리에도 누워 봤다고. 그 일들을 마치 추억처럼 말하며 거기서 살아온 이 새끼도 진짜 독종이라고 하는데, 지수는 마음이 너무 아팠다.

재벌이라서. 보는 눈이 많아서. 경찰에 신고할 수도 없고, 도움을 청할 곳도 없었다. 그들은 자신들의 성이 망가지지 않기 위해 집안에서 일어난 일들은 은폐하기 바빴고, 경찰에게 도와 달라고 했지만 하루도 안 돼서 고모의 귀에 들어갔다고 했다. 박 회장은 그런 걸 다 보고 있으면서 죽지 않을 정도로만 그를 도와주었다고 했다.

'그래도 나 묘지에서 나온 건 우리 할아버지가 도와준 거였어. 아니었음 진짜 죽을 뻔했다고.'

겉으로는 좋아 보였는데, 실상은 전쟁터 속에 있었단 말이 가슴이 아팠다. 그런데 외부에는 절대 티를 낼 수 없고 도와주는 사람도 없고, 홀로 커야 하는 세계.

"울어?"

문득 이상함을 느낀 현우는 옆으로 누웠다. 눈물이 그렁그렁한 그녀를 본 그가 검지로 눈물을 닦아 주었다.

"내가 캐려던 과거는 그런 게 아니었는데. 그냥 맘 아프잖아요."

"다들 힘든 일 하나쯤은 있는 거 아닌가?"

"하나가 아니니까 그렇죠."

엘리베이터에 갇혔을 때도 이런 것쯤은 익숙하다는 그의 태도
가 이제 이해가 갔다.

"잘 살아 있음 된 거지."

"그렇긴 한데."

"내가 말이야."

현우는 그녀를 꼭 안고 귓불에 입을 맞추며 속삭였다.

"사실은 불사조야. 안 죽더라."

"죽으려고도 했어요?"

"절대 안 죽더라고."

그는 피식 웃으며 말했지만 그게 오히려 지수의 마음을 후벼
팠다.

"죽지도 못하면서 열심히 살았는데 왜…… 회사 그만두려는 거
예요?"

"알고 있었어?"

"네. 지훈이한테 들었어요."

"걘 어떻게 알았대?"

지수는 누워 있다가 몸을 일으켜 앉았다. 나른하게 누워 있는
현우는 별일 아니라는 듯 웃고 있었다.

"아니죠?"

"맞아."

"왜요? 도대체 왜…… 회장님께서 대표님 자른 거예요?"

"내 발로 나가는 거야."

"그러니까 왜요. 왜 그 자리를 박차고 나가는데?"

죽지도 못하고 살았던 그 자리를 왜. 누구 좋으라고 나가는데.

지수는 이로 입술을 질끈 물었다.

"나랑 헤어지라고 한 건 아니죠?"

"설마 내가 그것 때문에 회사 나간다고 했겠어?"

"……."

"심각해하지 마. 죽을 때까지 너랑 쓸 돈은 남겨 뒀으니까."

"그건 또 언제 남겼대."

"내가 막무가내로 그만둔다고 했겠어?"

"언제 그만두는데?"

"여름이 오기 전에."

그럼 진짜 얼마 안 남았네.

"더 빠르게 그만두려고 했는데 진행하던 업무가 있어서 봄까

지만."

"그럼 현우 씨 뒤는 누가 이어요?"

"성우. 유 실장."

그때 지수는 전에 현우가 했던 말이 머릿속에 스쳤다.

'비서실장 자르고, 대표이사로 추천하려고 했어.'

설마, 그럼 그때도 이미 생각하고 있었던 걸까. 분명 그때는 BH

자회사로 보낸다고 했는데…….

"서일 건설은 BH로 결국 합쳐질 거야. 더 탄탄해지겠지."

"나 지금 소름 돋았어요. 예전에 현우 씨가 유 실장님 비서실장

자르고 BH 자회사 대표이사 추천하려고 했다고 했잖아요. 그때

부터 다 계획된 건 아니죠?"

"내가 그렇게 철두철미했을까."

"그럴 거 같아요. 적어도 여러 가능성을 열어 두고 그것도 계획된 일부였을 거 같아요."

그녀의 말에 현우는 어깨를 으쓱 올렸다가 내렸다.

"그래도 속상해요. 당신 후회할 거 같아요."

"내가?"

"네. 나가는 건 쉬워도 다시 들어가는 건 어렵잖아요. 일반 사원도 그런데, 직급이 높을수록 더 그렇지 않을까……. 당신 주변 가족들, 당신이 다시 BH로 온다고 하면 발 벗고 나서서 말릴 사람들인 거 같아서요."

"안 가면 돼."

"나중에 가고 싶어지면요?"

"글쎄."

침대 헤드에 기댄 현우가 마른세수를 했다. 생각만 해도 피곤한지 그의 얼굴 표정이 굳어졌다.

"지금은 이런 대화 말고."

"……."

"그냥 너랑 안고 있고 싶은데."

현우가 그녀에게 손을 내밀었다.

"그래도 될까?"

그녀는 침대 위를 무릎으로 걸어 그에게 가까이 왔다. 그는 그녀를 안고 어깨에 머리를 댔다. 고르지 못한 숨결이 그녀의 어깨와 목에 하염없이 쏟아졌다. 으스러뜨릴 듯 그의 팔에 점점 힘이 가해졌다.

올해 봄, 서윤은 육아 휴직을 하였다. 그전까지 출산 휴가 외 육아 휴직을 쓴 여자 직원은 없었다고 한다. 사직서를 내고 나간 사람은 있어도 눈치 보여서 휴직은 쓰지 못했는데, 현우의 배려로 서윤은 휴직 신청을 할 수 있었다. 남자, 여자 모두 육아 휴직을 편히 쓸 수 있는 문화를 만들자며 겨울부터 열심히 운동을 한 덕분이었다.

사내 교육 프로그램도 많아졌고, 육아 휴직을 쓰는 부서가 있으면, 그 기간 동안은 남은 직원이 배로 일을 하게 되니 월급도 그만큼 올라가도록 복지에 신경을 썼다. 단, 각 부서에서 여러 명이 한 번에 쓸 수는 없고 나눠서 쓰도록 했다. 또한, 직장 어린이집도 몇 개 더 늘리기 위해 공사 중이라고 했다. 지수는 회사가 끝난 후 서윤의 집으로 갔다.

"윤호, 안녕?"

"이모 안녕하세요!"

"응. 잘 지냈어?"

"네!"

윤호는 지수가 사 온 선물을 보며 눈을 반짝거렸다. 지수는 윤호가 원하는 걸 건네주고는 부엌으로 가서 티 테이블 의자에 앉았다. 서윤은 커피를 타서 내왔다.

"밖에서 보자고 하려다가 그냥 집으로 불렀어. 윤호 데리고 나가려니 귀찮기도 하고."

"잘했어요. 언니. 윤호 엄청 쌩쌩하네요."

142

"응. 요샌 잘 안 아파. 내가 집에 있어서 그런가?"

"에이. 설마. 언니가 집에 있다고 덜 아픈 거겠어요? 윤호가 작년보다 한 살 더 먹어서 더 튼튼해진 거죠!"

"아니야. 내가 확실히 잘 먹이고, 돌보니까 안 아픈 거 같아. 그런 생각이 들어."

서윤은 커피를 마시며 따스한 눈으로 아이를 보았다.

"지수 씨는 더 예뻐졌네?"

"맨날 예뻐졌대. 이거 그냥 인사말이죠?"

"아니야. 인사말. 진심인데. 근데 대표님 완전 사랑꾼이시더라. 보기와는 달리."

"그죠? 차갑고 냉정해 보였는데."

그 사람을 알면 알수록 달달한 모습에 한 번, 두 번, 세 번 계속 반하게 된다. 연애를 할 때 배려 없이 본인 감정만 강요할 것 같은데 그렇지도 않다. 다만 제 감정을 잘 숨겨서 그보다 상대가 더 그를 좋아하는 것 같은 착각이 들 때도 있다. 그러나 그의 진심을 알고 나면 금세 풀어지며 더 좋아진다.

"생각만 해도 좋은가 봐. 지수 씨 지금 입이 귀에 걸렸어."

"언니, 그 정돈 아니에요."

"아니긴? 근데 왜 자꾸 웃어?"

"모르겠어요. 왜 자꾸 웃음이 나오죠."

지수는 내려가지 않는 입꼬리를 단속하려 했으나 제 의지를 배신하고 계속 웃음이 나왔다. 생각만 해도 좋은 사람이라 그런가.

"대표직 내려놓으신다는 것도 진짜지?"

"네. 저도 얼마 전에 알았어요."

"아쉽다. 대표님 오시고 서일 건설 진짜 확 성장했잖아. 앞으로의 3년, 5년이 정말 기대되더라. 리더십도 있고, 좋은 리더가 뭔지 제대로 보여 주는 사람 같았어."

"그죠."

"그래도 일보다는 사랑을 택한다니. 21세기에 그런 남자가 있을 줄이야. 내가 듣고 정말 놀랐다니까."

"일보다 사랑이요?"

그녀의 반문에 서윤이 손으로 입을 막았다. 서윤의 눈빛이 흔들렸다. 꼭 무언가 말실수를 한 것처럼 그녀는 당황해했다.

"아니야. 지수 씨. 말이 잘못 나갔어."

"회사에 저 때문이라고 소문이 났나 봐요. 그럴 거 같긴 해요. 워낙 일중독이었던 분이라, 저랑 연애 소식 나고 몇 달도 안 돼서 결정하신 거잖아요."

"그렇지……."

왜 이렇게 찜찜할까. 무척 당황한 서윤의 표정이 심상치 않았다.

"근데 언니는 어디서 들으셨어요? 저도 저번 주에 알았거든요."

"어…… 어?"

"저도 계속 모르고 있었어요. 말을 안 해 주더라고요."

다른 이는 알고 있었는데. 가장 가까운 사람인 자신만 몰랐다니. 섭섭함이 밀려온다. 그때, 초인종이 울렸다.

"누구지……. 이 시간에 올 사람이 없는데."

서윤이 의자에서 일어났고, 지수도 현관으로 시선을 돌렸다. 윤호는 TV를 보다 말고 현관 앞으로 나갔다. 초인종이 울리고 도어록의 비밀번호가 해제됐다. 서윤이 당황한 얼굴로 지수를 보았다.

오늘 여러 번 당황하시네. 지수는 고개를 갸웃하며 서윤의 뒤로 지금 집으로 들어오는 남자를 보았다.

"윤호야 삼촌 왔다! 치킨 좋아하지? 이것만 주고 갈게."

삼촌······ 채영후 팀장님? 영후도 지수가 있는 걸 보더니 그대로 굳었다.

'일보다 사랑을 택하다니.'

그 사실을 먼저 알았던 건 영후의 입에서 서윤에게로 전해졌기 때문인 것 같았다. 지수는 그 이야기가 뭔지 꼭 알아야 했다.

지수는 서윤의 집 인근에 있는 카페로 향했다. 영후와 마주 보는 자리에 앉은 후 커피를 주문했다.

"저기······."

"저······."

두 사람은 동시에 말을 뱉었다.

"팀장님, 먼저 하세요."

"그래요. 지수 씨."

영후는 머그 컵을 들고 커피를 한 모금 마시고 내려놓았다. 찻잔을 쥐었다 놓는 손에서 안절부절못하는 기색이 느껴졌다.

"서윤 씨랑은 아직 생각하는 그런 사이 아니에요. 일방통행인 거고, 지수 씨만 알고 있으면 좋겠어요."

"네. 어디 얘기 안 할게요."

"현우한테도."

"……."

"확실히 사귀게 되면 그때 내가 얘기할게요. 일방통행도 싫다고 질색하는 사람인데, 주변 사람들이 하나둘씩 알면 아예 이렇게 찾아오는 것도 못 하게 할 거 같아서 그래요."

"말 안 할게요."

언제 그런 사이가 되셨냐, 그래서 그때 병문안 같이 가자고 한 거냐 등. 평소라면 이것저것 물어보았을 테지만, 오늘은 먼저 물어볼 게 남아 있었다.

"이제 지수 씨 얘기해요."

이번엔 지수가 머그 컵을 들었다. 손이 덜덜 떨렸다. 죄를 지은 건 아닌데, 뜨거운 커피를 입술에 댔다가 뗐다.

"현우 씨, 언제 그만둘 마음먹은 거예요? 저 때문은 아니라고 하는데. 저 빼고 다들 알고 있는 걸 보면 그 선택에 저도 있는 거죠?"

"지수 씨……."

"현우 씨가 아니라고 했으니까 믿으면 되는데, 자꾸 찜찜해요. 아닌 거 아니까."

"그런 생각 말아요. 지수 씨. 현우가 그렇게 말했으면 그 선택에 지수 씨가 이유가 되진 않았을 거예요. 일을 열심히 한 녀석이지만 그게 좋아서인지 아니면 살아야 해서 한 건지 한 번쯤 되돌아볼 시간도 필요할 거예요."

"자꾸 미안해지네요."

"좀 쉴 때도 됐죠. 걔 쉬어 본 적이 없어서 쉬는 법도 모를걸요? 막상 퇴사하면 또 뭔가 하고 있을 거예요."

쉬어 본 적이 없어서, 쉬는 방법을 모른다, 라는 말에 지수는 가슴이 아팠다.

"그래도 정 미안하면."

"……."

"나중에 백수 되면 데이트 자주 해 줘요. 데리러 오라고 하면 맨날 좋다고 올걸요?"

"설마요. 상상이 안 가요."

"저번에 보니까 완전 지수 씨 앞에서 순한 양이던데요? 이쪽으로 오라면 오고, 저쪽으로 가라면 가고. 반려동물 키워 봤어요?"

"아뇨."

"장담컨대, 그 어떤 반려동물보다도 매력적인 놈일 거예요."

영후의 말에 지수는 웃음이 터졌다. 현우를 반려동물에 비유하다니. 이것도 친한 친구이기에 농담 따먹기를 하는 거겠지.

"그래도 개에 비유한 건 너무하지 않아요? 친군데."

"반려동물이 개만 있나……. 지수 씨 웃었네요?"

"상상하니까 재밌어서요."

"저 반은 진담이에요. 걔가 다 표현을 안 해서 그렇지, 지수 씨 맨날 얼마나 보고 싶어 하는데요. 저희끼리 밥 먹을 때 맛있으면 지수랑도 와야 된다고 하고."

친구들에게까지 티를 낼 정도로 팔불출인 줄은 몰랐다. 제 앞에선 워낙 태연한 사람인지라. 막 좋아 죽을 것 같단 얼굴을 하고 있진 않는다. 그래도 요샌 사랑한다는 말은 자주 듣는 편이었다.

"오늘 현우 필리핀 갔죠?"

"네. 4박 5일 일정으로 갔어요!"

"퇴사하려는 녀석이 열심이긴. 그냥 설렁설렁 좀 하지."

"성격이 그게 안 되는 사람이잖아요."

그녀의 말에 영후는 고개를 끄덕였다. 완벽주의자라 일을 손에 쥐고 있는 동안에는 최선을 다할 것이다. 그게 퇴사 전날이라고 해도.

"저는 그럼 들어가 볼게요. 서윤 씨 당황했을 거 같아서."

"네. 전 다음에 놀러 온다고 전해 주세요."

"그래요. 내가 두 사람 좋은 시간 방해했네요. 오늘 지수 씨 오는 줄 알았으면 찾아가지 않았을 텐데……."

"저 안 본 거로 할게요."

지수는 손바닥으로 눈을 가렸다. 그러자 영후는 쓴웃음을 지으며 자리에서 일어났다. 영후와 헤어지고 그녀는 서윤에게 문자 한 통을 보냈다. 그러곤 바로 집으로 왔다. 부모님께서는 동창 모임으로 등산을 가신다고 했다. 지훈은 여자 친구를 만나러 나가서 집 안엔 그녀 혼자였다. 지수는 방 안 서랍에서 반지 케이스를 꺼냈다.

'이건 내가 잠시 맡고 있을게요.'

현우가 다시 BH로 간다는 가정하에 아직 갈 길이 멀다고 생각했다. 그래서 그녀는 이걸 받을 수 없었다. 지수는 내친김에 노트북을 켜고 각각 은행을 접속해서 모아 둔 돈을 확인했다. 내 자금……. 부모님께 도움을 안 받고 자립할 수 있을까. 그런데 자립하기엔 턱없이 부족한 돈이었다. 일한 것에 비해 모은 돈은 정말 너무 적어서 민망해졌다. 엄청 사치를 부린 것도 아니고, 그렇다고 회사가 월급이 적은 것도 아닌데. 그렇다면 결혼을 했을 때 현우의 집에서 원하는 혼수는 모두 부모님의 지갑에서 나가야 한다는 건데, 죄송한 마음이 먼저 들었다. 20년이 넘게 공부시켜서 세상에 내놨는데, 결혼조차도 부모님의 도움이 필요하다니. 제 앞가림을 못 하고 있는 느낌이었다.

이건 다 사회 탓이야.

그녀는 회사 주변과 블루 아파트의 집 가격을 검색해 보았다. 이 오래된 아파트가 7~8억이었다. 그 주변에 새로 생긴 아파트들은 감히 상상할 수도 없는 매매가가 책정되어 있었다. 다들 집값 치솟는다, 물가가 비싸다 해도 그녀는 체감하는 게 없었다. 엄마가 해 준 밥이 있었고, 아늑한 집도 있었으니까. 과일값이 비싸다고 해도 집 냉장고에는 항상 제철 과일이 들어 있었다. 그래서 체감을 못 했는데 막상 찾아보니 이건 월급으로 해결할 수 있는 삶이 아니었다. 두 사람의 월급을 합쳐야……. 지수는 벨벳 상자 안에 있는 반지를 꺼내 돌려 보았다.

"널 받기엔 언니가 가진 게 너무 없다. 어떡하냐."

반지가 대답할 린 없지만 지수는 혼잣말을 했다.

"너 준 사람이 돈은 많을 텐데. 어떻게, 안면 싹 몰수하고 그냥 결혼해?"

근데 그 집에서 나를 허락할까? 온갖 잡생각이 다 들었다.

부르르, 부르르르. 책상 위에 올려 둔 핸드폰이 울렸다.

[국제 전화입니다.]

국제 전화라면…… 현우일 것이다. 그녀는 얼른 전화를 받았다.

"여보세요."

– 나야. 뭐 하고 있었어?

"반지 보고 있었어요."

－ 반지?

그녀는 상자 안에 반지를 넣은 후 상자를 닫았다.

"현우 씨가 준 반지요. 이걸 받을까 말까 재어 보고 있었어요."

－ 그건 혼자 생각해야 하는 거 아닌가. 나한테 너무 속을 다 보여 주는 거 아니야?

"저 원래 투명한 사람이잖아요."

－ 그건 그렇지.

거짓말하느니 투명하게 다 보여 주는 게 마음이 편하다. 현우는 그녀가 이겨야 할 상대는 아니니까.

"현우 씨는 뭐 하고 있었어요?"

－ 같이 왔으면 더 좋았겠다, 그런 생각.

"거기서도 내 생각뿐이네요."

－ 그럼 누구 생각해? 너밖에 없는데.

툭 던지듯 건넨 그의 말에 지수는 볼이 붉어졌다. 의자에 앉은 그녀가 바닥에 닿는 발가락을 콕콕콕 찍으며 이로 손톱을 물었다.

"생각할 사람이 그렇게 없어요? 나, 나밖에?"

－ 응.

"그런 말을 이렇게 아무렇지 않게 하면⋯⋯."

그러면, 그러면⋯⋯ 그가 앞에 없는데도 얼굴이 붉어진다. 좋아서 몸이 날아갈 것 같은 기분이 들었다. 말 한마디가 천 냥 빚을 갚는다는 말처럼, 그의 말은 아름다운 향기를 품고 있었다. 사람을 기분 좋게 하는 향기 말이다.

－ 다음에는 같이 갈까?

"좋아요."

– 가고 싶은 나라 있어?

"이제 곧 백수 된다고 놀 생각부터 하네요? 여름휴가 때 가려면 미리 비행기 표는 구매해야 하죠? 으음……. 근데 꼭 해외여야 해요?"

– 아니. 어디든 좋아.

"천천히 생각해 볼게요. 비행기 표 없으면 국내로 가도 되고."

둘이서 여행 가는 것 자체가 좋으니까. 남자랑 여행을 가는 게 처음이라 가면 뭘 해야 할지 상상이 안 간다. 패키지로는 안 갈 것 같고. 관광지는? 여행 스케줄은? 호텔은? 다 우리가 찾아서 예약해야 하는 건가?

– 보고 싶다.

"나도. 나도요."

– 반지 보니까 어때, 마음이 좀 바뀌었어?

"아직은 좀 약한데. 바뀌려고 해요."

– 마음의 준비를 하고 있어야겠군.

그의 말에 지수는 키득거리며 웃었다.

"무슨 마음의 준비요? 내가 무슨 결정을 할 줄 알고. 너무 자신만만한 거 아니에요?"

– 거절당하면 상처받지 않을 준비.

"거절할 거라고 생각한 거예요?"

– 승낙하면 좋아서 죽을 수 있으니 마음의 준비.

제발 아무렇지 않은 투로 이런 말을 하지 말아요. 지수는 속으로 말했다.

"지금 현우 씨 표정 보고 싶다."

– 엄청 설렌 표정이야.

"아닐 거 같아요."

– 영상 통화로 확인시켜 줘?

"아니에요. 그냥 상상만 할래요. 되게 무심한 표정 짓고 있을 거 같아요. 차라리 상상 속의 현우 씨가 나아요."

– 상상보단 실제가 낫지 않나?

그건 그렇지. 상상보단 실제가 훨씬 멋지니까. 지수는 통화를 하면서 서서히 침대 위로 누웠다.

– 누웠어?

"어떻게 알았어요? 어디서 나 보고 있어요?"

– 아니. 목소리가 조금 나른해져서.

"그게 전화로 티가 나요?"

– 응.

지수는 머리를 긁적였다. 그러고는 몸을 옆으로 돌려 누웠다.

– 몸 움직이는 소리도 다 나.

"요새 폰이 참 좋아. 소리가 그렇게 잘 들리다니. 현우 씨는…… 목욕하고 있어요?"

– 응. 다 벗고.

"그건 안 물어봤거든요!"

뭐 어디까지 입고 있는지는 안 물어봤는데…… 목욕하는 거면 드로즈까지 싹 다……. 어우. 야해. 그녀는 이번엔 침대 위에서 발길질을 하며 좋아했다. 나 변태인가.

– 너 방금 상상했지?

"아……뇨? 무슨…… 상……상?"

- 내 몸 어디 생각했어?

"안 했는데요."

- 배꼽을 경계로 위야, 아래야.

그걸 왜 집요하게 물어보는지. 당연히…….

"위, 위죠."

아래죠. 지수는 생각과는 다른 말을 했다. 그의 웃는 목소리가 울리는 걸 보니 욕실이 맞는 모양이다.

- 당신의 상상처럼 아주 완벽해졌어. 지금.

"위, 위가요?"

- 응. 무릎 위 말이야.

아니, 나는 배꼽 위를 상상했다고 말했는데 왜 갑자기 무릎 위로 바뀌냐고!

- 인간의 욕망은 모두 같거든. 얼굴이야 생각을 했겠지. 그럼 자연히 내 무릎 위가 생각나지 않았겠어?

현우와의 통화는 늘 즐겁다. 그래서 매번 얼마나 시간이 갔는지 알지 못했다. 손 안에 든 핸드폰이 뜨거워져서 손바닥에 열이 느껴졌을 때쯤, 핸드폰을 귀에서 떼서 보면 한 시간이 훌쩍 지나 있었다.

"이렇게 통화해도 돼요?"

- 응.

"물 온도 다 식었겠다."

- 뜨거운 물 계속 틀어 놨어.

"이제 씻고 나가요. 더 시간 뺏으면 안 되겠어."

– 잘 자고, 잘 먹고.

"현우 씨도요."

잘 먹고, 잘 자고, 일도 잘하고. 다 잘하고 와요. 아니, 못하고 와도 돼요.

– 사랑해.

"나도. 나도요."

전화를 끊자 아쉬움이 밀려왔다. 눈앞에 그가 있으면 좋겠다. 그의 눈을 마주하고 피부를 만지고 안겨 있고 싶다. 지수는 핸드폰이 꼭 현우인 것처럼 가슴에 품고 옆으로 누웠다. 눈을 감았다 뜨는 걸 몇 번 반복하자 눈두덩이가 무거운 느낌이 든다. 점점 잠에 빠져들고 있었다.

한국으로 귀국하자마자 현우는 국내에서의 일정을 소화했다. 옆에 그와 동행한 성우도 피부가 퍼석해지고 눈가 아래는 거무튀튀하게 변해 있었다.

"대표님, 점심을 드시겠어요, 아니면 호텔로 가서 한 시간이라도 주무시겠어요?"

"호텔로 가자."

"감사합니다."

"고생했어. 유 실장."

"고생하긴요."

현우는 성우의 눈을 보며 인상을 찌푸렸다. 요새 유성우 실장의 눈빛이 전과 달라서 매우 부담스러웠다.

"성우야."

"네, 대표님."

"눈빛 너무 부담된다."

"저는 대표님의 후임이 되는 게 더 부담스러운데요. 요새 잠도 못 자고 악몽도 꿉니다. 회장님이 제 목을 조르시는 꿈이요."

"……."

그 말에 그가 해 줄 말은 없었다. 그도 겪었던 일이기에. 그러나 그는 성우라면 잘하리라 믿었다.

"대표님께서 알아봐 달라고 하셨던 거요. 회장님 최근 행적이요. 요새 전용기 타고 해외도 많이 가고, 오래전 친구 분들도 만나고, 좋은 일 하면서 사시더라고요."

현우는 고개를 주억거렸다. 연일 BH 회장의 선행이 기사로 나오고 있었다. 쌀, 운동화, 기부. 그것도 굉장히 다양한 곳에 하고 있었다. 일각에서는 차기 국회의원 후보로 나오는 거 아니냐, 이 사람의 행보가 도대체 무엇인지 궁금하다며 토크 프로그램에서 다루기도 했다.

"진짜 정치라도 하시려는 건가."

"설마요."

"유 실장이 봐도 그건 아닌 거 같아?"

"네. 정치인이 될 만한 분을 옆에 두어서 수족처럼 부리긴 해도 본인이 직접 그 일을 하진 않을 분이세요."

"내가 봐도."

그렇다면 이 행보는 도대체 무얼 위한 것이란 말인가. 그의 사표를 수리한다는 것도. 찜찜함이 배로 늘어갔다.

"하여튼 회장님은 계속 주시해 줘. 나는 김 박사님 만나 볼 테니까."

"알겠습니다."

"김 박사님 지금 세미나 가셨지? 언제 돌아오신대?"

"알아보고 약속 잡겠습니다."

"고마워."

두 사람을 태운 차는 서울의 유명 호텔로 들어왔다. 각각 방을 잡고 두 시간이라도 눈을 붙이자며 룸으로 들어갔다. 현우는 씻고 침대에 눕자마자 지수에게 문자를 보냈다. 지금쯤 그녀는 회사에서 일을 할 시간이었다.

[나 두 시간만 자려고 유 실장이랑 호텔 왔어. 일하고 있어?]

[네. 피곤하죠? 얼른 자요. 나 보고서 쓰고 나면 두 시간 뒤니까, 전화로 깨워 줄게요.]

[응.]

[제가 알람 대신할 테니까 무음으로만 하지 말아 줘요.]

[알겠어.]

[얼르 자오.]

얼른 자라는 말인가……. 업무 중이라 옆 사람 눈치 보면서 문자를 보내는 것 같았다.

현우는 이불을 덮고 누웠다. 천장을 보는데 하늘이 빙글빙글 도는 기분이 들어 그는 눈을 감았다. 꼭 멀미를 하는 것 같았다. 그만큼 피로가 누적된 거겠지. 현우는 지수 생각을 하며 잠에 들었다.

보고서를 채영후 팀장에게 제출한 후, 지수는 핸드폰을 들고 옥상으로 올라갔다. 현우를 깨울 시간이었다. 5분이라도 더 자길 바라는 마음으로 그녀는 정확히 5분을 기다린 다음 전화를 걸었다.

- 여보세요.

"벌써 깼어요? 내가 알람 해 주려고 했는데."

- 5분 전에 깼어.

"뭐야, 알람 해 둔 거예요?"

- 성우가 벨 누르더라고. 방 따로 잡고 내 옆방에서 자고 있었거든.

맞네. 유 실장님도 현우 씨처럼 철저한 분이셨지.

"일부러 5분 더 자라고 늦게 전화한 건데. 그냥 할걸."

- 그래도 이렇게 목소리 들어서 좋네.

"나는 현우 씨 생각해서……. 5분 늦게 일어난다고 막 큰일이 나진 않죠?"

- 그렇지.

"가뜩이나 잠 못 잔 사람 5분은 좀 여유를 주지. 유성우 실장님도 참, 곧으세요."

- 그래서 나랑 잘 맞나 봐.

업무 파트너로서 말이야. 현우가 말을 덧붙였다.

- 오늘 야근해?

"아뇨. 칼퇴 예정이요."

오늘 야근하냐고 묻는 걸 보니 현우는 저녁에 시간이 되는 모양이다. 그런 그를 만나려면 야근 없이 칼같이 퇴근을 해야 한다. 남은 일은 내일 아침 일찍 출근해서 처리해도 되니까……. 그를 만나는 게 먼저였다. 보고 싶은 마음은 사리 분별을 못 하게 한다. 일의 우선순위를 정하고 오늘 끝내지 않아도 되는 일과 꼭 끝내야 할 일을 저절로 머릿속에서 체크하고 있었다. 급한 보고서는 끝냈으니 오늘은 굳이 야근을 하지 않아도 되는 날이었다.

  ─ 그럼 저녁 먹자. 조금 늦게 먹어도 되려나?

  "그럼요! 몇 시?"

  ─ 7시 반에서 8시쯤.

  "어디로 갈까요?"

  ─ 회사 앞으로 갈게.

  회사 직원들이 모두 그들의 연애를 알고 있으니 이런 점은 편하다. 어차피 욕은 먹고 있을 테니 사람이 마음을 편안히 먹게 되는 것 같다.

  ─ 이만 끊을게. 내려가야겠다.

  "네. 이따 봐요."

  현우와 전화를 끊은 후 사무실로 가는 발걸음이 매우 가벼웠다. 얼른 만나고 싶어서. 연애란, 온몸이 가벼워지는 것일까…….

✳

  확실히 피로가 누적된 모양이다. 오늘 마지막 미팅이 끝났을 땐 현우도 성우도 지쳐 있었다. 두 사람은 서로를 보며 잠시 침묵했다. 아무 말도 하고 싶지 않고 기가 쑥 빠져 나간 기분이었다. 필리핀에 있는 며칠 동안 이어졌던 술자리의 여파도 있을 것이다. 그러다 원래 있던 일정 외에 주요 파트너사가 주최하는 파티에도 참석하게 되었고, 새로운 사람을 소개받고 만나며 쉴 틈이 없었던 것 같다.

그때, 성우의 핸드폰이 울렸다. 성우는 언제 피곤했냐는 듯 핸드폰을 들고 전화를 받았다. 피곤하다는 기색을 싹 지운 성우의 눈빛이 날카로워졌다. 현우는 기지개를 쭉 켰다. 지수를 만나러 갈 시간이었다.

"대표님, 김 박사님께서 통화를 요청하셨습니다."

"이리 줘."

현우는 핸드폰을 건네받았다.

"김 박사님, 저 현우입니다."

– 현우 군. 잘 지냈나?

"네. 지금 어디세요?"

– 한국 들어왔지.

김 박사는 오래전부터 박 회장의 주치의였으며, 지금은 BH 패밀리의 건강을 관리하며 대학 병원의 병원장을 맡고 있었다. 예전부터 박사님이라고 불렀어서 그들은 병원장 대신 박사님이란 호칭을 사용했다.

– 올해 건강 검진 안 받았다며.

"네. 바쁘다 보니."

– 언제든 좋으니 와서 받아.

"알겠습니다. 걱정해 주셔서 감사드려요."

– 그게 내 일인걸.

호탕한 웃음소리를 들으니 김 박사님은 여전하신 것 같다. 어릴 때부터 잘 따랐던 분이라 이렇게 통화할 때면 향수도 느껴지고, 애가 된 것 같고 그런 기분이 든다.

"요새도 할아버님과는 자주 만나시죠?"

– 그럼. 내 유일한 벗인데.

"두 분이 만나셔서 고스톱 치는 벗인 건 아직 저만 아는 사실이죠?"

– 노인네들은 이게 치매 예방하는 법이야.

"그런 거 믿으실 줄 몰랐습니다만."

이번에도 김 박사님은 시원하게 웃으셨다.

"할아버지는 건강하시죠?"

– 그럼. 정정하시지.

"요새 기부도 하고, 뭔가 생각이 있으신 거 같은데. 김 박사님께 도움을 좀 구해 볼까 하고 전화 드렸습니다."

– 그건 나보단 할아버지가 낫지 않겠어?

"저한테는 절대 뭐든 얘기 안 해 주시는 분이잖아요. 전 할아버지 어려워요. 김 박사님이 더 편하고요."

– 그거야 나는 BH 사람들을 모시는 을의 입장이니까.

"을 아니시잖아요."

처음엔 고용을 했다고 해도, 이제는 병원장을 오라 가라 할 정도는 아니었다.

– 우리 병원도 뭐, 내 벗이 다 해 준 건데.

"그걸 받아먹는 것도 다 능력이죠."

– 현우야, 난 받아먹지 않았다.

"죄송합니다. 말이 잘못 나갔습니다."

– 거저먹은 거지.

농담을 하는 것도 여전하시네. 현우는 호탕한 김 박사님 덕분에 웃었다.

– 내가 할 수 있는 말은.

"네."

– 잘해 드려라. 오히려 나보단 네가 준호 핏줄 아니냐?

"그렇죠."

– 노인네 몸에 아무리 약을 퍼다 붓고 세상에 좋다는 주사를 다 맞혀 놔도 나이를 거스를 순 없어. 하늘나라 가는 거 나이순은 아니라지만 네 할아비가 너보다 오래 살겠나?

"상상이 안 갑니다. 저보다 먼저 가신다는 게요."

– 녀석. 준호도 마음이 여⋯⋯리진 않지만 말이다. 착한 구석은 있다.

현우는 알겠다고 말한 후 전화를 끊었다. 그러고는 성우에게 핸드폰을 건넸다.

"먼저 퇴근해."

"대표님은요?"

"난 데이트."

"안 힘드세요?"

"데이트하는데 왜 힘들어?"

"그게⋯⋯ 안 힘든 거군요. 안 해 봐서 몰랐습니다."

"해 봐. 지쳐서 쓰러져도 눈이 떠질 테니까. 그리고⋯⋯ 박 회장님 어디 아프신 건지 좀 알아봐 줘."

평소라면 김 박사님이 할아버지에게 잘하란 말을 할 리가 없다. 같이 있는 자리에서도 손자 좀 챙기라고 오히려 핀잔을 주고, 통화를 할 때도 '네가 준호를 할아버지로 둬서 고생이 많다'며 위로를 해 주던 분이셨다. 하늘나라를 운운한다는 건, 무언가 위험 신호라는 것이다. 그런 말을 할 사람이 아니니까. 어쩌면 말하지 못하는 것이기에 그에게 힌트를 준 걸 수도 있다. 네가 알아내라고. 내 입으로는 말 못 한다고.

'현우야. 생각나는 소원 하나만 말해 봐라.'

'갑자기요?'

'딱 하나만 들어주려고.'

그 말을 하셨을 때 표정이 어땠더라. 할아버지를 생각하는 현우의 눈빛이 짙어졌다.

지수는 좋지 않은 현우의 표정을 살피며 그의 앞으로 음식을 밀었다. 아까부터 무언가 골똘히 생각하며 음식을 먹는 둥 마는 둥 하고 있었다. 오랜만에 만난 건데 보고 싶다고 했던 남자가 다른 생각만 하니 울컥한 기분도 들었다.

"무슨 일 있어요?"

"응?"

"자꾸 다른 생각만 하잖아요. 나 그냥 갈까요?"

"어디 가. 안 돼."

지수가 일어나려는 제스처를 취하자 다급한 손이 그녀의 손목을 잡았다.

"장난이었어요. 좀 웃으라고."

"놀랐잖아. 화난 줄 알고."

"화나면 이미 박차고 일어났죠. 여기서 현우 씨 먹으라고 손수 생선을 바르고 있겠어요?"

지수가 보리굴비를 먹기 좋게 발라서 앞에 두었다. 직원이 한다는 거 일부러 직접 잘하는 모습 보여 주려고 했더니, 아예 보지도 않는다. 이거 먹기 좋게 자르기 어려운 건데.

"옆으로 와서 먹어."

"어우, 남사스럽게."

지수는 그러면서도 그의 옆자리로 가서 다소곳이 앉았다. 다양한 코스 요리가 나와 테이블 한 상이 꽉 찼다. 어느새 자리가 바뀐 지수에게 계속 음식을 나르던 직원은 눈이 살짝 커지더니 부러운 표정으로 그녀를 보고 있었다.

"옆으로 오니까 좋네요. 현우 씨, 아⋯⋯."

지수는 회 한 점을 집어 그에게 가져갔다. 그녀가 준 회를 입 안에 넣고 잘 먹는 모습을 보니 뿌듯했다.

"보리굴비는 밥에 물을 말아서 같이 먹어야 하거든요?"

"응."

지수는 밥에 물을 부은 다음 섞었다. 그리고 한 숟가락 떠서 그 위에 보리굴비를 얹었다.

"한번 먹어 봐요."

이번에도 현우는 그녀가 준 음식을 잘 받아먹었다.

"너도 먹어. 나만 챙기지 말고."

"네. 현우 씨도 다른 생각 말고 식사에 집중해요. 알았죠?"

"알겠어."

이번엔 그녀가 밥을 먹는 동안 현우도 다른 생각에 빠지지 않고 식사를 마쳤다. 후식으로 석류 주스와 옛날 과자가 나왔다. 지수가 찻잔을 들고 가져온 순간, 현우의 전화벨이 울렸다.

"앗!"

옆에 앉은 현우가 핸드폰을 찾으려고 팔꿈치로 그녀를 건드렸고, 지수는 옷 위로 석류 주스를 쏟았다. 블라우스와 치마가 붉게 물들어 가고 있었다. 하필 석류 주스라서…….

"괜찮아?"

"네, 네. 일단 급한 전화 받아요."

"아니야. 성우였어."

현우는 어떻게 해야 하나 싶어서 커튼을 열고 나갔다.

"여기 석류 주스 쏟았는데, 잠시 와 주시겠어요?"

그의 말에 너 나 할 거 없이 여자 직원들이 모두 그들의 테이블로 왔다. 세 명이나 그것도 동시에. 지수는 세 사람이 나타나자 할 말을 잃고 그저 손으로 옷을 가렸다. 이건 누가 와도 해결될 수 있는 문제가 아니었다. 당장 옷을 사서 갈아입지 않는 한.

"우선 여기 물티슈부터 드릴게요."

"문대면 더 번지거든요. 얼른 집 가서 세탁하셔야 할 거 같습니다."

직원들의 안내를 받으며 지수는 일단 화장실로 갔다. 찻잔에 음료가 얼마 안 들었다고 생각했는데 흰 블라우스를 반 이상 적신 걸 보면 양이 많은 모양이다. 일단 끈적함을 없애기 위해 손을 물로 닦은 후, 그녀는 음식점으로 돌아갔다. 현우는 이미 계산을 하고 앞에 나와 있었다.

"안 지워지네."

"그러게요. 으으, 추워. 카디건 좀 주세요."

"지금 이거 입으면 카디건에도 묻을 거 같은데."

현우는 파스텔 톤의 카디건을 그녀에게 돌려주려다가 다시 뺐다. 그러고는 짙은 색인 트렌치코트를 벗어 그녀의 어깨에 둘렀다.

"카디건보다 현우 씨 트렌치코트가 더 좋은 거예요. 여기도 묻을 텐데."

"내 건 색이 짙잖아."

"그래도……."

"괜찮아. 이리 와."

현우는 그녀에게 팔을 두르고 어깨를 쥐었다.

"호텔 가서 씻고 가자."

"네?"

"같이 있고 싶어서 그래."

그는 그녀의 어깨를 만지작거리며 말했다. 정말 옷을 버려서 씻기 위함이 아님을 알면서도 지수는 승낙했다.

옷 안으로 투과한 음료가 그녀의 살에도 닿았다. 그래서 그런지 단추도 잘 안 풀리는 것 같고, 자꾸 살에 옷이 달라붙는다. 그럼에도 현우의 손은 그녀보다 빠르게 단추를 풀어 갔다.

"단추 푸는 장인이야. 장인."

"이거로 사업 좀 해 봐? 잘 풀리는 단추로 말이야."

"치. 남자들만 좋지."

"과연 그럴까."

지수는 단추가 다 풀리자 팔을 뺐다. 그는 드러난 그녀의 어깨에 입을 맞췄다. 둥근 어깨를 쪽쪽 입 안에 넣고 혀를 굴리며 그는 그녀를 침대 위로 쓰러뜨렸다.

"단내가 나."

"석류 주스 때문인가?"

"그것도 그렇고, 네가 참 달아."

그는 석류 주스가 묻었던 곳에도 입술을 내려 쪽쪽 빨았다. 혀를 내밀어 핥는 그가 색정적으로 느껴졌다. 현우는 침대 위에 앉은 후 커프스단추를 풀었다. 나른한 그의 표정을 보며 지수도 몸을 일으켜서 그의 셔츠 단추를 풀었다. 서서히 풀려 가자 그 안에 담긴 복근과 가슴 근육이 드러났다. 저절로 손이 간 그녀는 생동감 넘치는 그를 느꼈다.

"으음……."

"간지럽죠?"

"아니. 흥분돼."

그는 욕망을 표현하는 데 직설적인 편이다. 그는 그녀의 손목을 잡아 쥐고 그의 장골 바로 위쪽으로 손을 가져갔다.

"나는 여기."

"응?"

"여기 만지면 더 흥분되더라고."

"아이, 참."

그녀는 그의 말대로 장골 바로 위 근육을 손으로 살살 쓸었다. 그러자 현우가 두 손을 뒤로 보내 침대를 짚으며 몸을 비스듬히 했다. 지수는 그의 품에 안겨 드러난 넓은 어깨에 입을 맞추며 손은 장골 위를 쓰다듬었다. 현우의 입에선 한숨이 나왔다.

"야해. 박현우 씨."

"더 야해질 수도 있어."

"어떻게요?"

"손이 가는 곳에 입술이 간다면?"

그는 그녀의 머리를 쓰다듬다가 은근히 눌렀다. 그 손은 아까 제 손을 이끌었던 것처럼 본인이 원하는 방향으로 움직였다. 꼭 그의 아바타가 된 것 같은데. 그녀의 입술이 닿자 현우는 움찔 떨었다. 그러더니 그녀의 얼굴 아래로 손을 넣어 입술을 막았다.

"안 되겠다."

"입만 닿았어요."

"여기까지. 아직 면역이 안 돼서."

그는 자세를 바꿔 그녀의 위로 올라왔다. 벨트를 푸는 손이 다급했다. 그녀 또한 남은 옷가지를 벗었다. 맨다리를 손으로 쓸고 들어온 그가 손가락을 모두 폈다.

"으읍!"

현우는 성난 짐승처럼 입술을 빨았다. 혀로 입술을 뭉개며 들어온 그가 혀끝으로 입 안 점막을 자극했다. 입 안에도 몸처럼 자극점이 존재하는 모양이다. 왜 그의 혀가 건드리면 유독 몸에 찌르르 전율이 일어나는 건지. 입술이 떨어지기 무섭게 다시 부딪쳤다. 지수는 이런 현우의 조급함이 좋았다. 그녀는 그의 몸을 만지며 고개를 비스듬히 기울였다. 혀를 내밀자 그는 그 순간을 놓치지 않고 빨아들여 제 입 속에서 혀로 굴렸다.

부드럽고도 야릇한 감각에 지수는 온몸이 녹아내릴 것 같았다. 그 순간에도 쉬지 않고 탐하는 그의 손가락 때문에 지수는 혀의 움직임이 둔해지고 있었다. 입술을 떼자 가느다란 실이 생겼다. 현우의 손가락이 노골적이 될수록 지수의 입가에선 신음이 터졌다. 입술 주변이 번들번들했다. 입가에 고였던 침이 옆으로 새어 나온다. 현우는 더는 참지 못하고 그녀의 몸 위에 자리를 잡았다.

"아……."

벅찬 순간이다. 그가 제게로 파도처럼 밀려오는 지금 이 순간. 그의 표정이, 그의 입술이 점점 가까워진다. 지수는 눈을 감았다. 그녀의 숨결까지 앗아 간 키스를 하며 그는 조금씩 그녀에게 스몄다. 이 남자의 체온은 왜 이렇게 좋은 걸까. 현우는 그녀가 떨어지지 않도록 몸을 꽉 감싸 안았다. 얼마나 세게 안았는지 몸이 얼얼했다.

"조금만 천천히……. 하아."

"지수야."

"네……?"

"사랑해. 하아, 좋아……. 사랑해."

그는 사랑을 속삭이며 조금 천천히 사랑을 나누다가도 금세 이성을 잃었다. 한참 그와 사랑을 나눈 뒤에 지수는 욕실로 갈 생각도 못 하고 침대 위에 뻗었다.

이불을 목까지 올린 채로 잠시 쉬고 있는데, 머그 컵을 들고 온 현우가 침대에 앉았다.

"물?"

"좋아요. 얼른 주세요."

지수가 애교 있게 두 손을 내밀자 현우는 피식 웃으며 그녀에게 물컵을 주었다. 지수는 물컵을 받아 단숨에 원샷을 했다. 아까부터 목이 말랐는데 그와 사랑을 나누는 도중이라 물을 마시러 못 갔고, 지금은 숨이 차서 못 갔다.

"내가 물 마시고 싶어 하는 거 어떻게 알았지."

"너에 대해 모르는 게 없어. 이제는."

"현우 씨 너무 자신만만한데요?"

"응."

그가 고개를 끄덕였다. 정말로 자신 있나? 둘의 사랑을 확신하는 그 모습에 지수는 물컵을 든 채로 무릎으로 걸어 그에게 안겼다. 잠시라도 떨어지고 싶지 않아.

"있죠. 현우 씨."

"응."

"얼굴 보고는 말 못 할 거 같아서 이렇게 안고 할게요."

"뭔데?"

그가 그녀의 얼굴을 보려 하자 지수는 그의 목을 안은 팔에 힘을 주었다.

"내가 말이에요. 당신이 준 반지를 요새 자주 보거든요? 요새는 걔랑 대화도 해요."

"뭐?"

"이걸 받고 싶은데, 내가 가진 게 없어요."

"지수야……."

"아니, 잠깐만."

지수는 현우의 말을 막았다.

"현우 씨가 회장님 설득할 시간 동안 나는 열심히 일해서 모아볼게요. 물론 현우 씨한테 몸만 가져가도 되겠지. 당신 부자니까. 근데 우리 부모님은 옛날 사람이라 절대 그런 꼴 못 볼 테고, 전 이제는 부모님 품에서 자립하고 싶어요."

"그래서 얼마나 모을 건데?"

"현우 씨 가지려면 얼마가 필요해요?"

"뭐?"

그는 호탕하게 웃으며 그녀의 팔을 잡고 풀었다. 조그마한 악력에도 그녀의 힘은 금세 굴복되고 만다.

"나는 지수 너 한정 무료야."

"에이."

"덤으로 내 재력도 가져가. 원 플러스 원이거든."

"나야 냉큼 그러고 싶지. 근데 우리 부모님은 그럴 분들이 아니세요."

아마 할 것 다 하는 결혼식을 원하실걸요.

그가 더 말을 하려는 순간 그의 핸드폰이 울렸다.

"아까부터 누가 자꾸…… 성우네. 여보세요. 지금 시간이 몇 신데……."

현우는 다른 방으로 가지 않고 그녀의 앞에서 전화를 받았다. 업무 시간 외에도 두 사람은 정말 잦은 통화를 하는 것 같았다. 그녀 대신해서 들고 있던 머그 컵이 침대 위로 떨어졌다. 이불 위가 그

녀가 마시다 남긴 물로 젖어 갔다. 고개를 든 지수는 현우의 망연
자실한 표정을 보고 말았다. 전화기를 놓친 현우는 넋이 나간 사
람처럼 휘청거렸다. 지수는 얼른 바닥에서 핸드폰을 들고 그에게
주었다. 현우가 고개를 좌우로 젓자 지수는 대신 전화를 받았다.

 – 대표님, 듣고 계세요? 박 회장님께서 췌장암 말기…… 얼마
안 남으셨다고 합니다. 경영권 다툼에서 대표님 빠지도록 일부러
BH로 안 부르신 거 같아요.

숨겨져 있던 진실 하나를 알게 된 순간, 지수는 핸드폰을 놓고
현우를 와락 안았다. 이 사람이 많이 아프지 않게 해 주세요. 누
군가의 죽음 때문에 아팠던 자신처럼, 오랫동안 그 사람을 잊어버
리고 살 정도로 괴로웠던 자신처럼, 현우는 아프지 않기를.

"현우 씨……."

그녀의 품에 안긴 그는 진정이 되지 않는 듯 맥박이 빠르게 뛰었
다. 그녀는 아무 말 없이 그를 안고 기다려 주었다. 어느 정도 시
간이 지나자 현우는 그녀의 품에서 나왔다.

"본가에, 잠시 가 봐야겠어."

"얼른 가 봐요. 오늘 운전은 하지 말고요."

"괜찮아졌어."

현우가 겉옷을 입으며 차 키를 쥐었다. 지수는 그런 그의 손에서
차 키를 뺏고 고개를 저었다.

"진정은 됐을지 몰라도 당신 안 괜찮아요. 택시 불러서 타고 가
요. 아니면 유 실장님 불러요."

"지수야."

"가서 얘기 듣고 와요. 현우 씨가 미안할 일 아니니까 죄인처럼

굴지 말고. 뭐든 병은 숨긴 쪽이 잘못한 거예요. 상대를 위한 게 절대 아니에요. 상대에게도 정리할 시간을 줘야죠. 본인만 정리하면 되나요? 그러니까 가서 따지고 와요."

삶이 얼마 남지 않은 순간, 가장 힘든 건 본인일 것이다. 아마 무섭고 생각이 복잡할지도 모른다. 그렇지만 남는 사람들에게도 그 사실을 말했어야 한다. 남겨진 사람들도 생각을 하고 정리할 수 있도록. 본인만 정리한다고 끝이 아닌 것이다.

박 회장님은 현우를 전혀 몰랐단 것이다. 일을 하면서 힘도 들고, 부모님이 돌아가신 후 경영권 다툼에서 죽을 뻔한 고비도 넘겼지만 현우는 본인이 일을 선택한 것이다. 잠시 쉬고 싶다는 것도 그의 결정이고. 그러나 손자를 사랑하는 마음에 경영권 다툼에서 빼 주려고 이제 그를 놓아준 것은 현우의 의지가 아닐 것이다. 만약 할아버지의 상태를 알았다면 현우는 다른 선택을 했을 테니까. 박 회장은 현우가 안쓰럽고, 먼저 간 자식 생각도 나고 했겠지만 그건 모두 회장이 현우를 속단해서 결정까지 해 준 것이다.

나중에 사실을 알고 나면 현우가 미안해하고, 고마워하고, 죄책감을 갖게 될 걸 모르지 않았을 것이다. 그 이후엔 이미 존재하지 않는 사람이니 모든 감정은 남는 자에게 남겨 두는 것. 그래서 그녀는 현우가 지금 상황에서 박 회장님에게 죄송해할 필요는 없다고 생각했다. 오히려 따져야 한다고.

"고마워. 지수야."

"나 집에 가 있을 테니까 이따 연락해요."

"가게?"

"네. 이따가 블루 아파트로 와요. 내려갈게요."

"응."

현우는 핸드폰을 들고 성우에게 전화를 걸었다. 통화를 마친 그가 지수에게 다가와 이마에 입을 맞췄다.

"사랑해. 지수야. 나 갔다 올게."

"벌써 나가요?"

"성우 아까 출발하면서 전화한 거래. 집 앞에 다 와 가나 봐."

역시 유 실장님은 그의 마음을 잘 파악하고 있다니까. 놀라긴 했지만 그는 늦은 시간이라도 박 회장을 찾아서 갈 사람이다. 말하지 않아도 잘 알아주는 파트너가 그의 옆에 있어서 지수는 든든했다.

"내가 안에 정리하고 나갈 테니까 걱정 말고요."

"정리 안 해도 돼."

"응."

"다녀올게."

지수는 그의 뒷모습이 문틈으로 점점 작아지다 없어지는 모습을 멍하니 보았다. 문이 닫히며 도어 록이 잠기는 소리를 듣는데 무릎이 후들거렸다. 앞으로 현우는 어떻게 될까. 재산 문제와 경영권 다툼에서 살아남을 수 있을까. BH와 서일 건설은……. 우리는……. 지수는 질끈 눈을 감았다. 달라지는 건 없어. 그렇게 되뇌며 불안한 감정을 다잡았다.

13장. 우리

  본가로 무턱대고 찾아간 현우는 성우가 주차하는 틈을 기다리
지 못하고 먼저 안으로 들어갔다. 정원을 가로질러 가자 24시간
상주하는 아주머니께서 문을 열어 주셨다.

  "도련님, 차 준비할까요?"

  "아닙니다. 회장님은 어디 계세요?"

  "방 안에 계십니다. 김 박사님도 와 계세요."

  "네. 저 물 한 잔만 부탁드립니다."

  현우는 아주머니에게 물 한 잔을 부탁하고는 넓은 복도와 거실을 지났다. 박 회장의 방문 앞에는 김 박사가 서 있었다.

"현우야."

"안녕하세요. 김 박사님."

"네 할아버지 지금 진통제 맞고 주무신다. 금방 다시 깰 테니까 같이 좀만 기다리자꾸나."

두 사람은 응접실로 걸었다. 걷는 동안 현우는 무슨 말을 해야 할지 몰라 잠시 침묵했다. 불과 몇 시간 전까지만 해도 김 박사는 아무 말도 하지 않았다. 이건 보호자에게도 전해야 할 말인데……. 거기까지 생각한 현우는 할아버지의 보호자가 자신이 아니라는 걸 깨달았다.

"저희 작은집에선 알고 계십니까?"

"얼마 전에 아셨어. 보호자니까."

"저한텐 아예 말씀 안 하려고 하셨대요?"

"널 많이 생각하셨잖니. 항상."

자신을 많이 생각하고 아꼈다는 말에 그는 울컥했다.

"이번엔 절 생각 안 하셨나 봅니다. 일선에서 물러나라고 할 때 말씀을 해 주셨어야……. 하아."

현우는 마른세수를 하며 한숨을 쉬었다.

"가망은, 살 가능성은……."

김 박사는 고개를 절레절레 저었다.

"항암 치료는요, 수술도 안 되고요?"

방금 전까지 좌우로 움직이던 고개가 위아래로 움직임이 바뀌었다. 췌장암 말기는 다른 암과 다르게 아예 손을 쓸 수 없다는 것. 그도 그걸 잘 알았다. 가진 게 아무리 많아도 병 앞에서는 이

길 방법이 없었다.

"얼마 남지 않은 시간, 항암 치료 네 할아버지께서 거부하셨어. 환자도 거부할 권리가 있지 않냐고. 사전 연명 의료 의향서도 미리 신청하셨다."

"네?"

"혹시 위급한 상황이 생기면 DNR(Do Not Resuscritate) 동의서 작은집에 부탁했더라고. 네 할아버지처럼 마를 대로 마른 환자들이 기도 삽입하고 CPR 받고 하면 갈비뼈 부러지고 다른 장기들도 상해. 인공적으로 숨을 쉬게 해도 고통이 크긴 한데……. 그래도 환자 본인이 그걸 가족에게 부탁하기란 쉽지 않지. 살리지 말아 달라는 건데. 듣자마자 네 작은집에선 동의했다고 하더구나. 어쩌면 그게 네 할아버지의 작은 희망이었을 수도 있는데 말이야. 무서우니까 잡아 달라는 의도. 그런데 작은집은 네 할아버지의 끝을 기다린 사람들 같았던 모양이야."

"왜 저한테는 아무 말씀 없으셨을까요? 저와 나누면 그 선택이 바뀔 수도 있는데."

어쩌면 몸이 반이 찢겨 나가서라도 살 방법이 있다면 살려고 하셨을 수도 있는데. 분명 작은집과 할아버지 사이에 그가 모르는 일이 있는 것이다. 작은집에선 오히려 두 손 들고 할아버지의 병을 반길 테니.

"만약 저라면, 어떻게 해서든 살려 달라고 했을 거예요. 약물이든, 인공호흡이든, 그게 장기가 상하든. 살 때까진 사셔야죠."

"결국엔 그런 순간이 반복이 되는 거야. 결국 죽음에 대한 부담은 가족들이 짊어져야 하니까. DNR 동의조차도. 그 짐을 덜어

주려고 하신 거야."

　그렇게 독하게 피도 눈물도 없이 살아온 사람이 죽음을 앞에 두고 가족들에게 배려를 하고 있었다. 그는 그게 가슴이 아팠다. 지금에 와서 그런 배려를 누가 알아준다고. 이미 마음 떠난 작은아버지는 할아버지가 눈을 감으면 좋다고 BH의 새 주인이 될 것이다. 그러고 나면 고모들도 자기 몫을 챙길 거고, 어쩌면 작은집과 고모들 간에 긴 싸움이 시작될지도 모른다. 다른 재벌들이 그랬듯이.

　"네 할아버지 깼나 보다."

　멀리 서 있던 아주머니가 그들에게 왔다. 현우는 김 박사를 따라 자리에서 일어나서 박 회장의 방으로 걸어갔다.

　"혼자 들어가 봐. 괜찮으실 거야."

　"네. 감사합니다."

　현우는 김 박사에게 인사를 하고 안으로 들어갔다.

　"현우 왔나?"

　"네, 할아버지. 몸은 좀 어떠세요?"

　"좋지. 가볍다."

　살이 많이 빠지신 모습을 보니 가슴이 시렸다. 병원에서 방법이 없어서 퇴원을 할 때 어떤 마음이셨을까.

　"작은집에서 말했나?"

　"아닙니다."

　"병 걸린 게 무슨 자랑이라고. 이 야밤에 왔어?"

　"갑자기 소원이 생각나서요."

　현우의 말에 박 회장은 침대 헤드에 등을 대고 앉았다. 눈빛은 여전히 날카롭고 정정했다. 도저히 암이라고 생각할 수 없을 만큼.

"무슨 소원?"

"딱 하나 들어주신다면서요."

"서일 건설 퇴사하는 거가 네 소원 아니냐?"

"아닙니다. 바뀌었어요."

작은아들에게 죽기 무서우니까 살려 달라고, 나를 좀 돌봐 달라고 자존심을 버리며 말씀하셨을 할아버지의 얼굴이 떠오른다. 큰아들 그렇게 보내고, 작은아들에게선 사랑도 받지 못한 노년의 삶이 안쓰럽게 느껴졌다.

"소원이 뭔데?"

"가시기 전에 다 주세요. 그게 뭐든. 뺏기지 않을게요."

"현우 너."

단호한 현우의 얼굴을 보며 박 회장은 이로 입술을 꾹 눌렀다.

"안 된다."

"저는 아버지와 다를 거고, 작은 아버지랑도 다를 겁니다."

"너만은 편히 살아. 내 새끼들처럼 되지 말고. 너만은, 내가 너만은 살게 해 주고 싶다니까."

"저는 절 숨 쉬게 할 곳이 있어요, 할아버지. 그래서 무섭지 않습니다. 제 뒤에 계세요. 누구도 할아버지 다치게 안 할 거니까. 그리고 살고 싶으면, 몸을 반을 갈라서라도 삶을 연명하고 싶다면 말씀하세요. 저는 할아버지가 의사만 있으시면 살릴 겁니다. 몸에 흐르는 모든 피를 뺐다가 다시 넣어야 한대도 저는 동의할 거예요."

"현우야."

"네. 할아버지."

"내가 너 힘들 때 안아 주지도 못하고, 막아 주지도 못해서 미안하다."

"죽지 않게 중요한 순간마다 살려 주셨잖아요. 그거면 된 거죠."

"네 말 들으니까 살고 싶어진다. 우리 현우 얼마나 잘하는지, 어디까지 밟고 올라서는지 다 내 눈으로 보고 싶다는 욕심이 생기네."

"그러시면 되죠."

그의 말에 박 회장은 쓰게 웃었다. 현우도 박 회장이 그러지 못한다는 걸 알고 있었다.

"널 행복하게 하는 사람이 네 여자 친구이고?"

"네."

"그 여자만 있으면 행복하다는데 내 무슨 수로 반대하겠어."

"……."

"이왕 할 거면 빨리 해라. 그게 뭐든."

현우는 앙상한 할아버지의 팔목을 보다가 손을 잡았다.

"이러니까 정말 환자 같네. 우리 손자가 손도 다 잡아 주고."

"신경 써 드리지 못해서 죄송해요."

"네가 뭘."

"그냥요. 결혼 문제도 그렇고."

"온리 뷰티 혜진 양 말이냐?"

박 회장이 원했던 손주 며느리였지만, 그건 그가 들어줄 수 없는 소원이었다. 그가 앞으로 살아야 할 세월이 너무 많이 남았기에. 사랑 없이 허수아비로 살 자신도 없고, 지수를 놔줄 수도 없다. 지수가 그가 아닌 다른 사람을 만나 연애하고 결혼하는 상상만 해도 피가 거꾸로 치솟는 기분이다. 그녀는 무조건 제 옆에 둬야 한다. 무언가를 소유하고 싶고, 절대 뺏길 수 없다는 감정은 태어나서 처음 느껴 보는 거였다. 지수를 만나면서부터 그는 하나씩 욕심이 생기고 있었다.

"그 애가 꼭 마음에 든 건 아니다. 네가 누구라도 괜찮은 여식과 만나길 바랐지. 이왕이면 널 도울 수 있는 집안으로. 그런데 아니어도 이젠 상관없다. 할아비 죽기 전에 잘 사는 모습 보여 주면 좋겠다."

"그래서 지수랑 연애하는 거 알면서도 반대 크게 안 하신 거예요?"

"지켜보긴 했지. 우리 손자 돈 보고 접근했나 아닌가."

"그래서 결론은요?"

"아니라는 판단이 섰어. 부모님도 좋은 분들이시고."

"벌써 만나 보셨군요."

"고등학교에 후원하기로 했다. 몇 번 뵀지."

이렇게 결혼 승낙하실 거면서, 이미 지수를 허락했으면서 그에겐 감쪽같이 속였다. 그 여자를 택하거나 회사를 택하거나 하라고. 둘 다 가져도 되는데. 회사를 택했어도 할아버지는 지수와의 연애와 결혼을 허락하셨을 거라는 걸 그때 알았다면, 그는 회사를 버린다는 말은 하지 않았을 것이다.

"병원은 안 간다. 죽어도 내 집에서 죽을 거야."

"......"

"김 박사가 자주 올 거고, 24시간 전문의도 상주할 거니 걱정 마라."

입원하시는 게 편하지 않냐고 물어보려던 찰나에 박 회장이 먼저 선수를 쳤다. 아파도 곧 내 집에서 아프고, 죽어도 여기서 죽을 거라고. 현우는 그런 박 회장을 말리지 못한 채 물끄러미 보았다.

"그럼 가 봐라. 다음엔 같이 와도 좋고."

"……"

"상견례 날짜는 알아서 정하렴. 우리 집으로 초대해서 보면 좋겠구나. 내가 밖에 나가기엔 여의치 않아서 말이야."

감염 위험도 있고, 밖에 나갔을 때 무슨 일이 있을지 모르니 집 밖을 벗어나지 못하는 듯했다.

"이사회도 곧 소집하마. 우리 손자 소원 들어주고 가야지."

"할아버지."

"왜?"

"무리하진 마세요."

그때 또 고통이 오는지 박 회장의 몸에 경련이 일어났다. 버튼을 누르려는 손에 힘이 들어가지 않는지 미끄러졌다.

"저기요!"

현우는 방문을 열고 앞에 있는 의료진을 불렀다. 아직 밖에 있던 김 박사와 간호사가 같이 안으로 들어왔다. 방금 전까지 대화를 나누며 웃었던 할아버지의 눈이 하얀 흰자를 보이고 있었다. 믿기지가 않는다. 그는 뒷걸음질 치다 벽에 부딪혀 주저앉았다. 아프다는 걸 눈앞에서 직접 보니 피부에 와닿는다. 거짓이 아닌, 진실이었다.

*

돌아오는 주, 현우는 성우와 함께 베트남 출장을 다녀왔다. 귀국하자마자 박 회장을 찾아뵙고 이사회 소집과 그의 행보에 대해 논의를 하였다. 후계자 구도를 제대로 잡아 가기 위해 언론과 이사회가 그들의 뒷받침을 해 줄 것이다. 만반의 준비를 하면서도 현우는 어느 순간 할아버지가 쓰러질지 몰라 노심초사했다.

다시 회사로 돌아가 회의를 하고 나니 밤이었다. 아침이면 파도처럼 건물로 쏟아져 들어왔던 사람들이 저녁이 되면 다 빠져나간다. 꼭 유령 도시처럼. 그는 대표이사실 안에 구비된 와인을 따서 잔에 따랐다. 블라인드를 걷고 야경을 보며 한 모금 마셨다. 딸깍. 그때 대표이사실 문이 열렸다. 고개를 뒤로 돌리자 지수가 보였다.

"기다렸어."

"저도 다들 퇴근하기를 기다렸어요."

비서진이 모두 퇴근하자마자 현우는 지수에게 문자를 보냈고, 그녀는 TF 팀 직원들 퇴근을 기다리고 있다고 하였다.

"이번 주 고생했어요."

"고생하긴. 한잔할래?"

"음…… 좋아요."

지수는 빈 잔을 꺼내서 그의 옆으로 갔다. 책상에 등을 기대며 서자 그가 잔에 와인을 따라 주었다.

"야경이 멋지네요."

"그렇지?"

"네. 이래서 다들 높은 집 사나 봐요."

"나 아무래도 백수는 못 할 거 같아."

"그럴 거라 생각했어요."

"BH 건설로 갈 거 같고."

"그것도 예상했어요. 원래 그러려고 잠시 여기 온 거니까."

덤덤한 그녀를 보며 그가 그녀의 어깨에 팔을 둘렀다. 와인 잔에 있는 와인이 쏟아질 것처럼 흔들렸다.

"요새 밤새 고민하는데."

"무슨 고민?"

"현우 씨에 대한."

"나 버리려고?"

현우의 말에 그녀는 키득거리며 웃었다.

"왜 웃어. 난 심각한데."

"당신을 버리긴 왜 버려요?"

"아님 됐어."

"오히려 그 반대지."

그녀는 책상을 잡고 있던 손을 들었다. 팔을 쭉 뻗어 창문 밖의 무엇을 가리키는 것처럼 다섯 손가락을 편다. 현우는 그녀가 하는 걸 보고 있다가 네 번째 손가락에 낀 반지를 보고 숨을 멈췄다.

"이번 주 주말에 부모님께 남자 친구 있다고 얘기하려고 하는데요."

"응."

"현우 씨 시간 되면, 같이 봬요."

"그래도 될까?"

"네. 이 반지 끼고 가려고요."

그녀의 말 한마디에 현우는 심장이 쿵 떨어졌다가 빠르게 뛰었다. 기쁘고 벅차서 가슴이 울렁거린다. 말을 해야 하는데, 아무 말이 나오지 않았다. 그는 그녀의 손에 있는 와인 잔을 뺏어 테이블에 놓았다. 그러고는 그녀를 책상에 앉히고 가죽 의자에 앉아 그녀의 앞으로 갔다. 그녀가 발목을 까닥거리자 발을 감싼 구두가 바닥으로 떨어졌다. 현우는 바퀴 의자를 당겨 그녀에게 가까이 갔고, 그녀는 책상에 앉은 채로 발바닥을 그의 허벅지 위에 두었다.

"이렇게 당신을 발로 밟는 사람은 나밖에 없을 거예요. 그죠?"

"당연하지."

"당신 머리 위에 있는 사람도 나뿐일 거고."

"그렇지."

"우리……."

현우는 그녀의 귀여운 발을 큰 손으로 감쌌다.

"결혼하자."

"현우 씨."

"우리, 결혼하자. 지수야."

그녀가 하려던 말을 그가 대신했다. 프러포즈는 역시 그의 몫이었기에.

"회장님께도 허락받았어."

"정말요?"

"이미 허락하고 계셨더라고. 너만 괜찮다면 결혼은 서두르고 싶어."

"얼마만큼요?"

"올봄에."

"그럼 지금 아니에요?"

"맞아."

할아버지께서 눈을 감으시기 전에. 내가 서일 건설에서 근무하는 지금. 꽃이 피는 봄에.

"이르긴 해. 근데 앞으로 적과 싸우려면 나는 지수 네가 필요해."

"저는 좋아요."

"고마워. 지수야. 고맙다⋯⋯."

"근데 부모님께서 너무 이르다고 하시면, 늦게 할 수도 있어요. 내 멋대로 하려고 해도 교육의 문젠지 부모님 생각을 자꾸 우선시하게 되더라고요. 결혼은 현우 씨랑 할 건데, 결혼식에 대한 결정권은 저희 부모님께 드리고 싶어요. 저를 낳아 주신 분이니까."

"좋아."

현우는 고개를 위아래로 끄덕였다. 그녀는 그를 보며 환하게 웃고 있었다. 아래를 보며 발 장난을 치는 그녀는 천진난만해 보이기도 하고, 귀엽기도 하고, 발목 위로는 섹시했다.

"현우 씨랑은 뭐든 속전속결이야."

"그랬나?"

"그죠. 처음 만났을 때 이미 만리장성 쌓았지⋯⋯."

지수의 볼이 붉어졌다. 그러나 입은 멈추지 않고 조잘조잘 말을 이어 갔다.

"다시 회사에서 만나자마자 연애했지. 이웃이 된 게 먼전가? 프러포즈 받았지, 좀 있으면 결혼도 하잖아요."

"그러네."

"이러다 우리 체하면 어떻게 해요? 너무 다 빨라서."

"그럼 약 먹으면 되지."

"결혼하고 체하면 약이 있나요?"

"응. 네가 내 약이고, 내가 네 약 아닌가?"

"맞네. 현우 씨가 내 약이죠."

그녀는 그의 허벅지 위에 둔 발을 양옆 공간으로 내렸다. 가죽 의자가 넓지만 그의 허벅지 또한 운동선수처럼 커서 공간이 많진 않았다. 발을 디딜 공간을 찾은 후 그녀는 그에게 손을 내밀었다. 그러자 그가 그녀의 손을 잡아 주었고, 그녀는 그의 품으로 올 수 있었다. 의자 안에 두 사람이 같이 앉자 삐걱이는 소리가 났다.

"이거 부러지진 않죠?"

"아주 안전해."

"그럼 내 약 좀 먹어 봐도 될까요?"

"언제든지."

그는 아무렇게나 하라는 듯 의자 손잡이를 잡고 등을 편히 기댔다. 그녀는 그의 목 옆 공간을 짚고 얼굴을 가까이 했다. 서로의 숨소리가 살결을 간지럽혔다.

"얼른 키스해 줘."

"잠깐만요. 현우 씨 얼굴에 하자가 있나 좀 보고."

"하자 있으면?"

"하자 보수 신청해야죠."

"어디에 신청하려고?"

"현우 씨한테요."

현우가 인상을 찡그리자 그녀의 손길이 다가와 이마를 쭉쭉 폈

186

다. 입술을 내리려는 찰나, 대표이사실 문이 벌컥 열렸다. 지수는 본능적으로 그의 어깨에 이마를 대고 숨었다. 이 시간에 대표이사실 문을 벌컥 열고 들어올 수 있는 사람이라면…… 채영후 팀장님? 유성우 실장님? 또 누가 있지?

"박준겸. 네가 어쩐 일이야?"

박준겸이라면. 작은집의 아들이자 그와 사촌지간이라는 동생? 지수는 어깨를 움찔하며 의자에서 내려왔다. 바닥에 있는 구두를 찾는 그녀의 발이 어수선했다. 그때, 빈정대는 목소리가 들렸다.

"팔자 좋네? 지금 그럴 상황 아닌 거 같은데?"

"지금이 어떤 상황인데?"

현우는 당황한 지수가 준겸에게 몸을 돌리려 하자 그러지 못하도록 허리를 잡았다. 그러고는 태연하게 되물었다.

"내가 무슨 말 하는지 몰라?"

"네가 무슨 말을 하든 이 시간에 내 공간에 함부로 침범한 건 불쾌해."

"형이 이 시간에 그러고 있을 줄 알았다면 안 왔지."

"그럼 가 봐. 정식으로 미팅 요청하고 오면 좋겠어."

"뭐?"

"유 실장 번호 알지? 아니면 우리 회사 비서실로 연락하든가."

현우는 준겸에게 나가라고 손짓했다.

"지금 나보고 가라고?"

"응. 보다시피 내가 지금 좀 바빠."

"여자랑 노닥거리느라? 지금 할아버지가!"

가만히 앉아서 표정을 감추고 있던 그가 의자에서 일어났다. 지수는 얼른 구두를 신은 뒤 뒤를 돌아 준겸에게 고개 숙여 인사부터 했다.

"어…… 어디서 뵌 거 같은데. 혹시 우리 어디서 보지 않았어요?"

"네?"

"얼굴이 낯이 익은데. 어디서 봤지?"

준겸은 현우의 책상 앞으로 성큼 다가와 지수를 빤히 보았다. 민망한 시선에 지수가 머리를 긁적이자 준겸은 생각이 났는지 고개를 끄덕거렸다.

"생각났어."

"그게 지금 중요해?"

"중요하지. 우리 장차 BH의 최고 오너가 되실 박현우 회장님의 피앙세인데. 바짝 엎드려야지."

준겸은 그를 비아냥거리며 지수를 곁눈질로 보았다.

"맞선 자리 다 제치고 고른 게 저 여자야?"

"말 가려서 해."

"아이고, 무섭네요. 알겠습니다."

현우가 미간을 좁히며 말을 아끼자 준겸도 더는 그를 도발하지 않고 제멋대로 응접용 소파에 기대앉았다.

"저는 나가 볼게요. 얘기 나누시고 연락 줘요. 아니면 먼저 퇴근해도 되고요."

"안 돼. 같이 있어."

"네?"

"형, 내가 무슨 말 할 줄 알고?"

지수랑 준겸 모두 당황한 채 현우를 보았다. 그러나 현우는 지수의 허리를 감싼 채로 테이블을 돌아 소파 앞으로 왔다.

"언제부터 알고 있었어? 형은 이미 알고 있었지?"

"네가 듣고 싶은 대답을 줘? 아니면 진실을 말해?"

"난 이런 게 싫어. 최근에 알았다는 거짓말을 믿으란 거야?"

"믿고 싶은 대로 믿어. 내 말 안 들을 거잖아."

현우는 익숙한 일이라는 듯 별로 대수롭지 않게 대답했다. 그러나 준겸도 현우를 익히 겪은바, 그가 말하는 지금이 진실인 것을 알고 있었다.

"그래서 형의 계획은 뭔데?"

"가 볼 수 있는 곳까지 가 보려고."

"뭐?"

"작은아버지와 네 어머니께는 미리 죄송하다고 전해 드려."

"진짜였네."

지수는 두 사람의 대화를 들으며 현우가 안쓰럽게 느껴졌다. 그가 더 높이 올라갈 때 축하해 주는 사람은 정말 없는 걸까. 그래도 피로 이어진 가족인데. 교통사고로 부모 없이 홀로 버티고 선 그가 단단해질 수밖에 없는 이유를 알 것 같았다.

"그럼 나는 내 몫을 잃지 않으려면 더 발 빠르게 움직여야겠네."

"마음대로."

"나 온리 뷰티 혜진 양하고 맞선 봐."

"……!"

"형한테는 말해야 할 거 같아서."

현우는 가만히 있었지만 지수는 놀라서 눈이 커졌다. 결국 어떻게든 연결 고리가 되어 이어지는구나.

"아마도 맞선 보고 나면 결혼까지 고속 열차 탈 거 같은데. 그래도 되지?"

"그걸 왜 나한테 물어?"

"혹시 두 사람 사이에 신호가 있었어도 나는 괜찮아. 내가 그쪽으로는 쿨해."

"전혀 아무 일 없었으니 걱정 마."

"정말?"

"어."

"어떻게?"

준겸이 고개를 갸웃하며 물었다.

"그럴 리가 없을 텐데? 외모도 그 정도면 괜찮고, 성인 남녀인데?"

"지금 여기 저도 있다는 걸 두 분이 잊지 않으셨으면 합니다."

지수는 그들 사이에 현우와 먹다 만 와인 잔 두 개를 놓으며 말했다. 빈 와인 잔 하나를 더 가져오며 현우가 딴 와인 병도 들고 왔다.

"아직 결혼 전이니까 호칭은 준겸 씨로 하면 되죠?"

"네, 뭐……."

"나이가 어떻게 되세요?"

"스물일곱."

"제가 한 살 더 많네요. 그럼 말 편하게 해도 되죠?"

지수는 와인 잔에 와인을 따른 후 준겸의 앞으로 밀었다. 준겸은 그러라는 듯 고개를 끄덕였다.

"내가 꼰대 기질이 없다고 생각하는데, 동생 지금 되게 예의 없는 거 알지?"

"뭐라는 거야?"

준겸은 인상을 찡그렸다.

"형한테도, 나한테도. 내가 그쪽 동생도 아니고 한참 위인데. 그리고 난 동생의 부하 직원도 아니고 말이야. 내가 동생 앞에서 현우 씨한테 저 남자 BH 자동차에서 쫓겨났던 망나니 아니야? 기사에도 맨날 나왔던 BH 패밀리 문제아. 걔 맞아? 하면 어떨 거 같아?"

"뭐, 뭐라고요? 지금 그 얘기가 여기서 왜 나와요?"

"지금 그쪽이 현우 씨랑 혜진 씨 얘기 들먹거리는 것과 똑같아."

"그게 어떻게 같아······."

"같아?"

"요······?"

준겸이 말끝에 '요'를 붙이자 현우는 고개를 옆으로 돌리고 웃음을 참았다. 오히려 이렇게 나오면 준겸의 성격에 불같이 화를 내거나 험한 욕설이 튀어나올 줄 알았는데, 의외로 지수의 기에 눌렸다. 남동생이 있어 봐서 그런지 잘 잡는 것 같다.

"오늘은 여기서 이만하고 현우 씨 말대로 다음에 약속 잡고 만나요."

"······."

"그쪽 약 하고 있는데 문 벌컥 열고 들어가면 싫을 거잖아?"

"약 안 하는데요."

"그럼 애인하고 있을 때."

준겸은 알겠다며 고개를 끄덕거렸다. 현우는 그런 두 사람 사이를 막아서며 준겸을 등지고 서서 지수와 시선을 맞췄다.

"지수야. 가방 챙겨서 주차장에서 보자. 난 얘랑 옥상 좀 갔다 올게."

"옥상이요?"

"응. 마침 할 말도 있고."

현우는 주머니에 넣었던 손을 빼냈다. 책상 앞으로 간 현우가 이곳저곳 서랍을 뒤지더니 가죽 장갑을 꺼냈다. 하나를 이에 물고 다른 하나는 그의 손에 끼워진다. 검은색 가죽이 살결에 착 감기고, 반대편 손도 검게 변했다.

"형, 왜 그래?"

"옥상에서 좀 보자. 우리."

"그 장갑은 왜…… 우리 성인이야. 알지?"

"알지. 그럼 올라갈까?"

현우는 가죽 장갑을 낀 채로 주먹을 쥐었다 펴며 먼저 앞서 나갔다. 그 뒤를 따르는 준겸은 머리를 벅벅 긁으며 발걸음이 점점 느려졌다.

지수는 현우의 차를 탔다. 준겸은 먼저 간 모양인지 주차장을 나서는 차가 보이진 않았다.

"정말 때렸어요?"

"내가 앤가."

"그럼 무슨 이야기 했어요?"

"밥 먹고 사는 얘기. 그리고 우리 결혼할 거라고 했지."

"헉. 놀랐겠다."

거기까진 예상 못 했을 텐데.

"혜진이랑은 정말 결혼할까요?"

"아마도. 작은집에서 잡고 싶어 했으니까 준겸인 싫어도 하게 될 거야."

"그래도 현우 씨가 선봤던 여자이고, 혜진인 현우 씨한테 마음도 있었는데. 그런 게 다 아무렇지 않아요? 가족이 되면 껄끄러울 텐데."

"그런 거 신경 쓰는 사람들 아니니까."

말을 하며 현우가 핸들을 왼쪽으로 부드럽게 돌렸다. 어느새 그의 차는 집에 가까워지고 있었다.

"주말에 약속 비워 둘 테니까 꼭 초대해 줘."

"알겠어요."

"이거 좀 떨리는데."

지수는 현우의 표정을 물끄러미 응시했다. 떨리는 표정이 아니었다.

"전혀 안 그래 보여요."

"엄청 떨리고 있어. 당신 부모님께선 뭘 좋아하셔?"

"음……. 반듯해 보이는 사람이요."

현우는 블루 아파트 주차장에 차를 댔다. 지수는 차가 멈추자마자 안전벨트를 풀고 운전석 방향으로 몸을 돌렸다. 삐뚤어진 넥타이를 만져 주며 바르게 해 주고, 풀어진 단추도 모두 잠갔다. 머리카락도 정리해 주자 현우는 그녀가 하는 대로 두며 가만히 있었다.

"이렇게만 하고 와요. 그럼 엄청 좋아하실 거야."

"……."

"못 믿는 얼굴이네요? 진짠데. 당신은 잘생겨서 반은 먹고 들어갈 테니까, 반듯하게만 하고 와요."

"음식은 어떤 거 좋아하셔?"

"한정식집. 밖에서 먹는 음식은 맛보다는 보이는 걸 더 중시하세요. 집 안에서는 이것저것 다 드시구요."

"그럼 처남은?"

"지훈이는 술 좋아해요. 못 마시면서 진짜 좋아해. 맨날 친구들한테 업혀 오니까 여자 친구랑도 싸우지."

"처남 술 취향은 내가 또 잘 알지."

두 사람은 시동을 끄고 나서도 대화를 이어 갔다. 이대로 집에 들어가기 싫은 마음이었다.

"우리 집에 들렀다 갈래?"

"좋아요. 근데 집 언제 내놓을 거예요?"

"그냥 둘 건데."

"그럼 전세로도 안 내놓고?"

"응. 아니면 처남 쓰라고 해도 되고."

"안 돼요! 걔 청소 안 한단 말이에요."

지수는 좌우로 고개를 절레절레 저었다. 세상 깔끔한 그의 집이 돼지우리가 되는 건 순식간일 것이다. 지수는 자연스럽게 8층에서 내려서 현우의 집 앞에 섰다. 그가 비밀번호를 누르고 도어 록이 열리자 그녀는 신발을 벗고 들어갔다. 집 안에 들어간 현우는 지수에게 팔을 벌렸고, 그녀는 코알라처럼 그에게 안겨 팔과 다리로 그를 감았다.

"나랑 이러고 있어도 마음은 좀 불편하죠? 회장님 생각나서."

"응. 조금."

"그럴 거 같아요. 그럼 BH 건설 부회장 자리로 가는 거예요?"

"그렇게 될 거 같아."

"잡음이 엄청 많겠네요. 그래도 재벌가는 청문회는 안 하죠?"

"그런 건 안 해."

"머리채 잡히고 몸싸움할 필욘 없겠네요."

그런다고 해도 현우가 꿀리진 않겠지만.

그는 그녀를 안은 채로 거실로 걸어갔다. 현우의 허리를 감싼 다리를 꽉 조이자 그의 입에서 단말마 신음이 터졌다.

"나 이쪽으론 인내심 약한 거 알아, 몰라?"

"알죠."

"그렇게 몸 비비면 오늘 집에 못 가."

지수가 다리를 풀려고 하자 그는 그러지 못하도록 창문에 그녀의 등이 닿도록 붙였다. 야경을 뒤로한 그녀의 얼굴이 하늘에 뜬 달보다 더 동그랗게 예뻐 보였다.

"사랑해."

점점 화사하고 예뻐지는 지수의 뺨에 입을 맞췄다. 사랑을 속삭이며 그는 그녀의 볼에 입을 맞추고 귓불을 이로 잘근잘근 씹었다. 온몸의 피가 한곳으로 쏠리고 있었다.

현우는 매무시를 가다듬었다. 긴장한 그의 모습을 본 성우와 지민은 서로 눈빛을 주고받았다. 한 명은 손등으로 입을 가리고 한 명은 입술을 앙다문 채 볼에 바람이 빵빵해져 있었다. 현우가 30분째 넥타이와 슈트 색을 고르지 못해 입었다 벗었다를 반복하고 있었다. 그의 하루 옷차림을 스타일링해 주는 지민은 유명 스타일리스트였다. 슈트와 넥타이 구두, 캐주얼 차림일 때는 운동화 등 연예인처럼 모든 스타일을 세팅한다.

언제 어디서 사진에 찍혀 기삿감이 될지 모르기 때문에 현우는 항상 철저하게 관리하는 편이었다. 평소의 현우는 지민의 전문적인 지식을 높이 평가해서 골라 주는 대로 입는다. 그런데 오늘은 유독 고르지 못하고 있는 모습에 지민은 결국 웃음을 감추지 못했다.

"진짜 작작해라. 박현우."

두 사람은 초등학교 동창으로 막역한 사이였다. 그래서 현우는 지민을 믿고 고용할 수 있었던 것이다. 현우를 스타일링하면서 그녀는 스타일리스트 업계에서도 유명세를 타게 되고, 이제는 제법 톱스타들만 관리하는 유명인이 되었다.

"넥타이 과하지 않아?"

"전혀. 지수 씨 아버지가 교장 선생님이시라며. 고지식한 편이면 지금 이 옷차림이 최고라니까."

"그래. 이거로 하자."

"진짜지? 정한 거지?"

지민의 물음에 현우는 고개를 위아래로 끄덕였다. 더는 번복하지 않겠다며 굳게 다짐했으나 거울 앞에 서니 이번엔 구두가 거슬렸다. 너무 앞코가 뾰족하지 않은지, 이러면 사람이 괜히 날카로워 보이지 않을까 하는 생각에 그곳을 물끄러미 응시하자 옆에서 성우가 한숨을 쉬었다.

"지금 몇 시지?"

"이제 출발해야 합니다. 더 늦게 나가면 지각이세요."

"그래."

"그럼 구두 하나 더 챙겨 줄 테니까, 마지막에 원하는 걸로 신고 가."

"고맙다."

"나 참, 박현우 이런 모습도 보고. 긴장하지 말고."

"저도 대표님 저런 모습 처음 봤습니다. 몇십억 단위는 눈 하나 깜짝 안 하시던 분인데."

"몇십억? 조 단위여도 쟨 긴장 안 할걸."

현우는 그들이 대화를 나누는 것도 사실 귀에 잘 들리지 않았다. 예약된 한정식집으로 가는 동안 현우는 핸드폰을 만지작거렸다. 그때 지수에게서 전화가 왔다.

"응. 지수야."

– 현우 씨, 어디예요?

"다 와 가. 넌?"

설마 벌써 온 건가. 그녀의 부모님보다는 먼저 도착하도록 일찍 출발했는데 말이다.

– 저희 10분 늦을 거 같아요. 미안해요. 금방 갈게요.

"아니야. 천천히 와. 10분 늦어 주면 더 좋고."

- 네.

현우는 그녀의 부모님과 처남에게 줄 선물을 다시 한번 체크했다.

주차를 한 후 성우는 쇼핑백 세 개를 들고 그를 따라갔다. 상견례 자리에 박 회장이 나오고 싶어 했지만, 김 박사가 반대했다. 김 박사에게 크게 한 소리를 들은 이후로 박 회장은 외부 출입을 무리하게 진행하진 않았다. 되도록 집 안으로 불렀고, 어디 움직일 때도 박 회장을 전문적으로 관리하는 전문의와 함께 움직였다. 페이 닥터도 몇 명은 아예 본가에 상주하고 있었다. 언제 자다가 가도 이상하지 않을 정도로 몸은 나날이 악화되고 있었다. 병원에 입원하시라고 권유를 해도 죽어도 안 가겠다니 아무도 그를 말리지 못했다.

홀로 상견례 자리에 나선 현우는 마음이 무거웠다. 지수의 부모님과 처남이 앉을 자리와 마주 보는 곳에 배치된 그의 자리. 좌우로 공간이 남는 게 쓸쓸하게 느껴졌다. 결국 혼자구나. 선물을 내려놓고 성우는 밖에서 기다리겠다며 방을 나갔고, 현우는 의자에 앉았다가 일어나며 초조함을 달래려 애썼다. 직원이 갖다 준 따뜻한 차를 마시며 심신을 안정시켰다.

"대표님."

밖에서 성우의 목소리가 들렸다.

"오신 거 같습니다. 주차 중이십니다."

"응."

"음식은 천천히 준비하겠습니다."

"그래."

현우는 넥타이를 만진 후 자리에서 일어났다. 지나가는 발걸음
소리에도 귀를 기울이게 된다. 그때 문이 열렸다. 지수와 그녀의
부모님이 안으로 들어왔다. 그 뒤로 지훈이 그에게 엄지를 들며
걱정 말라는 표정으로 생글 웃으면서 들어왔다.

"안녕하십니까. 박현우입니다."

"안녕하세요. 일단 앉아요."

"먼저 앉으시죠. 식사는 바로 준비해 달라고 했습니다."

현우는 지수의 부모님이 먼저 앉은 후 의자에 앉았다. 그러자
그녀의 모친이 지수의 숟가락과 젓가락 등을 현우의 옆자리로 옮
겨 주었다.

"자리도 좁은데 저기 가서 앉아."

"엄마?"

"넓게 앉아서 먹자."

지수는 얼떨결에 현우의 옆자리로 왔다. 직원은 룸으로 들어와
현우의 옆자리에 지수가 앉도록 세팅을 도와주었다. 혼자 있을 그
를 배려하는 모습에 현우는 마음이 따뜻해졌다.

"부모님께서는 교통사고로 돌아가셨고, 할아버지께서는 현재
몸이 좋지 않아서 나오지 못하셨습니다."

"뉴스에서 봤어요."

"네. 보셨군요."

"마음이 많이 아프겠어요."

"아닙니다. 괜찮습니다. 말씀 편하게 해 주세요."

지수의 어머니는 지수처럼 따뜻한 분이셨다. 현우는 비어 가는

그녀의 부모님 찻잔에 차를 따랐다.

"현우 군 할아버님은 이미 만나 뵈었네. 학교로 직접 찾아오신 적이 있어서 그때 많은 이야기를 나누었지. 그때 손자 자랑을 엄청 하시더니 이렇게 만나게 되네. 반가워요. 지수 애비 되는 사람입니다."

"아버님, 반갑습니다. 더 빨리 뵙고 싶었는데 늦어져서 죄송합니다."

"동네에 지수가 8층에 드나든다고 소문이 나서 어찌나 얼굴이 화끈거리던지. 얼른 데려가면 좋겠네."

"아빠!"

"단⋯⋯."

현우는 그녀의 아버지 말을 경청했다. 한국 사람 말은 끝까지 들어야 한다. 역시나 묵직한 한 방은 뒤에 있는 모양이다.

"내 딸이 현우 군과 결혼을 해도 지금처럼 애교 많고 사랑스러웠으면 좋겠네. 생기 넘치는 내 딸의 저 모습을 난 오래도록 보고 싶어서 말이야. 바람 불면 날아갈까 내 딸 지수 참 많이 아꼈네. 내 딸을 믿지만 현우 군 집에서 지수가 버틸지는 모르겠네."

"제가 방패가 되겠습니다. 절대 전쟁터에 지수 앞세우지 않습니다."

"전쟁이 나면⋯⋯ 방패 뒤에 있는 사람도 결국 참여하는 거 아닌가. 그게 많이 걱정이 돼."

"⋯⋯."

"현우 군이 많이 외로운 사람이라 더 걱정되고."

"아빠⋯⋯!"

현우는 테이블 아래로 지수의 손을 잡았다. 지수는 하려던 말을 멈추고 입을 닫았다.

"매 순간 행복하게 해 줄 수 있다고 확답은 못 드립니다. 다만, 하루의 시작과 끝이 행복하도록 만들 수 있습니다. 외롭지 않게 할게요."

"지수 아빠가 이래도 지수한테 얘기 듣고 허락할 거라고 했어요. 어차피 허락할 거면서 왜 그래요. 현우 군 놀라게."

"놀라지 않았습니다. 당연히 고민되는 부분이라고 생각합니다. 제가 아버님 입장이었어도 쉽게 허락하지 않았을 겁니다."

"나중에 아이도 낳고 나이가 많이 들어도 우리 지수랑 오래도록 행복할 자신 있나?"

"네. 있습니다."

"현우 군이 일반 사람이 아니니 걱정돼서 그래. 사업하는 사람 옆에는 젊고 예쁜 여자가 있기 마련이니까. 우리 졸업생들 중에도 변한 사람이 많아."

"걱정 마세요. 그런 일 없습니다."

"아빠도 참…… 그런 걸 왜 말해요?"

"지수는 나이 들어도 예쁠 거예요. 아이를 낳고 나면 더 사랑스럽겠죠. 내 아이를 안고 있는 모습 상상만 해도 가슴이 벅찹니다. 제가 여자한테 욕구를 잘 느끼는 편이 아닙니다. 오히려 일하는 데서 욕구를 해소하죠."

"아빠, 맞아. 우리 형님 내가 남자로서 잘 알아. 예전에 우리 선배님 별명이 게이였어."

"김지훈!"

"아아! 엄마 아파."

지수의 모친은 지훈의 귓불을 잡아당겼다. 지훈은 아프면서도 검지와 중지를 벌려 브이 자를 하며 현우에게 사인을 보냈다. 도와준다고 하더니, 이게 도와준 게 맞나.

"큼."

"게이는, 아닙니다."

특히 더 보수적인 아버지는 단어만 들어도 불편한지 헛기침을 했다.

"절대 아닙니다. 그런 곳에 발을 들인 적도 없습니다."

"말이 그렇다는 거지, 남자랑 그런 건 우리도 못 봤어요. 워낙 우리 여자 동기들이 선배님 존경하기도 하고 꼬셔 보려고 갖은 수단과 방법을 가리지 않았는데, 안 넘어가셨지. 우리 동기들뿐이야? 학교 다닐 때 선후배도 그렇고, 선배님 회사 비서진 중에서도 있었고."

"네가 그걸 다 어떻게 알아?"

지수의 질문에 지훈은 씩 웃었다.

"내가 이 동네 소식통이잖아."

"……."

"내가 누나보다 선배님에 대해선 더 잘 알걸?"

"그래 너 잘났다."

"아유. 너희는 이런 자리에서도 참……. 현우 군. 지수가 동생하고만 있으면 애가 돼. 얘가 이렇게 어리진 않은데."

지수 모친이 변명을 하자 현우는 괜찮다며 부드럽게 웃었다.

"보기 좋습니다. 오히려 부러운걸요."

"보기 좋다고? 매일 집 안이 떠나가라 시끄러워요. 좋은 모습 아니야. 어릴 때 얼마나 싸워 댔는데."

"그건 애가 기어오르니까 그렇지."

"현우 군 앞에서 기어오른다가 뭐야? 말투 좀⋯⋯."

"나 이런 거 이미 다 알아."

"그래도. 현우 군 체면 생각해서 앞으로는 조심해야지."

"아빠가 아까 그랬잖아. 지금처럼 애교 많고 행복했으면 좋겠다고. 내가 변하지 않으면 좋겠다고. 나 그럼 이렇게 살면 되지 않아?"

지수의 말에 아버지는 침묵을 지키다가 현우를 응시했다.

"말을 정정하겠네. 데려가서 사람 만들어 주게."

"아빠!"

"아직 망아지 같은 구석이 있어서 걱정이 많네."

이건 아까 했던 말과 다르잖아! 지수가 입을 삐죽거리자 현우가 그녀의 손을 다시 잡았다. 진정하라는 뜻이었다. 분위기가 화기애애하게 진행되자 그제야 현우의 얼굴에서도 웃음꽃이 피었다.

지수는 부모님과 지훈을 먼저 보내고 현우와 함께 호텔 레스토랑으로 갔다. 아까 한정식집에서 현우는 누가 입을 열 때마다 호응하느라 거의 먹지를 못했다. 그녀는 그런 그에게 맛있는 식사 한 끼를 사 주기 위해 레스토랑을 예약했다.

"현우 씨가 야경 좋아하는 것 같아서 여기 예약했어요. 어때요?"

"좋아. 야경 예쁘네."

"아까 식사 거의 못 했죠? 이제 맘 놓고 먹어요."

"긴장한 것 티 났나?"

"안 났겠어요? 그래도 억지로 먹다가 체하느니 덜 먹는 게 낫죠. 잘했어요."

현우는 지수를 사랑스럽게 바라보았다. 지수는 현우의 옆으로 가서 그의 손을 잡고 자리에서 일어났다. 이 호텔 레스토랑은 높은 층에 위치해서 밤이 되면 도심이 한눈에 들어온다. 뷔페식으로 운영하는 이곳은 일식 중식 양식 등 다양한 요리가 있어서 골라 먹는 재미가 있었다. 지수는 접시 두 개 중 하나를 현우에게 주었다. 두 사람은 갖가지 음식을 취향에 맞게 접시에 담아 자리로 왔다.

"지수야. 오늘 너무 고마웠어."

"뭐가요?"

"그냥. 다."

"그냥 다?"

"응. 부모님 모두 좋은 분이셔서 고맙더라. 그런 부모님 밑에서 자란 지수 너한테도 고맙고."

지수는 열이 오르는 얼굴을 식히려 손 부채질을 했다. 대놓고 칭찬을 받으니 아주 민망했다.

"우리 집에 대해선 할 말이 없더라고."

"왜요. 현우 씨 집…… 평생 써도 될 정도로 돈도 많고, 어? 집도 크고. 돈도 많고. 돈이 많죠."

"그거밖에 없잖아."

"그게 다 아닌가?"

지수의 말에 현우가 고개를 갸웃했다. 돈이 없어 본 적 없는 사람이라 그게 얼마나 소중한지 모르는 것 같았다.

"다들 돈 때문에 싸우고 결국 그것 때문에 틀어지는데. 현우 씨는 넘쳐나니까 그럴 일 없잖아요."

"그 돈 때문에 가족끼리 물어뜯잖아."

"아…… 그러네. 음. 그래도 돈은 다다익선이래요."

현우는 어깨를 으쓱하며 나이프로 스테이크를 잘랐다. 포크로 찍어 지수에게 먼저 한 입을 주고 그다음에 그도 먹었다.

"맛있네. 여기."

"그죠? 인터넷에 검색해 보니까 평이 좋더라고요."

"우리 아이는 몇 명 낳을까?"

"켁!"

지수는 손으로 목을 잡았다. 먹던 스테이크가 목에 걸렸다. 이런 질문을 받을 거라고 예상하지 못했다.

"먹는데 물어보니까 놀랐잖아요. 갑자기."

"괜찮아?"

현우는 물컵을 그녀 앞으로 밀었다. 지수는 물을 마신 다음 심호흡을 했다. 아직도 코와 눈이 매웠다.

"음식 맛있다면서 갑자기 아이 얘기 물어보니까 당황스럽잖아요."

"결혼 전에 그런 것도 협의해 둬야지. 당신은 안 낳을 건데, 나만 낳자고 하면 안 되니까. 난 당신한테 맞출 거야. 한 명도 낳기 싫다고 하면 그래도 돼.”

“진짜?”

지수는 눈을 가늘게 뜨고 현우를 보았다. 이 사람의 진심이 무엇인가. 안 낳는다고 하면 무척 서운해할 얼굴을 하고 있었다.

“저는 딱 두 명. 두 명 낳고 싶어요.”

“다행이다.”

“내가 방금 아예 안 낳는다고 할까 봐 걱정했죠?”

“응.”

“분명 현우 씨는 나 설득했을 거예요.”

그럼 난 그에게 넘어갔을 테고. 현우를 닮은 아들, 딸을 갖고 싶었다. 얼마나 잘생기고 예쁠까. 신이 작정하고 만든 현우를 닮은 아이⋯⋯. 태어나지도 않은 아이들을 생각하며 지수의 입술이 부드럽게 곡선을 그렸다.

“근데 나한테 계속 말 높일 거야?”

“반말할까?”

“응.”

“근데 존댓말이 더 편해요. 아직 엄마도 아빠한테 반 존대하거든요. 그래서 그런가? 반말이 어색해요.”

보고 들은 게 확실히 삶을 좌지우지하는 것 같다. 현우가 반말을 하라고 하는데도 존댓말이 편한 것 보면 말이다.

“사랑해요.”

“⋯⋯.”

“예쁜 딸 아들 낳아 줄게요. 내가 현우 씨 행복하게 해 줄 거야.”

“뭐라고?”

현우가 고개를 살짝 숙였다. 잠시 스쳐 가는 웃음이 멋스러웠다. 그 순간의 표정은 유명 잡지 속에 나온 남자 배우 같기도 했다. 역시 잘생겼어. 지수는 이번엔 그녀의 포크로 스테이크를 찍어 그에게 주었다.

"여기가 호텔 레스토랑이지?"

"네."

"그렇단 말이지."

현우는 손목시계를 힐끗 보고 손을 들었다. 그러자 직원이 그들의 테이블로 왔다.

"계산 부탁합니다."

"아니에요. 현우 씨, 내가 이미 계산 다 했어요."

직원에게 웃어 주자 직원은 멋쩍게 뒤로 물러났다.

"잘 먹었어. 지수야. 우리 그럼 내려가기만 하면 되겠네."

"근데 저 오늘 집에 가야 하는데……."

다른 날은 몰라도 오늘은 꼭 집에 가야 한다. 부모님께서 기다리고 계실 테니까.

"두 시간만."

"……."

"아니다. 12시 전까지만 가면 되지? 그럼 세 시간만."

"왜 자꾸 시간이 늘어요?"

"두 시간만 안기에 너무 짧잖아."

"중간 단계 생략하고 본론부터 들어가면 되지 않나……."

지수의 말에 현우의 눈이 커졌다. 그러더니 그녀의 말뜻을 이해하고 웃음소리가 커졌다.

"중간 단계 생략 못 해. 그것도 좋은걸."

"남자는 본론이 중요한 것 아니에요?"

"그건 멍청한 놈들이나 그렇지. 본론 전에 제 여자가 흥분할 때 얼마나 예쁜지 아는 놈이라면 절대 생략 못 하지. 시각, 청각이 주는 자극이 말로 못 해."

지수는 이런 걸 그와 얘기하고 있는 게 어이없어서 헛웃음이 났다. 이 남자가 언제 이렇게 편해졌지? 이런 대화를 할 정도로.

"얼른 내려가자."

"좋아요."

현우는 더는 기다리지 못하고 먼저 자리에서 일어났고, 지수도 그의 뒤를 따랐다.

✻

행복한 주말이 지나고 월요일이 찾아왔다. 어제는 자고 일어나면 돌아올 월요일을 두려워하며 최대한 늦게 잤지만 결국 월요일이 되었다. 가뜩이나 바쁜 월요일에 불편한 손님이 찾아왔다. 갑작스럽게 찾아온 혜진을 뿌리치지 못한 지수는 사내 1층 카페에서 그녀를 만나야 했다.

"할 말 있으면 해."

"지수야."

"왜?"

"미안해."

혜진의 사과에 지수는 커피를 마시다 말고 멈칫했다.

"그때 말 그렇게 했던 것, 진짜 미안해."

"미안한 건 알고?"

"응. 알지. 너무 화가 나서 참지 못했어. 나 때문에 상처받았지?"

혜진의 사과를 받아 줘야 할까? 그런다고 해도 전과 똑같이 친하게 지낼 순 없을 것이다. 이미 틀어진 관계니까. 그리고 그녀는 혜진과 전처럼 돌아가고 싶지 않았다.

"상처받았지. 엄청."

"미안해."

"사과는 받을게. 근데 나 전처럼 친하게는 못 지내."

"응."

사과를 받고 있는 중에 오전에 미팅이 있다던 현우가 1층 로비를 지나고 있었다. 이제 출근한 모양이다. 그때 유 실장과 눈이 마주쳤고, 결국 현우도 그녀를 발견했다. 그들은 그녀가 있는 사내 1층 카페로 들어왔다.

"안녕하세요."

혜진은 현우를 보고 먼저 인사를 했고, 현우도 간단하게 묵례를 했다.

"지수야. 나는 먼저 가 볼게."

"응."

"저는 먼저 가 보겠습니다. 현우, 아니 대표님 나중에 준겸 씨랑 같이 한번 봬요."

"네. 알겠습니다."

그녀가 나가는 모습을 보며 지수는 손으로 턱을 괴고 입술을 툭 내밀고 불퉁한 표정을 지었다. 혜진이 사과할 때 표정이 슬퍼 보여서 진심인가 했는데, 준겸의 이야기가 나온 순간 정신이 확 깼다. 어쩐지 갑자기 찾아와서 사과하는 게 이상하더라니. 진심이 아니었어. 가족으로 만나게 되면 잘 지내고 싶은 마음에 사과를 한 것 같다. 현우와 결혼을 하게 되면 막 대할 수 있는 친구가 아니라, 오히려 상하 관계가 더 뚜렷해질 테니까. 그것 때문에 찾아 왔다고 생각하니 팔에 소름이 돋았다.

"유 실장은 먼저 올라가. 나 지수랑 커피 한잔하고 갈게."

"네. 알겠습니다."

"저도 올라가 보겠습니다. 회사에 보는 눈이 많습니다."

"어디 가? 어차피 연애하는 것 다 아는데 뭘. 이제 업무 시간 내내 밖에 있어도 뭐라 할 사람이 없어. 그 특권을 왜 못 누려?"

"제가 보기보다 성실하고 불로 소득을 싫어하거든요."

문득 정수리가 따뜻해졌다. 현우의 손이 머리 위를 슥슥 쓰다듬고 있었다. 갑작스러운 접촉 때문에 카페에 있던 직원들의 눈이 그들에게 향했다. 지수의 볼은 점점 토마토처럼 빨개지고 있었다.

"손, 손 얼른 치워요."

"왜?"

"사람들이 봐요."

"부러워서 그래."

"그런 눈빛이 아닌데."

"결혼도 확실해졌는데. 뭐가 문제야?"

머리를 쓰다듬던 손이 내려와 그녀의 볼을 감쌌다. 두 손으로 볼을 눌렀다가 떼며 그는 아이처럼 좋아했다.

"예뻐 죽겠네. 힘이 난다."

"아, 정말!"

"볼 빨개지는 것 보니까 일부러 더 놀리고 싶어."

"짓궂다니까. 나중에 둘만 있을 때 해요. 응?"

현우는 테이블에 있는 머그잔 두 개를 카운터에 갖다 주었다. 직접 움직이는 현우를 본 직원이 의외라는 표정으로 그를 보고 있었다. 그가 사내 1층 카페에서 이렇게 한가하게 커피를 마시는 것도 생소한 일일 것이다. 대부분은 성우가 사서 가거나 비서가 직접 커피를 내려서 대표이사실로 갈 테니 말이다.

"올라가자."

"네. 그래요."

현우를 지나쳐 먼저 걸으려는데, 그가 그녀의 손목을 잡았다. 자연스럽게 손을 잡은 그가 보안대를 통과해서 엘리베이터 앞에 섰다. 임원용 엘리베이터 앞에 선 그가 데스크 직원에게 눈인사를 하자, 직원이 엘리베이터 버튼을 눌러 주었다. 그녀는 얼마 기다리지 않고 엘리베이터를 탔다.

"읍!"

엘리베이터에 타자마자 그는 그녀의 턱을 잡고 입을 맞췄다. 오늘 립스틱 잘 발랐는데, 큰일이다. 그의 혀가 밀고 들어오는 순간, 두 사람의 머리 위로 그의 트렌치코트가 올려졌다.

고개가 기울어지고, 입술이 떨어졌다가 붙을 때마다 트렌치코트가 머리 위에서 흘러내렸다.

"사랑해. 김지수."

"나도요. 근데 깜깜해서 아무것도 안 보여."

두 사람의 얼굴을 가려 주던 트렌치코트가 현우의 팔에 걸렸다.

지수는 발끝을 세워 엄지로 그의 입술 주변을 닦았다.

"입술 안 닦여요. 립스틱 되게 진하게 발렸어요."

"괜찮아."

그는 거울 속의 본인의 얼굴을 보고, 거울에 비친 지수를 보며 괜찮다고 대답했다.

"현우 씨, 지금 얼굴 잘 보이니까 말할게요. 사랑해요."

지수는 거울 속 그의 눈을 보고 말했다. 그러자 그가 립스틱이 번진 채로 그녀에게 서서히 다가왔다. 지수는 몸을 뒤로 빼며 손바닥으로 현우의 입술을 막았다.

"나머진 나중에요. 퇴근하고."

여기서는 이제 그만……. 회사잖아요. 현우는 수긍하면서도 그녀를 계속 느끼고 싶은지 손가락을 만지고 허리를 감쌌다. 한 팔로 감아 품에 안은 후 이마에 입을 맞추며 아쉬움을 달랬다. 사내 연애의 달콤함을 느끼며 두 사람은 엘리베이터에서 내렸다. 그는 대표이사실로, 그녀는 사무실로 가야 했다. 방향이 달라서 헤어져야 하는 순간, 지수는 빠른 속도로 엄지와 검지를 겹쳐 작은 하트 모양을 만든 후 그에게 보여 주었다. 그러다 사람들 소리가 나자 얼른 손을 내렸다.

'사랑해.'

현우도 이번엔 소리를 내지 않고 입 모양으로 말했다. 결혼을 앞둔 두 사람의 눈에는 서로를 향해 꿀이 떨어지고 있었다.

에필로그

1

 강남의 한 레스토랑 안에는 불타는 금요일을 맞이하여 모임이 한창이었다. 잘 차려입은 남녀가 만나 소개팅을 하는 테이블도 있고, 또 어디에는 중고등학교 동창으로 보이는 친구들끼리 삼삼 오오 모여 있었다. 벽, 천장 등 곳곳이 사진을 찍기 좋은 핫플레이스여서 친구들끼리 온 경우에는 자리를 옮겨 다니며 추억을 남기는 일이 다반사였다. 그러나 예약 시간에 맞춰 온 지수와 지유는 자리에 앉자마자 음식을 주문하고 물을 마심과 동시에 수다를 떨기 시작했다.

 "청첩장 주려니까 왜 민망하지? 지유 너도 그랬어?"

 "응. 꼭 이것 때문에 밥 먹자고 부른 거 같고 그랬지."

 "난 얼굴 보려고 부른 거다."

 지수는 쌍둥이를 낳고 한동안 바빴던 지유에게 특별히 시간을 빼달라고 요청했다. 겸사겸사 실물로 나온 청첩장도 주고 말이다. 제일 친한 친구에게 결혼한다고 하려니 얼굴이 화끈거렸다.

 그녀는 백을 열어 청첩장을 꺼냈다. 현우와의 결혼이 딱 한 달 남았다. 가족과 몇몇 지인들만 모시고 최소한의 결혼식을 진행하기로 했다. 박 회장님의 건강 상태와 지수가 재벌이 아니라는 점이 모두 연일 기사화되는 걸 막기 위함이다. 그걸 위해 BH 그룹과 서일 건설에서는 두 사람의 결혼 소식이 새어 나가지 않도록 철저히 입을 막고 있었다. 이런다고 사람들 입에 오르내리지 않을 거란 보장은 없다. 다만 너무 떠들썩하지 않기를 바랄 뿐이었다.

"요새 다이어트 해?"

"아니?"

"살이 좀 빠진 거 같은데. 얼굴도 핼쑥하고."

지수는 손등으로 볼을 만지며 고개를 갸웃했다. 요새 회사에서도 다이어트 하는지 질문을 받고 있었다. 진짜 살이 빠졌나?

"딱히 운동은 안 하는데, 이상하네. 요새 보는 사람마다 물어보더라고."

"진짜 빠졌어. 결혼식 때 웨딩드레스 입으려고 뺀 줄 알았지."

"그럴 시간이 어디 있어. 우리 결혼식하고 맞물려서 현우 씨 BH 건설 부회장 자리로 가거든."

"정말? 헉."

지유가 손으로 입을 가렸다. 말을 잇지 못하고 멍하게 있던 지유가 손을 내리고 책상을 두어 번 쳤다.

"그러니까 진짜 재벌 후계자……. 지수야, 나 지금 되게 이상한 거 있지? BH 그룹사 오너 일가인 건 알았는데 진짜 그게 되는 거잖아. 내 친구 남편이!"

"그렇지."

"방금 온몸에 소름 돋았어."

지유는 소매를 걷어붙여 피부 위로 오른 소름의 흔적을 보여주었다. 친구가 놀라는 것처럼 지수 또한 가끔 현우를 보면 비현실적으로 느껴진다. 서일 건설 대표로 있을 때도 그랬는데, BH의 부회장이라니.

"그럼 너랑 예비 신랑분 서로 얼굴 볼 시간도 없겠다."

"응. 회사에서는 거의 못 봐."

"엄청 보고 싶겠다."

"그게…… 사실, 어제도 보긴 했어."

결혼 허락을 받고 나서 부모님께서는 지수가 늦은 시간에 나가 거나 자정이 넘어서 집에 들어오더라도 혼내지 않고 모른 척해주 셨다. 그래도 같이 한집에 사는 예의를 지키기 위해 외박은 최대 한 안 하려고 하지만, 일주일 이상 출장을 갔다 온 날이면 그녀는 눈치껏 현우의 집에서 머물기도 했다.

"어제 오랜만에 데이트했구나. 현우 씨랑은 보통 어디서 데이 트해?"

"현우 씨 집. 호텔. 레스토랑. 영화관은 거의 심야 아니면 조조. 그리고 차 안. 별장?"

"누가 보면 연예인하고 만나는 줄 알겠다."

"연예인보다 더 보안이 철저한 거 같아."

두 사람이 만나는 사진이 외부에 유출되지 않도록 대부분은 실 내에서 만났다. 그의 집, 별장, 호텔을 번갈아 가면서. 전에는 그 래도 레스토랑은 자주 갔는데 요새는 그마저도 어려워졌다.

"그래서 네가 살이 빠졌구나!"

"무슨 소리야?"

"데이트가 매번 실내니까. 한창 그럴 때지. 암."

지유의 눈이 음흉하게 변했다.

"무슨 상상을 하는 거야?"

"우리 지수 운동 같이할 남자도 있고. 덕분에 결혼식 때 아주

빛나겠어.”

“그, 그런 거 아닌데.”

“얼굴 빨개진 거 보니까 맞는데? 아주 애 쉬질 못하게 잡는 모양이야.”

지수는 손부채질을 하며 열이 오른 볼을 식혔다. 지유는 키득 웃다가 테이블에 놓은 음식을 먹기 시작했다.

“많이 먹어. 예비 신랑 체력 감당하려면 더 먹어야겠다.”

그러면서 지유는 먹기 좋게 자른 스테이크를 지수의 접시 위에 올려주었다.

“내 것까지 다 먹어.”

“너도 잘 먹어야지. 나 충분해.”

지수는 친구가 준 스테이크 조각을 포크로 찍어 입으로 넣었다. 소스를 찍어 먹으니 맛이 너무 좋았다. 배고픈 탓인지 순식간에 그녀의 배 속으로 사라졌다.

“고기 너무 잘게 자른 거 아니야? 봐봐, 내가 썬 고기랑 지유 네가 썬 고기 크기 좀 봐.”

“그러네. 쌍둥이 키우다 보면 정신없이 입 안으로 음식 밀어 넣거든? 이 정도 크기로 잘라둬야 소화가 잘돼. 목에 안 걸리고.”

지유는 곁눈질을 해서 다른 테이블 접시도 보았다. 지수의 말처럼 그녀가 자른 고기가 다른 사람들에 비해 작긴 했다.

“그래도 지수야. 먹기 좋지 않아?”

“응. 먹기 좋아.”

지유도 게 눈 감추듯 음식을 싹 비웠다. 후식으로 나온 케이크까지 야무지게 맛본 지유가 포크를 테이블에 내려놓았다.

"여기서 애 엄마인 게 티가 나네. 내가 요즘 음식 남기는 꼴을 못 봐."

"그래도 겉보기엔 아기 엄마 티 안 나."

"정말?"

"그렇다니까."

지수는 격하게 고개를 위아래로 흔들었다.

"나 오늘 남편한테 애들 다 맡기고 나온 김에 늦게 들어갈 거야! 이거 다 먹고 와인 바(Bar) 가자."

"그러자. 오늘은 내가 쏠게!"

"응. 현우 씨 오늘 오신대? 우리 거의 다 먹어가니까 이따 2차 때 합류하시면 좋을 거 같은데. 배고프시려나?"

"아니야. 저녁 약속 있댔어. 그럼 이따가 우리 자리 옮기면 알려 줘야겠다."

지수는 현우에게 곧 자리를 옮길 예정이라고 문자를 보내두었다. 지금쯤 저녁 식사를 하며 가볍게 미팅 중일 테니 아마 바로 답장이 오진 않을 것 같았다.

"드디어 예비 신랑님을 보는구나."

"그러게. 안 그래도 현우 씨가 너 소개해달라고 계속 얘기했거든. 서로 바빠서 이제야 소개해주네. 제일 친한 친구라곤 너 하나인데."

"아기 낳고 나도 진짜 바빴잖아."

쌍둥이를 혼수로 데려간 지유는 아이를 낳고서는 한동안 연락이 잘 닿지 않았다. 지수도 혹시 연락을 하면 아이가 잘 시간일까 봐 최대한 전화는 하지 않고, 종종 톡만 보냈다. 그러다 보니 약속을 잡는 것도 정말 어려웠다.

"그래도 남편이 육아 많이 도와주지?"

"응. 많이 도와줘. 나보다 더 육아랑 잘 맞는 거 같아."

"하긴, 도형 씨 다정한 편이고 너 끔찍이 생각하잖아."

"맞아. 사실이야. 그래서 말인데, 너도 조심해. 특히! 결혼 전에."

"갑자기 뭘 조심해?"

갑자기 화살이 지수에게로 향했다.

"결혼 앞둔 지금은 제일 긴장 풀렸을 때거든? 상견례도 했고 결혼 확정됐으니까, 어차피 결혼할 거니까 피임을 놓치는 순간이 있다고. 이럴 때 제일 임신 확률이 높아져. 방심하면 안 돼."

지수는 친구의 말에 움찔했다. 지유의 말대로 그녀는 요새 방심하고 있었다. 사실 요새 결혼을 앞두고 일가친척들에게 인사하고, 가끔 부모님 친구분들께도 얼굴을 비쳐야 해서 눈코 뜰 새 없이 바빴다. 결혼식에는 최소한의 지인만 초대하기로 했지만 그래도 일일이 인사드리다 보니 정말 하루 24시간이 모자랐다. 거기다 현우의 친척들에게도 결혼식 전에 한 번씩 인사드려야 해서 주말에도 나가야 했다. 강행군에 지칠 법도 한데 현우는 둘만 있을 때 가만히 두지 않으니 지수의 체력이 남아나질 않는 상태였다. 그래서 평소라면 철저하게 했을 피임도 요새는 거르는 날도 있었다. 어차피 곧 결혼할 텐데, 뭘. 지유가 말한 대로 딱 그런 마음이었다.

"네가 살이 쏙 빠질 정도로 달려드는 남자라면 안 봐도 훤해. 바쁜 틈에도 그 정도 체력이면, 결혼 후에는…… 결혼하고 바로 애 낳을 계획 아니라면 꼭 피임해!"

"바로는 아냐. 현우 씨 BH로 가고 최소 1~2년은 공식 행사 때마다 같이 나가야 하니까 임신은 당분간은 안 되지."

"그러니까. 조심해. 이런 얘기 해줄 사람 나밖에 없을걸."

지수는 핸드폰을 꺼내서 최근 몇 달간 생리 주기를 확인했다. 예상대로라면 다음 주에 터져야 하는데 지유의 말 때문에 괜히 신경이 쓰였다. 우리가 이번 달에 피임을 안 했던 날이 언제더라.

"지수야. 우리 자리 옮기자."

"응. 그러자."

지수는 테이블 옆에 놓인 계산서를 집었다. 그러자 금세 지유가 가로채서 들었다.

"결혼 축하 선물로 내가 밥 살게."

"아니야. 내가 사야지."

"됐어. 우리 애들 모빌하고 내복도 사주고. 종종 보내주는데 내가 고맙다는 답장도 제대로 못 하고. 미안해서 안 돼."

"그럼 2차는 내가 낼게."

지수는 카드를 꺼내던 걸 도로 넣었다. 가장 친한 친구가 아이를 낳은 뒤로는 백화점을 지나가다가 아이 옷 코너를 보면 절로 걸음을 멈추게 된다. 모빌, 목욕 가운, 내복 등 선물을 사서 친구의 집으로 배송하고 있었다.

"하여튼 우리 애들 장난감하고 옷은 너랑 재신 오빠가 다 사주는 거 같아."

"재신 오빠는 나보다 더하겠지."

"어. 진짜 하루가 멀다 하고 박스째로 사서 온다니까. 조카 바보야."

"동생 바보였다가 이젠 조카 바보? 그 사랑이 한 여자한테 가면…… 왠지 무서운데?"

지유의 오빠인 재신은 동생을 끔찍이도 아끼는 오빠다. 덕분에 지수도 옆에서 그 덕을 보긴 했다.

두 여자는 팔짱을 끼고 레스토랑 밖으로 나왔다. 길거리에는 우산을 쓴 사람들이 지나가고 있었다. 레스토랑 들어올 땐 오지 않던 비가 쏟아지고 있었다.

"지유야, 우산 없지?"

"응."

"어쩌지. 나도 없는데. 잠깐만 여기 서 있어. 내가 저기 앞에 뛰어가서 편의점에서 사 올게."

지수는 건너편에 있는 편의점을 검지로 가리켰다. 아기 엄마인 지유가 비를 맞고 감기에 걸리면 그 여린 아이들이 옮을지도 모른다. 누군가는 이 비를 맞아야 하는데.

"지수야, 됐어. 우리 그냥……!"

그때였다. 두 사람 앞에 삼단 우산이 내밀어졌다. 우산을 잡은 손 위로 고급스러운 시계가 보였고, 그 위로 살짝 걷어붙인 소매와 커프스단추가 서서히 시야에 들어왔다.

✳

저녁 식사 겸 미팅을 끝내고 나온 현우는 비가 오는 밤하늘을 올려다보았다. 바닥으로 하염없이 쏟아진 빗물이 그의 구두 위로 튀어 물방울이 맺혔다.

"대표님, 이쪽으로 오시죠."

앞좌석에서 내린 성우가 큰 장우산을 들고 그의 앞에 섰다. 사람들의 시선이 두 사람에게 머물렀다.

'저 남자는 누구야? 연예인이야?'

'누구지?'

몇몇이 아예 가던 길을 멈추고 건물 앞에 선 차와 현우를 번갈아 보았다. 180cm가 넘는 성우보다도 더 크고 딱 벌어진 어깨, 거기다 사람들의 시선을 잡는 외모. 특유의 고압적인 분위기는 보디가드들을 대동하고 다니는 것에 어색함이 없어 보였다. 그래서 연예인인가 싶어서 멈췄다가 범상치 않은 분위기에 다들 주춤거린다. 뒷좌석 문을 열자 현우는 몸을 굽혀 안으로 들어갔다. 뒷좌석 차문이 닫히기 전 그의 긴 다리가 차 안으로 들어갔다.

'아, 아쉽다.'

'더 보고 싶은데.'

몇몇은 아쉬운 마음으로 목을 빼고 까치발을 든 채 차 안을 보았다. 밖에서 아무리 보려 해도 안이 보이진 않겠지만 말이다. 성우가 우산을 접고 앞좌석에 타자, 그제야 사람들은 발길을 돌렸다.

"J 레스토랑으로 가겠습니다. 차가 막혀서 삼십 분 정도 걸릴 거 같습니다."

"잠시만. 장소 바뀌었대."

현우는 지수가 보낸 톡을 확인한 후 성우에게 보여주었다. 성우는 차에 연결된 내비게이션에 주소를 새로 입력하였다. 그러자 기사가 내비게이션을 보고 차를 출발했다.

"대표님께서 결혼하신다니 이상합니다."

"왜? 남들 다 하는 결혼인데."

"남들 다 해도 대표님은 안 하실 거 같았어요. 회장님께서 약혼이니 결혼이니 하면서 상속에서 제외하겠다 협박해도 콧방귀 뀌셨잖아요. 근데 이번 결혼은 지수 씨보다 대표님께서 더 서두르시고 하고 싶어 하는 게 눈에 너무 보입니다."

"유 실장도 연애해 봐. 얼른 결혼하고 싶지."

현우의 입술 끝이 서서히 올라갔다. 누가 봐도 사랑에 빠진 모습이었다. 잦은 출장으로 피곤할 만도 한데 말이다. 연애 생각이 없던 성우도 현우를 보고 있으면 연애 생각이 절로 든다. 특히 저런 표정 말이다. 뒤를 돌아 제 상사를 잠시 보던 성우가 앞으로 고개를 돌렸다. 사랑하는 상대를 생각하며 부드럽게 미소 짓는 모습이 다른 사람조차도 행복하게 만드는 것 같다.

"유 실장."

"네, 대표님."

"이제 실장이라고 부르는 것도 얼마 안 남았네."

"왜 그러세요. 저는 대표님 따라갈 겁니다."

BH 건설에서 서일 건설을 전격 인수하기로 결정하였다. 합병을 통해 자사 부서로 두는 대신, 자회사나 관련 회사로서 지금처럼 제 역할을 충실히 하면서 사업 영역을 확장할 수 있도록 BH에서는 아낌없는 자본적 투자를 할 것이다. 현우는 다른 사람이 아닌 성우가 그 자리로 가길 바랐다. 그는 제 사람들이 주변을 에워쌀 수 있도록 최선을 다할 것이다. 뺏기지 않기 위해서.

"그러다 내가 지옥 불구덩이로 가면 어쩌려고 따라가. 남아서 본인 자리나 지킬 것이지."

"예전이라면 안 따라갔을 거 같은데. 지금은 지수 씨가 있어서 따라갈 겁니다."

"유 실장."

"네?"

"우리 지수한테 마음 있다고 선전포고하는 건가?"

화들짝 놀란 성우가 뒤를 돌았다. 그러고는 절대 아니라고 고개를 저었다. 순식간에 싸늘해진 분위기에 성우의 등줄기에선 식은땀이 흘렀다.

"지수 씨가 있으니까 대표님께서 절대 무너지지 않을 거라 이 말이죠. 원래도 완벽하지만, 이제는 자기 몸을 사릴 테니까요. 지켜야 할 사람이 있으니까 더 단단해지실 거 같고요. 그런 의미에서 였습니다."

"그랬어?"

의심을 거두지 않은 눈초리를 보며 성우는 다시 한 번 단호한 눈빛으로 아니라는 의사를 밝혔다.

"지수 씨가 눈 돌아가게 예쁜 외모이긴 하지만요. 대표님께서 걱정하실 만합니다."

"아주 많이."

"그나저나 비가 많이 오네요. 일기예보에도 없던 소나기가 말입니다."

성우의 말에 현우가 창문을 응시했다. 빗줄기가 약해지고 있었다. 우산을 챙기지 못해 비를 맞는 거리의 사람들을 보며 현우는 지수 생각에 눈살이 찌푸려졌다. 이 여자, 우산은 잘 챙겼나 몰라. 감기 걸리면 안 되는데. 일전에 한 번 입원했을 때 많이 아팠던 지수가 떠올라 더욱 걱정되었다.

　[지금 가고 있어. 우산은 챙겼어?]

　현우는 지수에게 톡을 보낸 후 핸드폰을 쥔 채로 얼른 도착하기만을 초조하게 기다렸다. 그러나 지수에게선 답이 돌아오지 않았다.

　지수와 지유가 있는 테이블로 과일 안주가 놓였다. 지수는 주문하지 않은 안주가 나오자 고개를 들어 직원을 보았다. 그러자 직원 하나가 다른 테이블을 손짓했다. 그곳에 앉은 남자들과 눈이 마주쳤다. 그중 한 명은 아까 전 두 사람에게 자기 거 쓰고 가라며 우산을 건넨 남자였다.

　'우산 안 챙겨 오셨나 봐요? 이 우산 쓰고 가세요.'

　'아니에요. 저희 편의점에서 사서 쓰고 가면 돼요.'

　'저는 일행이 우산을 챙겨 와서 그래요. 아니면 어디까지 가요?'

　'저희 가볍게 한잔 더 하려고요. 우산은 정말 괜찮……'

　말을 끝내기도 전에 남자는 지수의 손에 우산을 주고 건물 안으로 들어갔다. 같은 레스토랑에서 밥을 먹고 있었던 모양이다. 그런데 그 남자를 바(Bar)에서 다시 만났다. 눈이 마주치자 남자는 웃으며 자리에서 일어난다. 그러더니 이쪽으로 걸어오고 있었다.

　"이런 우연이…… 저도 친구들하고 오랜만에 한잔하고 있었습니다. 두 분 엄청 친한 친구신가 봐요?"

　"네. 엄청 친해요."

지유가 바닥에 있던 우산을 들어 남자에게 건넸다. 안 그래도 돌려주고 싶었는데 지유가 먼저 선수를 쳤다. 남자는 멀끔하게 생겼다. 그래서 인기가 많은 건지 남자가 있던 테이블 주변을 흘깃거리는 여자들이 그제야 보였다.

"학창 시절 친구신가 봐요?"

아예 자리를 잡고 앉은 남자가 친근하게 말을 걸어왔다.

"저 이상한 사람 아니에요. 오늘 의대 동문회가 있었고, 지금은 마음 맞는 몇몇 친구들하고만 따로 2차 온 겁니다. 아까 우산 드린 건 지극히 제 진심이었고, 지금은 완벽한 우연이에요."

"우선 아까 우산 감사했습니다. 이거 돌려드리고 싶었는데 잘됐네요."

"두 분이서 오랜만에 만나신 거 같아서 방해하지 않으려고 했는데, 이대로 보내기 너무 아쉬워서요. 괜찮으시다면 합석 어떨까요?"

그때 그의 일행으로 보이는 남자 하나가 더 이쪽으로 왔다.

"서태준입니다."

남자는 명함을 꺼내 지유 앞에 내밀었다. 그리고 우산 주인은 지수의 옆 의자에 앉아 그녀를 부담스럽게 보고 있었다. 머리를 긁적이던 지유가 일부러 보란 듯이 테이블 위에 손을 다소곳이 놓고 고개를 갸웃거렸다.

"저는 결혼했어요."

그 말에 태준이란 남자는 명함을 도로 가져와 명함 케이스에 넣었다.

"이런, 실례했습니다."

우산 주인은 망연자실한 표정을 지으며 지수를 보았다.

"설마…… 결혼하셨어요?"

제발, 아니라고 말해 줘. 딱 그런 표정이었다.

"네. 결혼했습니다."

"……."

그 대답은 지수 대신 묵직한 남성의 목소리가 대신했다. 우산 주인 앞에 선 장신의 남자는 팔짱을 낀 채 그를 내려다보고 있었다.

"일어나 주시죠. 제 자리라서."

"죄송합니다. 실례했습니다."

남자는 자리에서 일어나 두 여자에게 고개 숙여 인사한 후 본인들 자리로 돌아가기 위해 몸을 돌렸다.

"저기요……!"

"네?"

"우산 잘 썼어요. 가져가셔야죠."

"네. 네."

남자는 당황하여 얼굴이 빨개졌다. 그러더니 쏜살같이 자리로 돌아가 계산을 하고 술집을 나가는 게 보였다.

"완벽한 우연이라더니, 우연이 아니었나 봐."

지유가 혀를 차며 말했다.

"박현우입니다."

"아……. 지수 친구 유지유입니다. 제가 감자튀김을 먹어서 손이 좀."

그녀는 현우의 손을 잡지 못하고 본인의 손을 보여주었다. 손에는 소금과 기름이 범벅이었다. 현우는 그녀의 사인을 알아채고 내밀었던 손을 도로 물렸다.

"완벽한 우연은 뭐고, 저 남자는 누굽니까?"

"아……."

지수는 자신도 모르게 당황했다. 현장을 걸린 것처럼.

"아까 레스토랑 나갈 때 비가 많이 왔는데 우산 주시더라고요. 자긴 일행들이 우산 다 있어서 괜찮다고. 안 받으려고 했는데 내 손에 올려주고 도망간 거 있죠."

그녀는 방금 전 있던 상황을 요약해서 말했다. 그러자 현우의 얼굴에서 불쾌한 기색이 보였다. 얼른 이 이야기를 마무리하고 싶었던 지수는 그게 끝이었다고 결론 내렸다. 그러나 앞에 있던 지유가 말을 덧붙였다.

"그런데 여기서 또 마주친 거죠. 완벽한 우연이라나 뭐라나. 현우 씨는 이게 우연 같아요?"

"절대 아니죠."

"합석……."

"야. 유지유."

지유는 키득거리며 웃었다. 도형과 결혼한다고 했을 때 지수가 얼마나 짓궂게 놀렸던가.

"두고 봐, 너."

"왜 그래, 친구분께. 솔직하고 좋으신데. 그래서 지수가 합석한 다고 했습니까?"

"대답하려는 순간에 현우 씨가 왔어요."

"이런."

현우는 고개를 돌려 지수를 응시했다.

"현우 씨, 그 눈 뭐예요. 나 합석 안 된다고, 남친 오기로 했다고 말하려고 했어. 진짜예요!"

"남친?"

"아직 혼인 신고를 안 했으니까……."

"그렇군."

현우는 손을 들어 직원을 불렀다. 직원이 오자 본인 몫의 술을 주문했다.

"지유 씨, 안주 더 시킬까요?"

"아뇨. 지금도 많은데요."

두 명이 시켰다고 하기엔 안주가 많긴 했다. 과일 안주는 아직 손도 대지 않은 모양이었다.

"그러네요. 많긴 하네요."

"네. 그럼 안주는 됐습니다."

그때, 현우는 테이블 위에 있는 계산서가 문득 보였다. 두 사람이 마신 술과 감자튀김, 그리고 숙주나물 볶음요리. 주문한 목록 안에 과일 안주는 없었다.

"이 과일 안주, 누가 주문했습니까?"

딸꾹! 현우의 말에 옆에 앉은 지수가 딸꾹질을 시작했다.

"지유랑 술을 마시고 있었는데 갑자기 직원이 과일 안주를 가져왔고, 안 시켰다고 하니까 다른 테이블을 손으로 가리키는 거예요. 그래서 다시 보니까 아까 우산 빌려준 남자가 거기 있었고, 그 남자가 갑자기 저희한테 온 거예요! 여기까지가 끝."

지수는 빠른 속도로 방금 전 상황을 말했다. 숨이 찬 지수가 숨을 몰아쉬자 지유가 물을 챙겨주었다.

"랩 하는 줄 알았다, 괜찮아?"

"어. 살 거 같다. 지유야. 나 물병 좀."

물을 마신 후 컵을 내려놓자 현우가 그녀를 지그시 보았다.

"괜찮아?"

"네. 괜찮아요."

지수는 물을 한 컵 더 마셨다. 현우는 테이블에 있던 과일 안주를 들어 지나가는 직원에게 주었다.

"3차는 제가 사죠. 지유 씨, 자리 옮겨도 돼요?"

"그럼요."

"잠시만요."

현우는 두 여자를 남겨두고 전화를 하러 잠시 자리를 비웠다. 그사이 지수는 후 하고 깊게 한숨을 쉬었다.

"잠깐 봤는데 현우 씨 포스 장난 아니다. 같이 있으면 아주 옆 사람 얼 거 같아."

"그래? 되게 다정한 사람인데."

"뭐랄까. 사람을 거느리는 게 몸에 밴 것 같은 사람인데 다른 세계 같고 그래. 그게 그냥 느껴져. 우리 남편이랑은 또 다르네."

"아마도 도형 씨는 우리 학생 때부터 오빠, 오빠 하면서 지내서 그렇지, 다른 사람들은 어렵게 느낄걸. 너희 도형 씨도 얼마나 무서운데. 착한 건 네 오빠가 진짜 친절하고 착하시지. 오빠는 잘 지내셔?"

"응. 잘 지내지. 엄청."

도형은 지유의 오빠인 재신의 동창이자 절친이었다. 지수는 학창 시절부터 지유와 같이 다녔는데 그러다 보면 재신과 그의 친

구들을 종종 마주쳤다. 그녀도 지유 친구라서 오빠들이 먹을 것
도 챙겨주고 지나가면 인사도 해주고 그랬다. 그중에서도 지유
의 오빠인 재신이 제일 친절했던 것 같다. 도형 오빠도 그랬지만.

"다른 오빠들도 다 잘 지내지?"

"응. 근데 나도 거의 못 봐. 우리 남편 통해서 소식만 들어."

두 사람이 대화를 하는 중 현우가 다시 모습을 드러냈다.

"나머지 이야기는 자리 옮겨서 하시죠."

"좋아요."

두 여자는 자리를 정리하고 일어났다. 현우를 따라 나가며 지유
는 팔꿈치로 제 친구의 옆구리를 찔렀다.

"야. 밝은 데서 보니까 더 잘생기셨다. 슈트핏이 아주."

"최고지?"

"인정. 현우 씨 비율은 이 세상 비율이 아니야."

지유는 앞서 걷는 현우와 지나가면서 스치는 남자들을 번갈아
보았다. 그럴수록 제 친구의 남편 될 남자가 이 세상 비율이 아니
라는 걸 통감할 뿐이었다.

"도형 씨도 잘생겼잖아."

"응. 우리 남편도 한 인물 하지. 그런데 봐봐. 원빈, 현빈, 공유,
차은우 다 다르게 잘생겼잖아. 누굴 봐도 눈 호강인 거지. 잘생긴
사람들을 보면 마음의 양식이 쌓이는 기분이야."

"네가 잘생긴 남자를 이렇게 좋아했나?"

"나이 드니까 그렇더라."

지수는 친구의 팔에 팔짱을 끼었다. 건물을 나가자 현우의 차가
바로 앞에 서 있었다. 기사가 내려 차 문을 열기도 전에 현우가 먼

저 뒷좌석 문을 열었다. 지수는 지유와 함께 뒷좌석에 탔고, 현우
는 기사가 열어준 앞좌석에 올라탔다.

"출발하죠."

현우의 지시에 따라 기사는 차를 출발했다. 세 사람을 태운 차
는 금요일을 맞이하여 사람들로 꽉꽉 넘치는 골목으로 들어가 강
남을 벗어났다.

세 사람이 도착한 곳은 유명 호텔의 루프탑 바(Bar)였다. 탁 트
인 공간에 아름다운 도심 야경이 한눈에 들어왔다. 가방을 자리
에 두고 두 여자는 일어나서 루프탑 바(Bar)를 구경했다. 오직 이
곳을 위한 DJ 공연도 한창이었다.

"우와. 야경 최고다."

"그러게."

지유는 지수를 끌고 자리로 돌아왔다.

"현우 씨, 감사해요. 덕분에 좋은 곳 구경하네요."

"아닙니다. 좋아하셔서 다행이네요. 평소에는 여기서 라이브밴
드 공연도 하고 그래요. DJ 공연이라 좀 시끄럽지 않으세요?"

"아뇨. 너무 좋은데요!"

현우는 고개를 주억거리며 부드럽게 웃었다. 지수는 현우의 옆
자리로 와서 앉았다. 현우가 미리 주문한 건지 금세 보드카와 안
주가 테이블 위에 놓였다. 지유와 지수를 위해 현우는 맥주도 따
로 주문했는데, 두 여자는 보드카에서 눈을 떼지 않고 있었다.

"보드카, 괜찮겠어요?"

"네. 그럼요. 섞어 마실 거잖아요."

지수가 입맛을 다셨다.

"이런 야경에 맥주만 마실 순 없죠! 술을 안 마시던 사람도 마시고 싶게 만들 야경이에요. 집에서 보는 야경하고는 또 다르네요. 지수야, 나 오늘 나오길 진짜 잘했다. 속이 뻥 뚫려."

"정말? 다행이네. 그래도 술은 조금만 마셔."

"응. 그래야지. 어? 우리 남편도 애들 재워놓고 나온다는데?"

"그래도 돼?"

"응. 집에 이모님들 계셔서 괜찮아, 잠깐씩 나오는 건. CCTV도 있어서 핸드폰으로도 애들 잘 자는지 볼 수 있거든."

남편이 데리러 온다는 말 때문인지 지유는 고삐 풀린 망아지처럼 술을 마셨다. 지수는 친구를 걱정하면서도 오랜만에 신난 친구를 맞춰주었다.

"우리 지수, 학창 시절에도 인기 많았죠?"

"그렇죠. 싸장님. 정확하게 보셨네요."

"그래도 집이 엄해서 남자는 안 만났다고 하던데요."

"왐마. 싸장님. 아이돌들 연애 금지령이 있어도 다들 어떻게든 다 만나는데, 엄하다고 안 만났겠습니까? 몰래몰래 다 하죠."

"야! 유지유!"

지수는 지유의 입을 손바닥으로 막았다. 갑자기 왜 과거 조사냐고! 술기운이 확 가시는 기분이었다.

"농담이에요. 고백은 꽤 받았는데 마음을 준 애는 없었어요. 그래서 이렇게 남자 친구라고 소개받는 것도 처음이고, 결혼한다니까 제가 눈시울이 다 붉어지네요."

지유의 눈가가 조금씩 촉촉해졌다.

"야, 왜 울려고 그래. 나도 속상하게."

"기집애. 너도 내 결혼식 때 나보다 더 울었잖아."

"그랬지. 내가 잘 아는 사람한테 보내는데도 눈물 나더라."

지수는 그때가 생각나는지 지유처럼 눈시울이 붉어졌다. 옆에 있던 현우가 지수에게 손수건을 건넸다. 그러고는 어깨를 감싸 제 품으로 당겼다.

"지유 씨, 괜찮아요?"

"네. 좋은 자리인데 갑자기 감정이 복받쳐서. 제가 지수 진짜 어릴 때부터 봤거든요. 친구라서가 아니라 진짜 진짜 좋은 애예요. 예쁘고, 똑똑하고. 현우 씨가 좋은 사람이라서 다행……이…….."

말을 하다 말고 지유가 테이블로 엎어졌다.

"어째 술을 과하게 마신다 했더니. 제 친구가 출산하고 금주였다가 오늘 처음 마신 거거든요. 안 마시다 마셔서 더 취한 거 같은데."

지수는 어깨에 있는 현우의 손을 내리고 제 친구를 살폈다.

"유지유. 지유야."

"응."

"도형 오빠 곧 오겠지만, 정신은 차리고 있어야지."

"으응."

반쯤 눈을 떴다가 감았다가 피곤한지 고대로 새근새근 자는 지유를 보며 지수는 고개를 절레절레 흔들었다. 때마침 지유의 핸드폰이 울렸다. 삼십 분 내로 오겠다던 도형이 오고 나서야 술자리는 마무리될 수 있었다. 도형은 지유를 번쩍 안아 들고 엘리베이터를 탔다. 현우는 엘리베이터 버튼을 눌러 닫히지 않도록 했다.

"다음번에 정식으로 다시 인사드리겠습니다. 오늘은 보다시피 아내가 잠들어서 먼저 가 봐야 할 거 같아요. 지수야, 결혼 축하하고. 그럼 결혼식 날 보자."

"네. 오빠. 지유 많이 피곤한가 봐요. 얼른 들어가세요."

"그래. 그럼 다음에 뵙겠습니다."

"네. 조심히 가세요."

현우와 도형은 다음을 기약하며 오늘은 통성명만 마쳤다.

"현우 씨, 우리도 그럼 갈까요?"

시간이 늦었는데. 지수가 핸드폰 액정 불을 켜서 시간을 보여 주었다. 그러나 현우는 꿈적 않고 있다가 상체를 숙여 눈높이를 맞췄다.

"지수야."

"네?"

아주 다정한 눈빛으로 사람을 녹일 것처럼 쳐다본다. 이 남자가 왜 이러는지 몰라 지수는 미간을 좁혔다.

"오늘 자고 가."

"오늘?"

"응."

"지유 만난다고 하긴 했는데."

결혼을 앞두고 있어서 어느 정도 부모님께서 눈을 감아주긴 하지만 그래도 눈치는 보이는데. 지수가 어물쩍거리자 현우가 엘리베이터 버튼을 눌렀다. 문이 열리자 먼저 탄 현우가 그녀에게 손을 내밀었다.

"같이 있고 싶어. 얼른."

그가 손을 내민 채로 흔들었다. 얼른 잡으라고 종용하는 그 손을 뿌리치지 못했다. 그녀가 그의 손을 잡자마자 현우는 손에 힘을 줘서 그녀를 당겨 안았다. 엘리베이터는 펜트하우스 층으로 향하고 있었다.

룸에 도착하자마자 두 사람은 입술을 부딪쳤다. 입술이 닿기 무섭게 현우는 그녀의 입술 안으로 파고들었다. 몸이 달아오를 만큼 뜨거운 키스가 이어졌다. 지수는 그런 그가 좋아 두 팔로 그의 목을 감았다. 현우는 매번 그녀를 향한 사랑을 주체하지 못해 안달이 나고 급했다. 손이 그녀의 옷 속으로 파고들어 부드러운 살결을 만졌다.

"읏."

그녀의 탄성을 시작으로 현우는 겨드랑이에 손을 넣어 지수를 번쩍 안아 올렸다.

"현우 씨."

"아래에서 보니까 더 예쁘네. 지수야. 사랑해."

그는 그녀의 두 다리를 허리에 감게 하고, 침대로 이동하면서 하염없이 그녀의 입술과 볼에 키스를 뿌렸다. 얼른 거추장스러운 옷을 다 벗겨버리고 싶었다. 목이 탄 그가 그녀를 침대에 내려놓고 넥타이를 잡아 뺐다. 셔츠 단추를 푸는 손길이 급했다. 바닥에 셔츠를 내동댕이친 후 그는 무릎으로 침대를 누르며 위로 올라왔다.

"지수야."

"응?"

그는 그녀의 위로 올라와 두 볼을 손으로 감쌌다. 당장에라도 입술을 뺄 기세로 가까이 다가온 그가 가볍게 쪽 하고 입맞춤을 남겼다.

"사랑해."

그러고는 귓불에도 입을 맞추며 사랑을 속삭였다. 다시금 그녀의 입술을 머금은 그가 마음껏 그녀를 탐했다. 뜨거운 숨이 동시에 터지고 두 사람의 몸에서 나는 열기가 호텔 방을 데웠다. 참을 수 없다고 느낄 때쯤, 현우가 그녀의 옷을 하나둘씩 벗기기 시작했다.

위를 올려다본 지수의 눈이 현우의 얼굴을 응시했다. 눈, 코, 입 모든 게 작품 같았다. 모여 있어도 작품이고, 하나하나 보아도 걸작이다. 안달 난 그의 눈동자가 평소보다 더 짙어졌다. 그의 좁혀진 미간을 보며 그녀는 짜릿한 희열을 느꼈다. 열감으로 데워진 몸은 평소보다 더 뜨거웠다. 그의 살갗이 닿자 몸에 소름이 돋는다. 이 남자가 주는 쾌락이 어떤 건지 아는 몸은 앞으로의 상황을 더욱 기대하고 있었다.

"현우 씨."

"응."

그는 그녀의 입술에서부터 턱으로 내려왔다. 숨결이 목 언저리에서 느껴지자 그녀는 눈을 감았다. 아주 작은 무언가가 몸 위를 천천히 기어 다니는 기분이 든다. 간지럽고 주인의 의지를 배반한 몸이 맘대로 꽈배기처럼 꼬인다. 그의 입술이 점점 더 아래로 내려가자 지수는 감은 눈에 힘을 줬다. 눈가 옆에 옅은 주름이 생길 정도로 세게 감자 현우가 이불 속으로 그녀의 손을 잡아주었다. 그러나 입술은 멈추지 않고 원하는 곳에 안착했다. 살결을 머금은 입술에서 더운 숨이 터져 나왔다. 그 숨결이 온몸을 데우는 기분이 들어 지수는 발끝을 세웠다. 그의 등 뒤로 거대한 산처럼 덮인 이불과 단단한 그의 몸. 꼭 동굴 안에 있듯 따뜻함을 느끼게 했다. 더불어 어디에도 도망가지 못하고 짐승에게 잡힌 양이 된 것 같았다.

"지수야. 김지수."

"응?"

"오빠라고 불러 봐."

"싫어요. 이상해요."

오빠라니. 현우 오빠……

"아까 보니까 오빠 소리 잘하던데. 주변에 오빠도 많은데 나도 좀 끼워주지?"

"현우 씨한테 오빠 소리 이상해요."

갑을 관계로 지내서 그런 걸까. 아니면 현우 씨가 입에 배서 그런가. 그는 짓궂게 손을 내려 살결을 어루만졌다. 예민해진 몸은 움찔거리며 그의 손길을 반겼다.

"다른 남자는 다 되고."

"……"

"나는 안 된다는 거야?"

가까이 다가온 그가 귓불을 물었다. 제 몸 위가 꼭 제 것처럼 그는 본인의 영역을 넓혀 갔다. 박현우 거라고 온몸에 낙인을 찍는 것 같았다.

"하아……."

"나도 듣고 싶다고."

그가 살결을 빨며 말했다. 가녀린 어깨를 쥔 그의 손에 힘이 들어갔다. 빠는 힘이 거세질수록 지수는 눈앞이 하얗게 변했다. 어찌할 바를 모르고 허공을 휘젓던 손이 그를 잡았다.

"네 입에서 나오는 오빠 소리."

"으응……."

"그리고 나한테만 해주는 사랑한다는 말."

그의 입술이 지나가면 따가우면서도 온몸이 타버릴 것처럼 뜨거워진다. 더운 숨을 내뱉자 그의 손이 갈비뼈를 셀 것처럼 만진다. 더 아래로 내려간 손은 거침이 없었다.

"현우 씨……."

"응. 말해 봐. 얼른."

"사랑해요."

흥분에 겨워 반쯤 뜬 눈으로 말하자 그가 그녀의 입술을 핥았다. 눈가에 맺힌 한 방울의 눈물도 그의 입 속으로 들어갔다. 그는 그녀의 몸에서 나는 건 뭐든지 다 입으로 빨 작정인 것 같았다.

"나한테 안 할 거면, 다른 남자한테도 하지 마. 그 누구라도."

"도형 오빠는 어릴 때부터…… 웃."

"도형 씨."

"네, 도형 씨는. 나 중학교 때부터 봤던!"

지수의 눈이 커졌다. 잘 보이던 현우의 얼굴이 이불 속으로 숨은 것과 동시에 이불이 산처럼 솟구쳤다. 도대체 무엇을 하려고…….

지수는 손을 위로 뻗어 베개를 꼭 쥐었다. 참을 수가 없었다. 발끝을 세워 이불을 밀어내며 지수는 그의 입술을 견뎠다. 도형과 지유를 만나기 전부터, 그러니까 바(Bar)에서부터 질투에 눈이 멀었던 현우는 그녀의 입이 다른 이를 '오빠'라고 부르며 친근하게 군 순간부터 이성을 잃었다.

"제발, 그만해요. 응?"

안 보이니까 더 미치겠다. 잡을 수 없으니까, 제가 안 보이는 곳에서 어떤 식으로 할지 모르니까 더 고통스러운 것 같았다. 그녀는 지금 쾌락이 넘치면 고통이 될 수도 있다는 것을 몸소 깨닫는 중이었다. 그녀의 눈가에 눈물이 맺히고 입술에서는 셀 수 없이 그를 부르는 애처로운 신음이 나왔다. 그제야 현우가 이불 밖으로 모습을 드러냈다. 그의 입술은 평소보다 더 번들거렸다.

"중학교 때부터 봤던?"

"지유 친오빠의 친구……."

그의 눈빛이 가늘어졌다.

"네 과거에 오빠가 몇이나 있는 거야. 질투 나게."

"이런 거로 질투하는 사람이었어요?"

"이런 거로 질투 안 하는 남자도 있나? 내 여자의 과거에 오빠가 많다는데. 피도 안 나눈 오빠."

"유치해요."

"더 유치해져 볼까."

그는 씩 웃으며 이불을 들쳤다. 몸 위로 자리 잡은 그가 두 손을 잡아 깍지를 꼈다. 한 몸이 되기 전 행하는 의식처럼 그가 그녀의 볼에 가볍게 입술을 댔다가 뗐다.

"사랑해, 지수야."

"······."

"다 핑계고, 아까부터 이러고 싶었어."

다리로 그를 꽉 감은 그녀가 침을 꼴깍 삼켰다. 이번엔 그의 사랑을 버티리라 다짐하며.

"너무 예쁘고 사랑스러워서 아까부터 얼른 둘만 있고 싶더라."

"진짜로 내가 그렇게 사랑스러워요? 도대체 어디가?"

"다."

"정말로요?"

"응. 눈, 코, 입, 목, 가슴, 그리고······."

"알겠어요. 알겠어! 그다음은 알 거 같아요."

그의 손이 친히 짚어주자 지수는 절레절레 고개를 저으며 그를 말렸다. 단단한 가슴에 손바닥을 대자 그가 일부러 몸을 좌우로 움직였다. 손바닥에서 그의 뜨거움이 느껴짐과 동시에 간질간질 거렸다. 그 순간, 지유가 했던 말이 스쳤다.

'결혼 앞둔 지금은 제일 긴장 풀렸을 때거든? 상견례도 했고 결혼 확정됐으니까, 어차피 결혼할 거니까 피임을 놓치는 순간이 있다고. 이럴 때 제일 임신 확률이 높아져. 방심하면 안 돼.'

지수는 망치로 머리를 맞은 것처럼 벌떡 상체를 일으켰다. 초인적인 힘으로 현우를 밀어냈지만 그는 꿈쩍하지 않았다. 쿵 하고 머리를 부딪쳤지만 바위 같은 현우는 그대로고, 지수만 아파서 침대 위로 다시 털썩 누웠다.

"괜찮아?"

놀란 건 현우도 마찬가지였다.

"안 괜찮아요. 너무 아파."

지수는 손바닥으로 이마를 꾹꾹 누르며 인상을 썼다. 아파서 손으로 누른 채로 눈을 감자 그가 호호 하고 바람을 불어주었다.

"왜 갑자기 일어나고 그래?"

"아니, 콘돔. 콘돔이 없잖아요!"

"오늘, 깜빡했어."

평소엔 잘 챙기던 사람이 하필 오늘은 왜…….

"네 친구 소개받는 자리라 호텔 갈 거라 생각 못 했어. 하필 그게 저번에 딱 떨어져서. 이대로 우리, 안 될까?"

그는 참기 힘든지 몸을 비틀었다. 그러나 그녀는 매몰차게 발로 그를 밀어냈다.

"제발."

"……."

"살려 줘."

"현우 씨."

"지수야, 제발."

나 죽어. 이대로는.

현우의 표정을 보면 다 들어주고 싶어진다. 불쌍한 표정은 또 왜 이렇게 잘 짓는 건데. 이 사람 연기자 해도 되겠어. 지수는 이로 입술을 질끈 물었다.

'너도 조심해. 특히! 결혼 전에.'

그 말이 다시 한 번 머릿속을 스쳤다. 꼭 지유가 옆에서 말하는 것 같았다.

"안 돼요!"

"……."

"나가서 지금 사 와요. 아니면 내가 사 올까?"

"단호하네. 우리 지수."

그는 그녀의 볼을 꼬집으며 몸을 일으켰다. 콘돔을 사러 나갈 줄 알았는데 그는 침대에서 일어난 채로 욕실 쪽으로 향했다.

"으응? 현우 씨, 오늘 이대로 끝나는 거예요?"

나가는 게 그렇게 귀찮았나.

"아니. 그럴 리가. 흥분한 몸으로, 내가, 나갈 순 없잖아."

"아……."

그 생각을 못 했네.

욕실로 들어가는 뒷모습이 짠했다. 그러나 거기에 넘어가면 안된다. 지수는 아이는 계획하에 이루어져야 한다고 생각하는 주의였다. 아무리 혼수로 아이를 데려오는 시대라고는 하지만, 그녀는 동의하지 않는 편이었다. 그건 부모님의 교육 철학과도 맞물려 있었다. 어차피 한 달 뒤에는 결혼할 거지만, 그래도 아직은…… 아직은 아니었다.

욕실에서는 물소리가 났다. 현우의 몸으로 뿌려질 물줄기를 생각하며 지수는 눈을 감았다. 청각에 의지하니까 더 야한 기분이 든다. 이미 한번 달궈진 몸은 아직 식지 않은 상태였다. 이마는 아픈데 몸은 뜨겁고, 물소리는 야하고 머릿속은 어지럽고. 이대로 욕실 문을 열고 들어가서 그냥 안겨? 아니야. 그건 아니야. 천사와 악마가 대치하는 것처럼 머릿속에서 서로의 주장을 펼치고 있었다.

✻

샤워를 해서 몸을 식힌 후 현우는 테라스로 나갔다. 실크 가운을 걸친 그가 다리를 꼬고 앉아 턱을 괬다. 그놈의 콘돔. 그걸 누군가가 사서 이곳으로 올 동안, 그는 밤바람을 쐤다. 서울 야경이 이렇게도 야했나. 미치도록 섹시하네. 큰 손을 쥐었다 펴며 그는 와인 잔을 크게 감쌌다. 그때, 테라스 문이 열리고 지수가 안으로 들어왔다. 그와 같은 가운을 걸친 상태였다.

"왜 여기 있어요?"

"몸이 안 식어. 찬물로 씻어도."

그가 턱을 내려 아래를 보았다.

"그, 그래도 아까보다는."

"임시방편은 했지."

현우는 턱을 괸 채로 가운 사이로 나타난 살결을 보며 숨을 참았다. 하늘에 뜬 달덩이보다 예쁜 게 여기 있는데, 손을 대지 못하다니.

"얼른 결혼해야겠어."

"왜요? 콘돔 때문에?"

"아니."

그는 그녀의 머리카락 끝을 만지작거렸다.

"나 남친 말고 당신 남편 하고 싶어."

"내가 아까 말을 잘못 했나 봐요. 예비 신랑이라고 할걸."

"그것도 싫어. 예비 말고 진짜 남편."

"예비 신랑은 고작 한 달인데요? 진짜 남편 얼마 안 남았는데."

"그걸 못 참겠으니까 이러지."

현우의 말에 지수는 헛웃음을 지었다. 웃는 게 예뻐서 몸이 또 반응을 한다. 그는 자신이 생각해도 중증인 것 같아서 그녀를 따라 웃었다.

"내가 예전에 대표님 태연해 보인다고. 그래서 나 좋아하는 거 같지 않다고 그랬잖아요."

"응."

"지금 모습 보니까 그때 나한테 완전 빠졌던 건 아니라는 확신 이 생겼어요."

"왜?"

"지금은 못 참잖아요. 참을성 하나도 없어요, 당신."

"그걸 이제 알았어? 그땐 손을 댈 수 없으니까. 죽을힘을 다해 참고 있었다고."

"……."

"지금도 마찬가지고."

머리카락을 만지작거리던 손길이 순식간에 가운 사이로 들어 왔다.

"아니다. 지금은 다른가?"

그의 미소가 짓궂게 변했다.

갈증이 일었다. 목부터 입술까지 다 말라버린 것처럼 퍼석퍼석하다. 지수는 손을 옆으로 뻗어 더듬거렸다. 적셔줘. 찢어진 입술에선 피 맛이 났다. 손에는 단단하면서도 부드러운 살결이 느껴졌다. 아직 몽롱한 그녀는 게슴츠레 눈을 뜨고 몸을 옆으로 굴렸다.

"으음."

내가 언제 잠에 들었더라. 어제 테라스에서 예비 신랑의 입술 끝이 비틀리는 걸 보았다. 그의 손이 가운 사이로 들어왔고. 그다음은 그의 심부름을 하는 직원이 펜트하우스로 올 동안 그는 작정한 사람처럼 그녀의 몸을 달궜다. 마지막 순간에 콘돔이 없어서 피하던 자신을 놀리는 것처럼, 그의 손길은 교묘하게 야릇했다. 그리고 그의 손에 그녀를 가져도 될 무기가 들어온 순간, 짐승처럼 그녀에게 달려들어 덮쳤다. 그녀만 느끼는 동안 참았던 것을 보상받듯이 그는 그녀의 몸이 다치지 않게 살뜰히 살피면서도 자신의 욕망을 꺼뜨리지 않았다.

"하아……. 목말라."

손발이 간헐적으로 떨릴 때까지 현우는 그녀를 안았다. 이 남자가 새삼 얼마나 정력이 강한지 깨달은 밤이었다. 나름 댄스로 운동 열심히 하고 유연성도 좋다지만, 현우에게 댈 게 아니었다. 그녀는 검지로 입술을 만졌다. 예상대로 퉁퉁 부어 있었다.

"현우 씨."

"으응?"

아직 잠에 취해 있는 그가 그녀의 부름에 눈을 떴다. 한쪽은 감은 상태로 한쪽 눈은 반만 뜬 채였다.

"여기 건조하지 않아요?"

"으응. 몰⋯⋯라."

"지금 몇 시예요? 현우 씨 옆에 핸드폰 좀 줘요."

"으응."

대답을 하는데 몸은 꿈쩍하질 않는다. 지수는 하는 수 없이 이불을 덮은 그의 몸 위로 타고 올라가 옆으로 손을 뻗어 핸드폰을 잡았다. 시간을 보니 아직 아침이었다.

"나 물 마시고 올게요. 좀 더 자요."

현우에게 말을 한 다음 그녀는 침대 밖으로 발을 내렸다. 그 순간 그가 그녀의 허리를 낚아챈 후 이불 속으로 넣었다. 단단한 그의 다리가 그녀의 몸 위에 놓이고 그녀는 그의 품에 쏙 안겼다. 순식간에 일어난 일이었다. 말끔히 눈을 뜬 그가 턱을 내려 그녀를 바라보고 있었다.

"현우 씨, 깬 거예요?"

"응."

"언제요? 방금까지 눈도 못 떴는데."

"내 배 위에서 네가 핸드폰 볼 때."

그렇게 무거웠나? 침대 밖으로 나와 빙 둘러 가면 머니까 그의 몸을 타고 협탁으로 손을 뻗은 건데 말이다. 거의 죽은 듯이 자던 그가 잠에서 깰 정도라니.

"날 깨웠으면."

그가 그녀의 몸으로 밀착했다.

"책임을 져야지."

"무슨 책임⋯⋯!"

그녀는 그의 노골적인 요구에 손으로 그의 가슴을 꼬집었다.

248

"나 목말라요. 배고프고!"

"난 네가 고파."

"나 씻고 싶어요. 지금 온몸이 아파서 두들겨 맞은 거 같다고요."

그 말에 그는 그녀의 몸을 만지던 손을 뗐다.

"많이 아파? 어디가 어떻게 아픈데?"

걱정하는 얼굴을 보니 너무했나 싶은 생각이 든다. 지수는 고개를 저었다.

"안 쓰던 근육을 써서 당기는 거예요. 많이 아픈 건 아니고."

"자제해 볼게."

"정말요?"

"같은 집 살면 자제되겠지."

현우는 혼잣말처럼 중얼거렸다. 그러나 지수는 당분간은 그가 자제하지 못할 거라 생각했다.

"맞다! 현우 씨, 나 다음 주에 사랑니 발치해야 해서 반차 내요. 실장님께 이미 들었나?"

"아니. 못 들었어."

지수의 말에 그가 미간을 좁혔다.

"반차로 되겠어? 연차 내. 많이 남았던데."

"그날 오전에 당신 TG 전자 대표님과 미팅 있어서 끝나면 가려고 일부러 반차 낸 거예요. 자료 찾아서 보고서 냈는데, 그래도 대기하고 있어야 마음이 편해요."

"병원을 다른 날로 잡지."

"회사 주변 치과가 은근히 예약하기 힘들어요."

"치과면…… 내가 예약할게."

현우가 핸드폰을 가져와 저장된 목록을 보기 시작했다. 지수는 얼른 그의 핸드폰을 낚아채 등 뒤로 숨겼다.

"큰 수술도 아니고, 고작 발치인데. 괜찮아요."

"그래도 편하게 받으면 좋잖아. 줘."

그가 손바닥을 내밀었다. 얼른 핸드폰을 달라는 의미였다. 그러나 지수는 그에게 핸드폰을 넘기지 않고 고개를 저었다.

"싫어요."

그녀는 가운을 입고 방을 나갔다. 현우는 부스스한 머리를 정리하며 발을 침대 밖으로 내려 바닥을 디뎠다. 그리고 제 예비 아내를 잡으러 가기 위해 일어났다. 경쾌한 아침이었다.

2

수요일 점심 식사는 서윤과 함께였다.

"이거 청첩장이구나. 와, 진짜 결혼하는구나."

"네. 언니. 팀장님이랑 같이 오세요."

"영후 씨?"

서윤의 볼이 붉어지는 걸 보며 지수는 새삼 연애가 대단하단 걸 느꼈다. 각목 같던 사람도 솜사탕처럼 만들고, 연애와는 거리가 멀어 보이던 서윤에게도 봄이 오고 말이다.

"이제 팀장 아닌데 익숙해서 자꾸 팀장님이라고 하네요. 영후 씨 잘 있죠?"

"그럼."

서윤이 휴직하고 얼마 안 있다가 영후는 본래 회사로 돌아갔다. 서일 건설 TF팀은 전략기획본부에 소속되면서 자연스럽게 해체되었다. 서일 건설에서 새로운 사업을 위해 인수를 하거나 합병을 한 중소업체들을 정리하는 업무를 한다고 들었다. IT를 기반으로 한 인공 지능 사업도 포함되어 내년부터는 전폭적인 지원에 들어간다고 한다. BH와 함께 해외에 인공 지능 센터 설립이 기획 중이고, 완공되는 즉시 내로라하는 교수진들을 그쪽으로 보낼 계획이라고 들었다.

"지수 씨 결혼하는 거 보니까 희망이 생기네. 설득하느라 힘들었지?"

"아뇨. 사정이 있어서 말씀드리긴 그렇지만, 얼떨결에 받았어
요."

회장님의 병환이 깊어지면서 얼떨결에 결혼 승낙을 받았다. 물
론, 그 사이에서 현우가 무척 노력했단 건 알지만. 그로 인해 회사
에 아예 발목이 잡힐 거란 것도 알고 말이다.

"윤호도 잘 있죠?"

"그럼. 많이 밝아졌어. 선생님들도 우리 윤호 엄청 밝아지고 친
구들하고도 잘 어울린다고 하더라. 주말에는 밖에 놀러가거나 아
니면 둘이서 요리를 하거나 청소를 하거나. 뭐든 같이하고 있어.
근데 말이야. 회사에 있을 때보다 백배 천배는 화가 더 나는 거 같
아. 내가 마녀가 된다니까?"

"마녀요?"

"응. 거울 보면 눈이 이렇게 죽 째지고 인상 팍 찌푸리고 있더
라고."

지수는 키득거리며 웃었다. 서윤이 손으로 눈을 잡아당기고 인
상을 쓰자 웃겼다.

"차라리 일할 때가 나았다 싶어."

"그렇게 힘들어요?"

"응. 세상의 모든 엄마들을 존경하게 됐어. 장장 24시간을 시달
리는 느낌이야. 자고 일어나면 삭신이 쑤시고. 자도 자도 피곤해."

"근데, 언니 회사 다닐 땐 수다도 못 떨 정도로 피곤해하셨어
요. 차라리 지금처럼 눈이 위로 올라간 게 낫네요. 그땐 처져 있
었거든요."

어쩔 수 없이 웃어야 될 상황엔 웃지만, 서윤은 옆에서 보기에도 벅차 보였다. 힘들어 보이고. 지금은 마녀라고 하지만 생기가 넘쳤다.

"그리고 그때도 언니 집에서 윤호랑 놀아주고 병원 쫓아다니고 그랬잖아요. 일한다고 윤호한테 신경 못 써준 거 아니에요. 육아랑 일을 병행하고 버틴 게 대단한 거였죠. 전 못했을 거예요."

회사 일만으로도 벅차다. 가끔 놓친 게 있나 싶어서 자다가도 일 생각이 나고, 아침에 깨면 핸드폰에 온 연락은 없는지 스케줄표와 메일함을 먼저 보게 된다. 자기 전에도 마찬가지고. 일이라는 게, 사람이 쉬면 쉴수록 다음 날 쌓여 있다. 하나를 쳐내면 두세 개가 그녀에게 떨어지고, 업무 속도가 향상될수록 주어진 업무도 배가 된다. 그래서 항상 숨이 차서 허덕이는 느낌이다. 그 길을 먼저 갔던 서윤은 거래처에서도 연락 빨리 되기로 유명한 담당자였다. 퇴근 이후, 새벽 할 것 없이 소통이 잘 되는 담당자.

"지수 씨, 우리 커피 마시고 일어나자. 이제 집 가서 빨래하고 윤호 만나러 가야 할 거 같아."

"네. 저도 오늘 사랑니 발치해야 해요."

"사랑니?"

"네. 한동안 안 나던 게 요새 쑥쑥 자라서 잇몸이 아파서 발치 결정했어요."

"아주 사랑이 싹트나 보다. 대표님하고."

음흉하게 웃는 서윤을 뒤로하고 지수가 손사래를 쳤다.

"그런 속설을 믿어요? 성인이 되면 자연스레 사랑니가 자라는 거래요."

사랑하면 사랑니가 난다는 건 근거 없는 말이다. 20대 후반까지 자랄 수 있다고 의사 선생님께서 말씀하셨다. 이건 지극히 정상적인 증상이라고……

"나 말고도 누가 많이 놀렸나 본데?"

"네. 제발요. 동생도 엄청 놀리더라고요."

지훈이 오늘 아침에도 그녀를 놀렸다.

'어이, 사랑받는 여자. 발치 파이팅!'

누나한테 사랑받는 여자라니……. 꿀밤을 제대로 박아주고 나왔지만, 자꾸 그렇게 놀리니까 괜히 민망해진다.

지수는 서윤과 헤어진 후 긴장한 채 치과로 향했다. 이 모양에 웃고 있는 로고를 본 순간, 심장이 크게 뜀박질하기 시작했다. 저승으로 제 발로 걸어 들어가는 기분이 들었다.

현우는 집무실에서 인터폰을 눌렀다.

- 네, 대표님.

"유 실장 잠시 들어오라고 전해줘요."

- 네, 알겠습니다.

비서와의 연락 후 현우는 결재철을 덮었다. 서류가 덮이는 소리와 함께 성우가 대표이사실 안으로 들어왔다.

"대표님, 부르셨습니까?"

"응. 우리 오후에 있을 기획본부와의 회의는 내일 오전으로 조정 가능한가?"

"조정하겠습니다."

"고마워."

"어디 가십니까?"

의자에서 일어나는 현우를 보며 성우가 물었다.

"치과."

"치과요? 윤 박사님께 연락 넣겠습니다."

"아니야. 됐어. 나 말고."

현우가 고개를 저었다. 아무래도 걱정돼서 앉아 있을 수가 없었다. 윤 박사님과 안 그래도 어젯밤 잠깐 통화를 하였는데, 사랑니 발치 부작용에 대해 들었다. 동네 병원 말고 대학 병원에서 하는 게 좋다는 말을 듣고 아침까지 지수를 말릴까 수도 없이 고민을 했다. 말리지 못할 거면, 어떤 상황이 일어날지 모르니 가서 대기하고 있어야 마음이 편할 것 같았다.

"지수 씨 사랑니 발치 때문에 가시는 겁니까?"

"응. 윤 박사님과 통화했는데 경험이 많지 않은 의사는 위험할 수 있다네."

"……."

"왜?"

"아뇨. 그냥. 나중에 지수 씨가 출산하게 되면 대표님께서 어떠실지 상상해봤어요. 출산 예정일 앞뒤로 일주일은 꼭 빼둬야겠구나 싶어서요."

"앞뒤로 일주일?"

"네."

현우가 잠시 미간을 좁혔다. 마음에 들지 않을 때 나오는 표정이었다. 긴장한 성우가 자신이 너무 편하게 농담을 던졌나 싶어 머리를 숙이고 사과를 전했다.

"죄송합니다."

"아니, 유 실장이 죄송할 건 없지."

현우는 엄지로 턱을 쓸며 이로 입술을 물었다. 고민하는 기색이 역력했다. 성우는 도대체 무엇을 잘못 말한 건지 몰라 가슴을 졸였다.

"앞뒤로 일주일은 짧은 것 같네. 통틀어 한 달은 같이 쉬어야겠어."

"네? 한 달이나요?"

"이때까지 못 쉰 거 한 번에 쉬지, 뭐. 출산이 얼마나 산모에게 위험한데. 살뜰히 옆에 있어줘야지."

현우는 입을 벌리고 굳어 있는 성우의 어깨를 눌러주고 대표이사실을 나왔다. 성우는 그런 그의 뒤를 빠르게 쫓았다.

✳

지수가 예약한 치과는 예약 환자 위주로 진료를 보는 곳이라 한산한 편이었다. 지수는 대기석이 아닌, 진료실에 이미 들어가 있는지 보이지 않았다.

"예약하셨습니까?"

치과에서 근무하는 직원들은 저마다 현우와 성우를 보며 속닥거렸다.

"연락처와 성함 남겨 주시면 오늘 가능한지 바로 확인해 보겠습니다. 저희가 예약제로만 운영되긴 하는데, 블로그 보고 오셨나요? 이 근방에서 회사 다니시나 봐요."

그중 한 명은 직접 나와서 그들에게 화사한 미소를 보이며 이것저것 묻기 시작했다.

"아닙니다. 저희 환자로 온 건 아닙니다."

"혹시 제약 회사에서 오신 건가요? 저희 원장님께서 제약 회사에서 오신 분들은 다 돌려보내라고 했는데……. 우선, 이쪽으로 와서 얘기 나누시죠."

실장 직함을 달고 있는 직원이 그들을 미팅룸으로 안내했다. 현우의 눈엔 이미 그들은 보이지 않고 안에서 나는 소리에 집중하고 있었다, 성우는 그 옆에서 난처한 표정을 지으며 손사래를 쳤다.

"저희 제약 회사 영업자 아닙니다. 안에 환자분 기다리는 중……."

'아, 아파요. 마취가 안 된 것 같아요.'

안에서 나는 목소리를 들은 현우는 성큼 걸음을 옮겼다. 분명 지수의 목소리였다.

"대, 대표님!"

성우는 커진 눈으로 현우의 팔목을 덥석 잡았다.

"잠시만요. 릴랙스. 이렇게 갑자기 들어가시면 원장 선생님께서 놀라셔서 사고 날 수 있다고요. 잠자코 기다려 봅시다."

"사랑니 발치를 하는데 마취가 안 됐다잖아. 너무 아파서 얼굴이라도 잘못 움직였다가 안에 잇몸 찢어질 수도 있다고."

"네, 네. 일단 앉아서 기다려 봐요."

성우는 현우의 팔을 당겨 소파에 앉게 했다. 상사에게 이런 모습이 있었나. 앉아 있으라니까 금세 다시 일어나서 주변을 서성거린다.

"안에 김지수 씨 발치 얼마나 더 기다려야 합니까?"

현우는 데스크로 와서 직원에게 물었다. 그의 얼굴을 황홀하게 보던 직원은 움찔하며 옆 사람 옆구리를 팔꿈치로 찔렀다.

"네, 네. 곧 끝납니다. 잠시만요."

직원은 진료실 안의 상황을 볼 겸 안으로 들어갔다. 그 직원이 다시 나오기까지 억겁의 시간이 흐른 것 같았다.

"다 끝나고 꿰매고 있다고 하네요."

"잘 끝난 겁니까?"

"네. 근데 무슨 사이신지요?"

환자의 정보를 함부로 유출할 수 없었던 직원은 설마 아니길 바라는 마음으로 그에게 물었다.

"제 아내입니다."

"네?"

한동안 정적이 흘렀다.

"아내분이시군요!"

그 정적을 깬 건 치과 실장이었다.

"신혼부부이신가 봐요. 발치는 잘 이루어졌고요. 위험한 수술은 아니었습니다."

그때, 지수가 진료실 안쪽에서 손바닥으로 볼을 누르며 나오는 게 보였다. 핸드폰 케이스에서 카드를 꺼내는 모습을 보며 현우는 그녀에게 다가갔다.

"괜찮아?"

"앗."

놀란 지수가 핸드폰을 떨어뜨렸다. 핸드폰은 케이스와 분리되며 카드 또한 여기저기 흩어졌다.

"여긴 어쩐 일이에요? 말도 없이. 오늘 안 바빠요?"

그녀는 솜을 물고 있어서 발음이 정확하지 않았다. 그러나 현우와 성우는 그녀의 부정확한 발음도 표정과 입 모양으로 알아듣고 있었다.

"걱정돼서."

"설마 나 사랑니 발치하는 게 걱정돼서 온 거라는 말은 아니겠죠?"

지수의 미심쩍은 표정에 옆에 있던 성우가 고개를 위아래로 주억거렸다. 진실을 확인한 지수의 눈이 커졌다.

"진짜요?"

현우는 지수와 성우의 표정을 보며 그제야 민망함을 느꼈다. 너무했나.

"이러면 나중에 나 출산할 땐 어쩌려고 그래요."

지수의 핀잔에 이번에도 성우가 나섰다.

"안 그래도 한 달은 휴가 내신다고 합니다."

"뭐라고요?"

말을 하다가도 아픈지 지수가 인상을 찡그렸다.

"더 말하지 마. 아파 보여."

현우의 말에 지수는 고개를 위아래로 끄덕였다. 그녀 또한 피가 멎을 때까지 솜을 물고 있어야 하는지라 더 말을 하는 건 무리라고 생각한 듯했다. 현우는 지수보다 먼저 카운터로 와서 카드를 내밀었다. 지수가 고개를 저으며 카드를 내밀려고 하자 현우가 손으로 막았다.

"이거로 계산 부탁합니다. 발치 후 주의해야 하는 사항 브로슈어 있으면 1부 부탁드립니다."

"브로슈어까진 없고요."

직원은 계산을 한 다음 프린트물 한 장을 주었다. 솜을 얼마나 물고 있어야 하는지와 관리법이 적혀 있었다.

"피가 안 멎으면 소독한 솜 갖고 계시다가 교체하고 다시 물고 계시면 됩니다. 그래도 피가 안 멈추면 다시 병원으로 오시고요. 당분간 반대쪽으로만 식사하셔야 하고, 내일 소독하러 나오실 수 있으면 오시고요. 다음 주에 실밥도 풀어야 하니 한 번 더 나오셔야 합니다."

"알겠습니다."

꼭 발치를 한 사람이 본인인 것처럼 현우는 진지하게 직원의 말을 들었다. 지수는 직원들의 수군거림을 느끼며 볼을 감싸던 손으로 얼굴을 가렸다.

현우는 집으로 그녀를 데려온 후 얼음찜질 팩을 들고 안방으로 향했다. 다행히 집으로 오는 동안 피는 잘 멎은 것 같았다.

"얼음 팩 볼에 대고 있으라고 하더라. 괜찮아?"

"네."

이를 악물고 있는 지수는 겨우 '네'만 뱉었다. 시간이 지날수록 지수의 볼이 점점 붓고 있었다.

"아프긴 한데, 이 정도 극진한 대접은 아니어도 돼요. 현우 씨, 정말 나 아까 엄청 민망했다고요. 실장님 표정 봤어요? 그 치과에서 나 소독도 받아야 하고 실밥 뽑으러 가야 하는데, 거기 치위생사들 얼굴 어떻게 봐요!"

"소독할 땐 안 갈게."

"당연하죠."

그때도 따라오려고 했어요? 지수는 표정으로 황당함을 비췄다.

"걱정해줘서 고맙긴 한데 너무 극진한 대접이라고요, 현우 씨."

"알아."

지수는 예비 남편을 물끄러미 보다가 손을 잡았다.

"나 잘못될 일 없어요. 너무 걱정하지 말아요."

부모님이 교통사고로 돌아가시고 혼자 남은 현우의 마음을 알기에 지수는 그가 걱정되었다. 게다가 회장님의 병환이 갈수록 깊어지니 그의 불안이 커진 건 이해할 수 있었다. 회사에서도, 그녀와 있을 때도 그는 본가에 꽤 자주 들렀고, 박사님과 통화하는 횟수도 잦아졌다.

"현우 씨 두고 어디 안 가요."

고작 발치 하나에 마음 졸이지 말아요. 현우 씨. 그녀는 그를 안아주었다. 등을 쓰다듬으며 위로를 건네자 그는 긴 팔로 그녀의 몸을 감쌌다.

"응."

"다치지도 않을 거고, 아프지도 않을 거고. 현우 씨랑 결혼해서 오래오래 백년해로할 거니까. 날 믿어요."

몸을 안은 그의 팔에 점점 힘이 들어간다. 그러다 볼이 그의 어

깨에 닿자 발치한 부분이 묵직하게 아파 와서 인상이 찌푸려졌
다.

"아아…… 현우 씨, 나 볼."

"미안. 괜찮아?"

"네네. 괜찮아요."

그는 얼른 그녀를 품에서 놓고 걱정하는 얼굴로 돌아와 있었다.
그녀는 그런 그를 보며 피식 웃음이 나왔다.

"오늘 저녁은 죽 먹어야겠다."

"먹고 가. 이따가 집에 데려다줄게."

"그럼 그럴까요?"

얻어걸린 날이지만, 이렇게 함께할 수 있으니 좋았다. 고작 발
치 하나에 아픈 티도 내고 그의 옆에 딱 붙어 있으니 기쁨이 배
가 되었다.

"신혼집은 현우 씨 집으로 하기로 했고, 가구는 있는 거 쓰기로
했고! 웨딩드레스도 골랐고. 우리 준비 다 끝난 거죠? 신혼여행지
도 몰디브로 정해졌고!"

"응."

"근데 왜 실감은 안 날까요?"

"글쎄."

남편이 생긴다는 것 자체가 아직 확 와닿지 않는 것 같다. 청첩
장을 지인에게 주면서 결혼 소식을 알리는 순간에도, 축하한다
고 인사를 받을 때도 이상한 기분이 든다. 특히 결혼 상대가 박
현우라는 것도.

"같이 살면 그때 실감 나려나? 인터넷 보니까 남편이었다가 어

느 순간 가족이 된다는데. 현우 씨 변하면 너무 속상할 거 같아. 그러니까 너무 잘해주지 말아요. 사랑니 하나 뽑는데도 이렇게 오는 사람이 어느 날은 연락도 안 오고 이럼 나 너무 외로울 거 같아요."

"안 변해."

"정말이요?"

"응. 널 사랑하는 마음은 절대 안 변해."

변할지도 모르지만, 이 순간 이 대답을 듣고 싶었다. 변하지 않을 거라는 그 말을. 살면서 순간순간 우선순위가 바뀔 순 있어도 자신을 향한 그의 마음이 변하지 않는다면, 그녀는 그것으로 충분하다고 생각했다.

"사랑해요."

대학 병원 일인실 안에는 기계음만 가득했다. 집에서 더는 케어할 수 없는 상태가 된 회장님은 오늘도 응급차를 타고 병원으로 와야 했다. 김 박사님은 문을 닫고 나온 후 현우에게 전화를 걸었다. 더는 삶을 이어 가지 못하리라는 판단이 섰다. 췌장암 말기 환자가 지금껏 버틴 것도 대단한 것이다. 이미 전이될 대로 전이된 암세포는 환자에게 견딜 수 없는 통증만 줄 뿐이다. 그마저도 환자의 정신과 몸이 버티기 위해 노력했기 때문에 산 것이지, 저기 누워 있는 사람이 다른 이였다면 이미 이 세상 사람이 아니었을 것이다. 무엇 때문에 그리 견뎠는지 알기에 김 박사는 제 오래된 벗을 안쓰러운 눈빛으로 보았다. 자식을 먼저 보낸 아비의 심정이 느껴지는 듯했다. 이제 제 아들의 곁으로 갈 제 벗을 보는 김 박사의 눈에는 오랜 슬픔이 겹쳐 지나갔다.

- 네, 박사님.

"현우 군, 날세. 아무래도 마음의 준비를 해야 할 거 같네."

한동안 현우에게선 답을 듣지 못했다. 그대로 전화가 끊어졌지만 그 또한 핸드폰을 쥔 채로 자리를 벗어나지 못했다.

3

 세상은 변한다. 자연도 사시사철 몸을 달리하는데, 사람이라고 다를까. 현우는 이미 오래전 사람에 대한 기대를 접었다. 환경에 따라 사람이 변하는 건 자연의 이치처럼 당연한 것 같았다.

 변화는 인정해도 사라지는 건 다른 문제였다. 소중한 사람이, 내 가족이, 사랑하는 사람들이 오래도록 곁에 있었으면 하는 욕심은 매번 그를 좌절하게 했다. 죽은 듯이 누워 있는 할아버지를 보는 그의 눈빛에는 많은 감정이 스쳤다. 병실에 들어오기 전 김 박사님과의 면담에서 할아버지께서 그가 없을 때 얼마나 고통받으셨는지 귀로 듣고, 눈으로 보았다.

 췌장암 말기는 어떤 약을 써도 고통을 없애주지 못한다고 한다. 환자는 고통에 몸부림치며 차라리 죽여 달라고 그 순간 약을 쓰기도 한다. 이론으로 아는 것과 사랑하는 사람이 고통스러워하는 모습을 눈으로 보는 건 다르다. 그걸 본 이상 더는 살아 달라고, 견디시라고 쉽게 입에 올릴 수가 없었다. 고개를 숙이고 있던 그는 손에서 느껴지는 온기에 고개를 들어 옆을 보았다. 지수가 걱정스러운 표정으로 그의 손을 꼭 잡고 있었다.

 "괜찮아요?"

 "응."

 "고비는 넘기신 거 같아요. 적어도 오늘은 아닐 거예요."

"그러게."

정재계를 호령했던 인물이 한순간에 죽음의 경계에 있을 수 있을까. 현우는 주무시고 계신 할아버지에게 인사를 하고 병실 밖으로 나왔다. 그를 지탱하던 다리가 한순간에 풀리면서 그는 병실 밖 의자에 쓰러지듯 앉았다.

"십 분만 앉았다가 가자."

"현우 씨, 여기 있어요. 나 때문에 나올 필요는 없어요."

"아니야. 나도 가야지."

그는 마른세수를 했다. 얼마 남지 않았다는 김 박사님의 말은 앞으로 더욱 탄탄히 준비하란 뜻도 포함되어 있었다. 결혼식까진 보고 가시지. 조금만 더 기다려주시면 좋을 텐데. 목으로 사람 주먹만 한 공이 지나가 가슴에 탁 박힌 것처럼 답답했다. 아니, 송곳으로 같은 곳을 찌르는 기분이기도 했다.

"가자."

"정말 여기 안 있어도 되겠어요?"

"응. 집에 가서 해야 할 일이 있을 것 같아."

"그래요. 현우 씨. 무리하진 마요."

지수의 위로를 들으며 현우는 그녀의 손을 잡은 채로 의자에서 일어났다. 볼이 퉁퉁 부은 그녀가 아픈 것도 잊고 그를 살뜰히 걱정하고 있었다.

"지수야. 약은?"

"현우 씨 집에 두고 온 거 같아요."

"안 아파?"

"음. 얼른 집에 가서 약 먹어야겠어요. 목이 붓고 있는 것 같아요."

지수는 턱 아래를 손으로 만지며 인상을 찌푸렸다. 그들이 병실을 나오자 때마침 성우에게서 전화가 왔다.

"여보세요."

– 대표님 어디세요? 저 병원 앞에 도착했습니다.

"회장님 뵙고 이제 집으로 가려고 나가고 있어."

– 네. 대표님, 그런데 지금 정문에 기자들 있습니다.

"정문에?"

– 네. 아무래도 회장님 소식을 들은 것 같습니다.

피라미드 꼭대기에 있는 통치자가 죽음의 고비에 있다는 건, 주식에도 큰 영향을 미친다. 아직까지 많은 이들이 BH와 경제 발전을 이룩한 인물로 박 회장을 꼽았다. 그만큼 사회에 큰 영향을 끼치고 베풀기도 많이 베풀었다. 그런데 지금 이 소식이 알려진다면, 한동안 뉴스 기사에 BH에 대한 이야기가 도배될 것이다. 그러나 계속 숨길 수도 없는 일이었다.

"더는 숨기는 게 무의미할 거 같은데. 조만간 홍보실 통해서 정식 보도한다고 말해주고."

– 네. 알겠습니다. 주차장으로 내려가시면 정 기사 대기하고 있을 겁니다. 저는 여기 정리하고 퇴근하겠습니다.

"응. 부탁해."

– 아닙니다.

현우는 전화를 끊었다. 그에게 무슨 일이 생기면 성우뿐만 아니라 그의 부속실 전부가 긴장을 한 채 움직인다. 아마 지수가 성우에게 연락을 취한 것 같았다. 그는 지수의 어깨를 안은 채로 엘리베이터를 탔다.

✻

　현우의 집으로 온 지수는 약부터 찾아서 물과 함께 꿀꺽 삼켰다.
그리고는 서재로 들어간 그를 따라 방문 앞에 섰다. 문을 두드릴
까 말까 손을 올렸다가 내리며 고민했다. 지금 혼자 있고 싶을까?
아니면 옆에 있어줘야 할까? 주먹을 쥐었다 펴며 고민하는 사이
안에서 그의 목소리가 들렸다.
　"들어와."
　그녀는 그의 부름을 듣고 문을 열었다.
　"나 밖에 있는 것 어떻게 알았어요?"
　"문 앞에서 발소리가 끊겼으니까."
　"귀 엄청 밝네요."
　"응. 이리 와. 지수야."
　그는 바퀴 달린 의자를 뒤로 뺀 다음 다리 위를 손으로 탁탁 쳤
다. 그녀는 몸을 움직여 그의 앞으로 가서 앉았다. 등을 그의 가
슴에 댄 채로 앉자 그가 뒤에서 그녀를 안았다.
　"이번에 회장님 기사 나가면, BH 건설 부회장 취임, 그리고 결
혼까지 동시에 발표하려고 해."
　"네."
　"괜찮아?"
　"어차피 할 결혼인데요, 뭘. 이왕이면 제 사진은 예쁜 걸로 부
탁해요."

"안 예쁜 사진이 있었나."

"그중에서도 제일 우아하면서 예쁜 걸로 부탁해요."

현우는 스케줄 표를 띄웠다. 지수도 익히 알고 있는 그의 스케줄 표를 같이 보며 눈을 가늘게 좁혔다.

"결혼사진 촬영을 더 당겨야 할 거 같네."

"스튜디오 촬영 일정 조율해 볼게요. 우리 촬영하는 곳이 압구정이니까 이날 중간에 딱 비면 적절할 거 같은데. 도형 씨가 시간이 될지 모르겠네요. 안 되면, 지유한테 부탁해 볼게요."

결혼식 당일은 도형의 부하 직원이 촬영을 나올 예정이지만, 결혼사진은 도형의 스튜디오에서 그가 직접 촬영해주기로 하였다. 웬만한 유명 인사도 도형의 일정을 빼기 어려운데, 지유 덕분인지 그들은 쉽게 도형을 섭외했다. 그런데 일정 변경 건은 허락이 될지 모르겠다.

"오늘은 일은 그만."

지수는 손바닥으로 모니터를 가렸다. 그리고 뒤를 돌아 그를 보았다. 아예 그와 마주 보는 자세로 돌아앉은 그녀가 그의 귀를 손바닥으로 가렸다.

"쉬어요. 쉬어. 오늘은."

"이것만 해두고."

마우스로 가려는 그의 손목을 잡아서 허리를 감도록 만들었다.

"이것도 내일 해요."

지수는 아예 그가 일을 하지 못하도록 두 팔로 그의 목을 감고 안았다. 바싹 당겨 몸을 밀착한 그녀가 그의 너른 어깨에 볼을 기댔다.

"내일부터 바빠질 텐데, 하루 정도는 숨 돌려요. 아까 회장님 보고 와서 힘들었잖아요."

"아니. 괜찮아."

"위로해주고 싶어서 그래요. 내가."

"충분히 위로되고 있어."

그는 그녀의 위로를 받으며 힘 있게 안았다. 그녀의 말대로 그는 오늘은 여기서 마무리할 생각으로 그녀의 허리를 안은 채로 번쩍 들었다. 의자에서 일어난 그가 그녀를 안고 서재를 나갔다.

"데려다줄게."

그는 그녀를 안은 채로 걸어가며 서랍을 열어 차 키를 꺼냈다.

"아니에요. 나 때문에 그럴 필요 없어요."

"나도 내 집 가는 거야."

"블루 아파트 아직 안 팔았어요?"

생각해 보니 이 남자 자신이 사는 아파트로 이사 온 전적이 있었다. 요새는 부모님으로부터 떨어진, 그의 다른 아파트에서 주로 만났기에 블루 아파트 주민이라는 걸 잊고 지냈다.

"응."

"왜요?"

"우리 결혼하고 나면 처남이 거기 써도 되냐고 묻더라고. 그래서 그러라고 했어."

"지훈이가요? 언제 그랬어요?"

"저번에 술자리 한번 가졌지. 이사 갈 때 좋은 술 다 두고 간다니까 누나 집에 안 들어와도 눈치껏 어머님께 얘기하겠다고 하던걸?"

얼굴에 철판을 깐 녀석임을 이미 알았지만 그 집에서 살고 싶다고 말했다니. 지수는 황당한 얼굴로 그를 보았다.

"진짜 내가 다 미안해지네요. 얼굴이 화끈거려요. 김지훈 이 자식!"

"걱정 마. 처남이 월세 내겠대."

"월세요?"

아직 월세를 감당할 정도로 잘 벌진 않을 텐데. 있는 돈 다 털어서 사업을 시작한 지훈은 아직까지 경제적으로 여유가 있는 상태가 아니었다.

"처남도 성인인데 애로 사항이 좀 있나 봐. 당신보다는 덜하겠지만."

그 말에 지수는 두 팔을 겹쳐 팔짱을 끼며 고개를 끄덕였다. 부모님께선 술을 마시면 누구랑 마셨는지, 어디서 마셨는지 꼭 물어보신다. 그 누구에 대해 특히 무척 궁금해하셔서 지훈은 매번 웃으며 말을 돌리거나 제 방으로 도망가기 일쑤였다. 아니면 그때마다 누나의 근황을 핑계 대며 본인은 쏙 빠져나갔다.

"아니 그래도 그렇지, 현우 씨한테 그런 걸 부탁할 줄 몰랐어요."

"처남이 내 편 되어준다는데, 그것 하나 못 해줄까."

"물렁물렁하게 다 해주면 안 돼요. 우리 지훈이가 보통 막내가 아니거든요. 눈 뜨고 코 베인다니까요?"

그녀의 말에도 그는 웃으며 현관으로 걸어갔다.

"일단 내려가자고."

먼저 중문을 열고 나간 그가 대문을 열었다. 문을 잡고 그녀를 기다리며 그가 얼른 오라는 듯 턱을 당겼다.

사랑니를 발치한 날 이후로 지수는 현우를 만날 수 없었다. BH 그룹 박 회장의 병환 소식과 현우의 BH 복귀가 동시에 이뤄졌기 때문이다. 거기다 결혼 발표까지 동시에 해버렸다. 그래서 현우는 눈코 뜰 새 없이 바쁜 것 같았다. 연이어 터진 소식에 주식이 내려 갔다가 금세 회복됐다. 현우를 알게 된 젊은 층이 그를 지지하게 되면서 오히려 BH는 중장년층을 포함하여 젊은 층까지 사로잡 는 브랜드가 된 것이다. 연예인 뺨치는 외모에 범접할 수 없는 아 우라는 오히려 극성 팬층까지 생기게 했다.

지수는 BH로 가지 않고 서일 건설에 남았다. 마지막까지 고민 이 많았지만, 그가 없는 서일에서 그의 빈자리를 메우고 중심을 잡고 싶었다. 현우의 부인으로서 이곳에 있는 것만으로도 직원들 의 불안함을 잠재울 수 있을 것 같았다. 그녀의 생각은 맞아떨어 졌다. 한동안 술렁이던 직원들은 금세 제자리로 돌아가 평소처럼 일에 열중을 했다. 그녀가 있는 것만으로도 BH가 서일을 버리지 않을 것이라고 확신하는 듯했다. 그때, 그녀의 전화기가 울렸다.

전화한 이가 누군지 액정에 뜬 순간, 지수의 입꼬리가 위로 올 라갔다. 그녀는 핸드폰을 손에 쥔 채로 비서실 자리를 지나 휴게 실로 향했다.

"여보세요."

그녀가 걸을 수 있는 최대한의 빠르기로 걷자 숨이 찼다.

– 어디야?

"사무실이죠."

- 숨이 차 있는 것 같아서.

"당신이 나 바쁜 줄 알고 전화 끊을까 봐 전속력으로 달렸어요. 탕비실로."

지수는 온 김에 머그 컵에 커피를 내렸다. 같이 일을 할 때 종종 커피를 내리고 다과를 준비했는데, 그가 없다고 생각하니 빈자리가 크게 느껴졌다.

"회사에 현우 씨 없으니까 이상해요. 직원들도 처음엔 우왕좌왕하다가 지금은 적응한 것 같아요."

- 다행이네.

"밖이에요?"

- 응. 외부에 내내 있다가 이제 주차장이야.

1층에서 안 내리고 주차장까지 내려갔다고? 직접 운전했나? 지수는 고개를 갸웃거렸다.

"사무실로 올라가면 또 정신없이 바쁘겠네요. 밥은 잘 챙겨 먹고 있죠?"

- 아니. 못 챙겨 먹고 있어.

"그럼 쓰러진다고요. 사람은 밥심인데. 밥은 안 챙겨 먹으면서 운동은 왜 안 쉬는 거예요? 오늘 새벽에도 헬스장 다녀왔다면서요."

- 내가 말했나?

"아뇨. 기사에서 봤어요."

BH의 황태자로 주목을 받고 있는 가운데, 그가 헬스장을 가는 모습까지도 포착되어 기사화되었다.

"그런 건 홍보실에서 못 나가게 막아야 하는 것 아니에요?"

- 그렇지.

"잘생겨서 오히려 더 주식이 오르나?"

그녀의 말에 현우의 웃음소리가 커졌다.

- 주차장으로 내려와.

"주차장으로요? 지금? 어디 주차장…… 설마 서일."

지수는 손으로 입을 막았다. 머그 컵에 담긴 커피를 종이컵으로 옮긴 다음 그녀는 동시에 현우에게 금방 가겠다고 답을 했다. 그러고는 자리로 돌아와 핸드백에 주요 물품을 담고 자리를 정리했다.

"어디 가세요?"

"아, 네……. 오늘 점심은 친구랑 먹을게요. 갑자기 친……구가 왔다고 해서요."

지수는 같은 부속실 직원들에게 인사를 한 후 핸드백을 멨다. 그러자 직원 중 한 명이 씩 웃으며 미묘한 시선으로 그녀를 보았다.

"부회장님 오셨나 봐요."

"저도 안부 전해 주십시오."

"……."

아니에요, 라고 하려다가 그녀는 머리를 긁적이며 고개를 주억거렸다. 이 사람들에게 아니라고 박박 우겨 뭐 할 것인가. 이미 님을 만나러 가는 얼굴인데 말이다. 지수는 임원용 엘리베이터 앞에서 사원증을 댔다. 현우가 대표이사직을 내려놓으면서 부속실 직원들에게 준 특혜였다. 상사를 잘 모시기 위해 바로 내려와야 하는 경우도 있으니 필요할 것 같다고 하였지만, 지금껏 이 엘리베이터를 탄 직원은 없었다.

임원용 지하 주차장으로 내려오자 성우가 그녀의 앞으로 왔다. 상사를 모시듯 극진한 인사와 에스코트에 지수는 간단한 묵례를 먼저 건넸다.

"사모님, 잘 지내셨습니까?"

"네. 이사로 승진 축하드려요. 사모님이라고 하니 너무 어색하네요. 실장님이 편한데."

"그래도 이제는 사모님으로 불러야죠."

현우의 설득에도 불구하고 성우는 제 남편의 곁에 남았다. 물론 이사로 파격 승진을 하긴 했지만 말이다. 서일 건설에는 현우가 아끼던 또 다른 인재가 대표이사로 선출되었다. 주주들의 반발이 없었던 건 모두 현우의 줄을 잡고 싶었기 때문이리라.

안에서 기다리던 현우가 차에서 내렸다. 뒷좌석 문을 잡고 기댄 그가 그녀를 보자마자 두 팔을 벌렸다. 지수는 이 시간에는 아무도 올 사람이 없다는 걸 깨닫고 빠른 걸음으로 가서 그를 와락 안았다.

"보고 싶었어."

"보고 싶었어요."

두 사람의 입에선 동시에 같은 말이 나왔다.

"더 못 만나면 죽을 것 같아서 왔어."

"잘 왔어요. 나도 그랬어. 오늘 현우 씨 집에 찾아갈까 고민하던 참이었거든요."

두 사람을 보던 성우는 그들 앞으로 와서 고개를 숙였다.

"저는 기사님과 따로 식사하겠습니다. 한 시간 뒤에 이곳에서 뵙겠습니다."

성우는 내친김에 현우에게 차 키를 내밀었다. 현우는 씩 웃으며 차 키를 받아 들고 운전석으로 향했다. 지수도 그들에게 고개 숙여 인사하고는 재빨리 조수석에 탔다. 한 시간밖에 같이 있지 못한다니. 그녀가 차에 타자마자 현우는 시동을 걸었고, 그들이 탄차는 금세 주차장을 빠져나갔다.

차는 회사에서 제일 가까운 호텔로 향했다. 오 분도 안 돼서 도착한 그는 그녀의 손을 잡고 펜트하우스 층으로 올라갔다.

"언제 예약했어요?"

"아까 오는 길에."

"그러다가 나 외근 갔으면 어쩌려고."

"미리 시간 확인했지."

회사에 그가 없어도, 그의 눈이 되어 줄 사람이 주변에 많다는 걸 새삼 다시 느끼게 된다. 그는 호텔 안으로 들어가자마자 전화기를 들고 버튼을 눌렀다.

지수는 그사이에 겉옷을 벗고 사무실에서부터 갖고 온 커피가 담긴 종이컵을 책상 위에 올려 두었다. 한 입 마셔본 그녀는 이미 다 식어서 맛이 없는 걸 확인하고 화장실에 가서 커피를 버렸다. 차라리 새로 타는 게 나을 것 같았다.

"룸서비스 오 분 뒤에 온대. 점심은 이거로 대체하자."

"뭐 주문했어요?"

"스테이크. 파스타. 샌드위치."

"너무 많이 주문했어요. 나 다이어트 중인데."

"다이어트 할 곳이 어디 있다고."

현우의 말에 지수가 검지로 본인의 배를 가리켰다. 본식이 얼마 남지 않았다. 그녀는 퇴근하자마자 숍에 가서 머리부터 발끝까지 피부 관리를 받고, 일주일에 한 번씩 두피와 헤어 케어도 착실히 받고 있었다. 현우가 다니는 헬스장에 그녀도 등록해서 운동도 최소 주 3일은 가려고 노력 중이었다.

"결혼식이 사람 망치겠어. 그래서 갈수록 핼쑥해지는 거야."

"그래도 피부는 좋아지지 않았어요? 하루에 1.5리터 물 두 병은 마신다고요. 일부러. 비타민도 잘 챙겨 먹고 있고요."

"아무것도 안 해도 이렇게 예쁜데. 장모님도 참……."

오히려 현우의 집보다 그녀의 엄마가 더 그녀를 주시하고 있었다. 헬스 트레이너보다 더 무섭게 아침, 점심, 저녁 식사를 뭐 먹었는지 체크하며 자기 전에도 피부에 기초 화장품을 다 바르는지 매의 눈으로 살펴보곤 했다.

"한 번밖에 없을 결혼식이라면서 신부가 제일 예뻐야 한다고 얼마나 신신당부하는지 몰라요. 하루에 한 열 번은 듣는 것 같아요."

한 번밖에 없을 결혼식…….

"힘들겠네."

"그래서 한 번이 될지 어떻게 확신하냐고 비뚤어졌다가 엄청 혼났잖아요."

"……."

지수는 손으로 입을 막았다. 왜 방금 뇌를 거치지 않고 바로 뱉은 것인가. 그녀는 자신의 실수를 인정하며 입에서 손을 뗀 다음 두 손을 들었다. 벌을 받는 자세로 울상을 짓자 현우가 그녀에게 성큼 다가왔다. 손님 접대용 식탁에 허리가 닿았다. 그는 점점 그녀에게 상체를 내린 후 엄지로 턱을 살며시 잡았다.

"김지수."

"방금 건 실수! 그냥 반항심에 헛소리를 한 거예요."

"나는 말이 씨가 된다고 믿는 사람이야."

진지한 그의 얼굴에 지수는 얼굴이 화끈 달아올랐다. 농담처럼 했던 말이 일으킬 파장을 생각하지 못했다. 아무리 부모님에게라도 그렇게 경솔하게 해서는 안 될 발언이었다는 걸 그녀는 더욱 깨달았다.

"당신의 말 한마디가 나를 철렁이게 한다고."

"다시는 안 그럴게요."

그의 위치만큼 그녀 또한 어떻게 보면 공인이었다. 친구나 직장 동료에게 장난을 치더라도 BH 이름에 먹칠을 하는 행동을 해선 안 되는 것이다.

"그런 의미에서 벌을 좀 줘 볼까 하는데."

그는 소매의 단추를 풀고 소매를 접었다. 우람한 그의 팔이 그녀를 가둔 채로 양옆 테이블을 짚었다. 앞에는 그가, 양옆에는 그의 팔이, 등 뒤는 테이블이. 사방이 막힌 그녀는 눈을 껌뻑거렸다. 그의 입술이 서서히 다가와 그녀의 입술을 머금었다. 달콤하게 입술을 빨아들인 후 입술을 떼고 그녀를 나른하게 보다가 다시 한 번 다가와 입술을 겹쳤다. 그녀의 입술을 열고 들어온 혀가 부드럽게 입천장을 고루 핥았다. 입 안 가득 그의 혀가 노골적으로 움직이며 다녔다. 고작 키스일 뿐인데, 지수는 다리가 후들거렸다. 그의 어깨를 잡고 격정적인 그의 키스를 받으며 그녀는 숨을 토해냈다.

"하아……."

입 안으로 들어간 혀가 그녀의 혀를 어르며 혀끝으로 그녀의 살을 긁었다. 반복되는 자극에 지수가 그의 몸으로 쓰러지며 두 팔로 그의 머리를 가득 안고 그의 혀를 빨았다. 오히려 키스를 시작한 그보다 그녀가 더 흥분해서 그에게 안달을 내고 있었다.

"현우 씨…… 으음. 더 줘요. 더……."

입술을 뗄 때마다 그녀의 말이 신음처럼 나왔다. 더, 더, 더……. 조금만 더. 달콤한 그의 입술은 중독성이 있었다. 그의 손이 그녀의 블라우스 단추를 풀고 안으로 들어왔다. 그가 아는 곳을 거침없이 만지며 그는 그녀를 테이블 위로 앉혔다. 다리 사이로 들어온 그가 그녀의 어깨부터 아래로 입술을 내렸다. 그때 그가 주문한 룸서비스가 도착하였다.

딩동, 딩동. 초인종이 계속 울리자 그는 깊은 한숨을 쉬며 그녀의 옷깃을 내려주고는 문 앞으로 갔다. 문이 열리자 직원은 그들이 있던 테이블까지 손수 음식을 서빙했다. 테이블 가득 음식이 차려졌다. 직원이 문을 닫고 나간 후 현우는 정갈한 접시들을 옆으로 슥 밀었다. 그녀가 앉을 만큼의 공간만 남겨 두고 다시 그녀를 앉혔다.

"현우 씨…… 우리 점심은."

"지금 점심이 문제야?"

"그럼요? 파스타 면 불걸요. 일부러 신경 써서 플레이팅 하고 테이블에 보기 좋게 올려 둔 것 같은데."

그는 힐끗 옆을 보았다. 그가 접시를 옆으로 밀어버리면서 예쁘게 세팅했던 음식은 모양을 잃어가고 있었다. 그의 시선은 지수에게 향해 있었다. 키스로 인해 번들거리는 입술을 손으로 닦으며 씩 웃는다.

"어쩌지. 식탁 위에 당신밖에 안 보이는데."

지수의 볼이 화르륵 달아올랐다. 길쭉하게 뻗은 손가락이 넥타이를 풀었다. 바닥으로 떨어진 넥타이와 점점 드러나는 그의 상체에 지수의 눈빛은 빠른 속도로 깜빡거렸다.

"당신은 오늘 벌 받는 거야."

그의 입술이 그녀의 귓불을 건드렸다.

"그림의 떡. 음식 감상하면서 벌 받으라고."

반항심에 했던 소리에 대한 벌이 음식을 못 먹는 것이라니. 그런데 왜 상처럼 느껴지는 걸까.

입고 있던 치마가 밀려 올라가고 스타킹은 벗겨졌다. 그 모든 일이 그의 두 손에 의해 동시에 이뤄졌다. 휑해진 감각을 느끼기도 전에 그의 입술이 다가와 그녀의 입술을 빨았다. 그녀의 입술을 잘근 물고 입 안으로 혀를 넣어 그의 입 속으로 초대했다. 혀뿌리가 아릴 정도로 세게 빠는 그의 힘에 지수가 그의 가슴을 손바닥으로 밀쳤다.

"현우 씨. 입술 부어요."

다시 회사로 돌아가야 하는데.

그녀는 입술을 뗀 틈을 타 손등으로 입을 막았다. 그는 그녀의 손바닥을 부드럽게 빨아들인 다음 팔목에 입을 맞췄다. 그의 다음 행위를 기대하며 그녀의 맥박이 빠른 속도로 뛰고 있었다. 그는 눈을 피하지 않으며 손으로 그녀의 무릎을 잡았다. 무릎 위를 크게 덮는 손길이 부드럽게 쥐었다가 점점 더 타고 위로 올라갔다.

"아앗."

온몸이 모두 자극에 민감한 상태가 된 것 같았다. 지수는 저도 모르게 그의 팔을 잡고 더 당겼다. 몸을 밀착한 후 그의 살결 위에 신음 소리와 뜨거운 숨을 뱉자, 현우가 움찔거렸다.

"이러면 곤란한데."

그는 그녀의 맨살을 쓰다듬다가 천천히 손에 힘을 줘 허벅지를 잡았다.

"시간이 없어서 급한 불만 끄려고 했는데."

그는 테이블에 앉은 그녀를 내린 후 뒤를 돌게 했다. 테이블을 잡은 그녀의 뒤로 그가 성큼 다가와 섰다. 바지 주머니에서 나온 콘돔 포일을 까는 소리가 색정적으로 들렸다. 지수는 발끝을 들었다가 놓으며 이로 입술을 질끈 물었다. 허리를 타고 올라온 손이 조금 더 위를 감싸며 자극하자, 그녀는 움찔 몸을 떨었다.

"하아…… 돌겠네."

그의 큰 손이 그녀의 손등을 덮었다. 그와 동시에 그의 몸이 해일처럼 그녀를 덮치듯 안았다. 음식을 눈앞에 둔 그녀는 정말 그림의 떡처럼 그것들을 바라보기만 했다. 점점 시야가 흐려지고 눈이 감겼다. 지독한 열기에 온몸이 아우성이었다. 더, 더, 더욱더 사랑을 해달라고 그를 찾는 것 같았다.

현우는 그녀의 입 안으로 손가락을 넣었다. 엄지로 그녀의 혀를 만지고 입천장을 쓸었다. 지수는 쪽쪽거리며 그의 손가락을 빨았다. 깊이 들어왔다가 빠져나간 손이 꼭 다음 행위를 말해주는 것

만 같았다. 입 안 안쪽 살을 자극하는 손가락이 더욱 깊이 들어
오자 지수는 눈을 질끈 감았다. 눈가 아래로 눈물이 샜다. 구역질
이 올라올 것 같은 순간에 그가 손을 뺐다. 그 손은 축축함을 그
대로 유지한 채로 그녀의 다리로 왔다.

"현우, 으……."

"지수야."

"으응. 현우 씨, 사랑해요. 하아."

테이블 위에 놓인 음식들이 담긴 접시가 두 사람으로 인해 조금
씩 이동했다. 현우는 그녀의 골반을 꽉 잡았다. 지수는 끝이 오리
라는 걸 알 수 있었다. 뒤로 손을 보내 그의 굵은 팔뚝을 세게 잡
고 앞으로 당기며 부르르 몸을 떨었다.

"사랑해."

"으읏."

"지수야. 으음."

여운과 함께 귓가에 속삭이는 그의 목소리가 좋았다. 냉큼 몸을
돌리자 그는 씨익 웃으며 남은 콘돔 하나를 더 이로 뜯었다. 그러
고는 그녀를 번쩍 힘으로 안았다. 아직 흥분이 가시지 않은 상태
로 그가 그녀를 안았다. 지수는 두 다리로 그의 허리를 감고 팔로
목을 감아 꽉 안았다. 그의 품에서 떨어지지 않도록 매달린 그녀
를 안은 채로 그는 러그 위를 걸어 창가로 갔다.

"차가워요."

등에 닿는 창문의 차가움에 지수가 몸을 움찔 떨었다.

"으윽."

그러자 오히려 그의 입에서 탁한 숨이 나왔다. 미간을 찡그리고

입술을 깨문 현우의 볼을 손으로 감싸자 그가 그녀를 올려다보았다. 욕망을 다스리는 눈빛은 평소보다 짙고 심연처럼 깊었다.

"괜찮아요?"

"응."

"무리하지 말……."

말하려는 순간, 지수는 온몸이 반으로 갈라질 듯 강하게 느껴지는 감각에 눈살을 찌푸렸다. 그녀는 그의 머리를 두 팔로 감싼 채로 점점 몸이 위로 올라갔다. 목이 자꾸 뒤로 꺾이고 입은 말라왔다. 지수의 입술이 마르자 그의 입술이 다가와 그녀를 촉촉하게 적셨다. 그로 인해 온몸이 눅진해진다. 다시 한 번 눈앞이 까마득해졌다.

그림의 떡일 줄 알았던 그 많은 음식은 모두 포장되어 그녀에게로 왔다. 지수는 쇼핑백에 포장된 음식을 들고 사무실로 복귀하였다. 대표이사가 바뀐 후 인사하러 온다는 업체가 어쩜 그렇게 많은지 부속실로 전화가 끊이지 않는다. 쉴 틈 없이 일하느라 그녀는 뱃가죽과 등가죽이 붙을 지경이었다.

[점심은 먹었어?]

그때, 그녀의 핸드폰이 울렸다.

[ㄴㄴ]

지수는 통화 중이라 단답형으로 답을 보냈다.

[화났어?]

[아니ㄴㄴ]

평소 이모티콘을 넣어서 답장을 보내던 그녀인데, 단답형으로 보내니 걱정을 하는 모양이었다. 그러다가도 일이 넘쳐서 한동안 핸드폰을 볼 수 없었다. 현우가 직장 상사로 있을 땐 그의 연락이 우선이기 때문에 먼저 대답을 했겠지만, 지금 그녀의 상사는 현우가 아니었다.

[오늘 너무 빨리 끝나서 그래?]

[배 많이 고팠어?]

[왜 답이 없어.]

진동이 여러 번 울리자 그녀는 무음 모드로 바꿨다.

[그게 아니…….]

"지수 씨."

그때 대표이사실 문이 열리고 안에 있던 대표님께서 그녀를 불렀다.

"네, 네! 들어갑니다."

그녀는 핸드폰을 주머니에 넣고 서류를 챙겨 대표이사실로 들어갔다.

대표님과의 면담 이후 밖으로 나온 지수는 지시한 일들을 처리했다. 발아래 있는 쇼핑백은 아무래도 집에 가서 먹게 될 것 같아서 냉장고 안에 넣어뒀다. 현우에게 연락을 하려고만 하면, 메신저가 울리고 부속실 전화가 울린다. 그리고 나면 꼭 누군가 찾아오고, 자료를 만들어야 하고 말이다. 분명 톡은 눈으로 봤는데 답장을 쓰다 보면 말이 뚝 끊긴다.

[회의 중.]

[지금 나-]

운전을 하는 친구들은 꼭 운전 중에 톡을 확인하고 답을 한다. 그럴 때는 문장이 끝맺음이 되지 않은 채로 오곤 하는데, 지금이 딱 그 상황이었다. 지수는 적당히 업무를 마무리한 다음 핸드폰을 들고 탕비실로 갔다. 그녀는 현우에게 전화를 걸었다.

"현우 씨?"

- 오늘 바빴어?

"무척요. 대표님께서 열정이 넘치시네요."

- 새로운 직원들하고는 잘 적응했고?

"그럼요. 부속실에서는 그나마 제가 오래 일했으니까요. 전에 같이 일하던 비서님들은 모두 다른 부서로 가시고, 새로운 분들로 구성돼서 사실 다들 서일 건설 임원진 얼굴 외우기도 바빠요. 기본 매뉴얼 익히는 게 하루 이틀 만에 되진 않으니까. 저도 엄청 오래 걸렸다고요. TF팀에 있다가 여기로 넘어와서 다행이지, 아니었으면 더욱 헤맸을 거예요. 분양팀에 있을 때랑 직무가 완전 달라요."

쉬지도 않고 말을 하고 나니 숨이 찼다. 그녀가 몰아서 숨을 쉬자 현우의 입에선 웃음이 나왔다.

"왜 웃어요?"

- 그냥, 귀여워서.

"답장만 보내려고 하면 전화 오고 그래서 답장을 못 했어요. 화난 거 아니고, 삐질 일도 없어요."

- 난 또.

"찔리는 게 있어요?"

- 아니, 아까 너무 몰아세웠나 싶어서.

"몰아세운 건 인정하는 거예요?"

- 응.

잘못한 건 아닌데, 이 남자의 저자세가 귀여워서 지수는 피식 웃음이 나왔다. 더 놀려주고 싶은 마음까지 들었다.

"어디예요?"

- 미팅 갔다가 지금은 병원.

"아······. 회장님은 어떠세요?"

- 매일 똑같아. 우리 결혼식 때는 아마 참석 어려우실 것 같아. 그래서 여기 병실 TV에서 결혼식장 보실 수 있게 실시간 촬영해서 보여드리려고.

"회장님 계속 신경 쓰이죠? 말은 안 해도, 걱정 많은 것 알아요. 우리 결혼식은 보실 거예요. 걱정 말아요."

- 그랬음 좋겠는데.

그의 목소리가 급격히 어두워졌다. 확신할 수 없는 목소리가 그녀의 가슴을 짓눌렀다.

"현우 씨, 말이 씨가 된다고 믿는 사람이라면서요. 결혼식 보실 수 있을 거예요. 비록 바로 앞은 아니더라도."

- 응. 고마워.

"오늘 거기서 잘 거예요?"

- 책 한 권 읽어드리고 집에 가야지.

"진짜 현우 씨는 좋은 사람인 것 같아요. 들어보면 현우 씨처럼 할아버지 곁을 지키는 손자 없잖아요. 준겸 씨는 한 번 병원 왔나? 그것도 몇 분 안 있다가 갔잖아요."

286

다들 콩고물 떨어질 것 기다리며 다음 스텝을 준비하고 있을 것이다. 물론 현우도 할아버지의 뜻을 이어받아 기업을 경영하기 위해 자기방어를 하고 있지만, 현우를 제외한 나머지는 그게 아니었다. 그래서 현우가 가족의 사랑을 받지 못해 엄청 외로웠을 거라고 생각이 들었다.

"결혼식 날 외롭지 않게 계속 옆에 있을게요."

– 고마워.

"언론사는 몇 군데에서 와요?"

– 열 군데 정도.

그들의 결혼식은 철저히 초대된 인원만 수용 가능했다. 그렇기에 모든 참석자는 미리 BH 홍보실을 통해 사전 등록을 마쳐야 한다.

"많이 오네요. 아, 떨려. 결혼식 진짜 얼마 안 남았네요. 그럼 신혼여행 갔다 와서부터 같이 사는 거죠? 너무 좋아요!"

– 나도.

"미리 짐 싸야지."

– 천천히 해. 장모님 장인어른 섭섭해 하실라.

"알겠어요. 눈치 못 채게 천천히 트렁크에 짐 넣고 있을게요. 근데 저보다 지훈이가 먼저 짐 다 싼 것 같더라고요. 같은 아파트에 부모님이 계시고, 주변 이웃이 다 부모님의 눈과 입이 되어 소식을 전하는데, 그게 독립이 절대 아니거든요. 본인은 독립이라고 좋아하더라고요."

독립을 한다고 하여도 집에 여자 친구를 초대하지 못할 텐데. 다음 날 바로 동네에 소문날 확률이 크다.

"저 끊을게요. 사랑해요."

- 응. 나도.

지수는 수화기 너머로 그의 목소리와 함께 들리는 기계음 소리에 심장이 철렁했다. 심장이 뛰듯 일정한 기계음이 들릴 땐 안정이 되다가도 갑작스럽게 다른 기계음이 섞이면 불안감이 먼저 들었다.

제발, 회장님……. 현우 씨, 아프게 하지 말아 주세요.

생사를 오가는 사람보다 그녀는 현우가 먼저였다. 이 순간에도 할아버지 때문에 아플, 또다시 상처를 받을 현우 생각만 간절했다.

결혼식 당일 신부 대기실은 사람들로 붐볐다. 예식장에 도착한 이후부터 현우는 할아버지와 부모님을 대신해서 하객들을 맞았다. 홀로 서서 와주신 분들께 모두 인사하고 있을 현우를 생각하니 지수는 코끝이 매워졌다. 그때, 신부 대기실 문을 열고 현우가 들어왔다.

"현우 씨!"

"준비는 다 했어?"

그의 다정한 물음에 그녀는 고개를 위아래로 끄덕였다. 그가 그녀의 이마에 붙은 이물질을 떼어주자 주위에선 환호 소리가 쏟아졌다. 그녀가 오늘 현우를 처음 봤을 때처럼.

날카로운 턱선과 더 뚜렷해진 이목구비는 보는 이로 하여금 환호가 나올 만큼 멋있었다. 단순히 잘생긴 것뿐만 아니라 대기업 후계자의 무게까지 더해져 풍기는 분위기 또한 남달랐다. 그의 주변 사람들은 보이지도 않을 정도로 현우는 오늘 완벽한 신랑감이었다. 그런 현우의 사랑을 받는 지수 또한 BH에서 허락된 기자들의 먹잇감이었다. 심지어 걸어 다닐 때 사진을 찍어도 걸작이었다.

"오늘 기자들은 다 남 기자밖에 없나 봐."

현우는 옆에 선 성우에게 대놓고 불편함을 토했다.

"여 기자들은 다 부회장님 쪽에 계셨나 봅니다."

성우가 손으로 입가를 가리며 말했다. 목소리에 바람이 새는 걸 보니 웃고 있던 게 틀림없었다.

"적당히 몇 컷 찍으면 되지."

그의 마지막 말은 지수의 귀에만 들렸다.

"밖에 사람 많죠?"

"응."

초대된 사람만 올 수 있다고 하여도 호텔의 가장 큰 홀을 써야 할 정도로 하객이 많았다. 현우는 박 회장님의 뜻에 따라 결혼식에 화환은 일절 받지 않고 돌려보냈고, 축의금은 기부금 형태로 대신하였다. 이렇게 할 수 있었던 것은 지수의 부모님의 동의도 있었기에 가능한 것이었다. 그는 박 회장님의 뜻을 밀어붙이지 않고, 지수의 부모님께도 충분히 생각할 시간을 주었다. 기부금의 반액은 결손 가정을 위해 쓰일 것이고, 나머지 반은 암 투병 중인 환자들을 위해 쓰일 것이다.

"떨려요."

지수는 결혼식 시작 시간이 가까워질수록 입술이 떨렸다. 지유를 포함한 친구들은 모두 홀에 있는 그들 자리에 앉아 있을 것이다.

"떨어도 예쁘네."

"아, 정말."

"당신이 오늘 제일 예뻐."

그 말에 지수의 볼이 붉어졌다.

"말을 잘못했네. 원래 제일 예뻤지."

그가 상체를 숙인 다음 얼굴을 가까이했다. 잘생긴 그의 얼굴에 그녀는 숨이 막혔다. 이런 사람이 내 남자라니.

"먼저 가서 기다릴게. 장인어른 손잡고 얼른 오라고."

"알겠어요."

"사랑해."

그는 그녀의 귓가에 입술을 대고 사랑한다고 속삭였다. 그녀는 그에게 안기면서도 그의 블랙 슈트에 화장한 얼굴이 닿지 않도록 조심했다.

"키스하고 싶은데."

"안 돼요, 지금은."

"그림의 떡이군."

그녀는 혹시 몰라서 손바닥으로 입가를 가렸다. 혹시 그가 무턱대고 키스를 할까 봐 반사적으로 나온 행동이었다.

"이따 봐요. 현우 씨."

"알겠어."

그는 그녀의 머리를 쓰다듬으려다가 멈칫하고 손을 뗐다. 평소에 풀고 다니던 머리카락을 깔끔하게 묶은 그녀는 청초하고 아름다웠다. 현우는 차마 손을 댈 수 없을 만큼 청아한 아내를 보며 손을 꼭 잡아주고는 밖으로 나왔다.

결혼. 이 날을 기다리게 될 줄 몰랐다. 언젠가 나이가 차서 박 회장님이 점지해준 누군가와 결혼을 하고, 마음에도 없는 섹스를 하고, 아이를 낳게 될 거란 상상은 해 본 적이 있다. 그는 자꾸 웃음이 나왔다.

"왜 자꾸 웃으세요?"

"아니야. 너무 좋아서 그런가 봐."

만약, 그녀의 원나잇 상대가 자신이 아니었다면 어땠을까. 아버지의 잦은 바람기가 그에겐 독으로 작용해 여자를 멀리했었다. 손쉽게 얻을 수 있지만 그는 오직 일에만 몰두하며 살았다. 그런 자신의 인생을 송두리째 바꾸게 한 단 한 사람이 생길 줄은 예상치도 못한 일이었다. 지수를 만나고, 연애를 하고, 결혼을 하고……. 그는 성우와 호텔 측 실장의 안내에 따라 홀 문 뒤에 섰다.

안내 멘트가 나가자 하객들의 웅성거림이 줄어들었다. 문이 열리고, 그가 있는 곳에만 조명이 비춰졌다. 현우는 버진로드를 걸으며 좌측과 우측에 앉은 모두에게 눈인사를 하였다. 멀리 보이는 2층의 하객들에게도 종종 눈 맞춤을 해주면서 말이다. 그가 입장하자 환호성과 카메라 찰칵 소리가 쏟아졌다. 주례사 바로 앞에 선 그가 하객들을 보며 먼저 고개 숙여 인사를 하였다.

적당히 장내가 조용해지자 다음은 신부가 입장할 차례였다. 그가 서 있던 곳의 문은 굳게 닫혀 있었다. 문 뒤에서 긴장한 그녀가 어떤 표정을 짓고 있을지 상상하는 것만으로도 그녀와 결혼하길 잘했단 생각이 들었다. 떠올리는 것만으로도 이렇게 웃을 수 있다는 게 신기할 따름이다. 사람을 머릿속으로 상상하는 것이 기쁨으로 다가오게 될 줄은 몰랐다. 하루의 끝이 그녀가 되고, 이제 그 사람 옆이 아니면 박현우라는 사람 자체가 존재하고 있는지 없는지 모를 정도로 그녀에게 빠졌다. 언제부터 이렇게 중증인 상태였을까? 깨닫고 나니 이미 그녀에게 미쳐 있는 자신을 볼 수 있었다.

사회자의 우렁찬 '신부 입장' 소리를 듣자 그의 가슴이 기분 좋게 뛰었다. 큰 문이 열리자 장인어른의 손을 잡은 지수가 보였다. 긴장을 한 그녀는 장인어른의 걸음보다 빠르게, 장인어른보다 앞서서 그에게로 왔다. 오히려 장인어른이 은근히 그녀의 손을 뒤로 잡아끄는 게 보였다. 그걸 눈치챈 그녀의 친구들은 이미 웃고 있었다.

"신부님, 아버님 섭섭하시겠어요. 천천히 오세요. 천천히."

사회자의 멘트로 인해 장내엔 웃음소리가 가득했다. 지수의 볼이 홍당무처럼 빨개진 채로 그의 앞에 섰다. 현우는 장인어른과 인사를 하고 그녀의 손을 잡기 전 장인어른과 포옹을 하였다.

"나 빨리 왔죠?"

손을 잡고 서자마자 지수가 그에게 물었다.

"응."

"아까 아빠 손잡고 얼른 오라고 해서, 진짜 빨리 걸었어요."

현우는 피식 웃었다. 꿀이 떨어지는 두 사람의 모습은 실시간으로 동영상에 담기고 있었다. 결혼식 내내 현우의 시선은 지수에게서 떨어질 줄을 몰랐다.

준호는 호흡기에 의지한 채 슬며시 실눈을 떴다. 이제 눈을 뜨는 것조차 힘들어졌다. 그 좋은 음식과 영양제를 때려 맞아도 삶을 더 연명시킬 순 없는 모양이다. 먼저 떠나보낸 아들과 며느리를 만나러 갈 날이 얼마 남지 않았다는 걸 하루가 다르게 느끼고 있었다. 그의 옆에 앉아서 TV를 시청 중인 김 박사를 보았다. 그리고 그도 TV를 보았다.

'우리 손자 멋있지 않나.'

누굴 닮았는지. 저리 서 있는데도 빛이 나네, 그려.

말을 할 순 없지만 그는 김 박사를 보며 생각했다. 제 옆에 이렇게 남아준 벗에게 감사한 마음이 가득했다.

"얼른 일어나야지. 박 회장. 먼저 가기만 해 봐. 병원장이 이렇게 공들이는데 먼저 가면 아주 내 얼굴에 똥칠하는 거야. 준호 네가 아끼던 현우 군 결혼식이다. 내 참. 이걸 너와 여기 앉아서 TV로 보게 될 줄 누가 알았겠나."

쓸쓸한 김 박사의 말투가 그의 가슴을 후벼 팠다. 몸이 아프면 시력도 흐려지는 건지, 눈앞이 뿌옜다. 볼에 닿는 차가움에 박 회장의 손끝이 움직였다.

"이 사람, 깨어난 건가?"

화들짝 놀란 김 박사가 TV를 보던 걸 멈추고 제 벗의 얼굴과 기계를 보았다. 준호는 고개를 끄덕이다가 김 박사가 호출기를 누르려고 하자 고개를 저었다.

"이 사람아."

그는 아픈 사람답지 않게 단호한 표정으로 말했다. 더는 약으로 삶을 연명하고 싶지 않다고. 갖고 있는 건 현우에게 다 주었고, 저렇게 잘 사는 모습 봤으니 이걸로 됐다고.

 모질게 굴었던 지난날이 스쳤다. TV 속에는 현우와 지수가 하
객들에게 마지막 인사를 건네고 있었다. 선남선녀였다. 결혼식 내
내 신랑 측 어른이 참석하지 않은 빈 의자가 자꾸 가슴에 걸렸다.
저기에 앉아서 힘이 되어 줬어야 하는데. BH로 다시 오는 길이 외
로웠을 것이다. 그런데 몰아붙이기만 할 뿐 기댈 틈을 주지 않았
다. 언젠가 자신이 죽고 나면 홀로 싸워서 지켜야 할 길이었으니
까. 그는 이제는 마음 놓고 눈을 감을 수 있을 것 같았다.

 "김 박사."

 목소리를 내니 목이 찢어질 것 같았다. 물을 안 마신 지 얼마나
되었던 것일까.

 "자네, 괜찮은가."

 "괜찮을 리가 있나. 죽을 듯이 아프지."

 차라리 죽고 싶을 만큼 아프지. 그 소리에 김 박사는 진통제의
양을 늘렸다. 그걸 맞아도 효과가 그리 길지 않고, 어쩔 땐 효과가
없는 것 같기도 했다. 차라리 그래서 수면제를 맞아서 잠을 자는
날들도 많았던 것 같다.

 "현우 잘 부탁하네."

 "왜 그런 말을 해. 이 사람아!"

 "고마웠네."

 "고마우면 갚고 가야지."

 그 말에 준호는 빙긋 웃었다.

 "나 얼마나 더 살겠나?"

 "버티는 만큼 사는 거지."

"그럼 하루만 더 버티고 싶은데. 고통스러우니 수면제라도 좀 넣어주게."

준호의 인상이 점점 굳어졌다. 곧은 얼굴은 일그러지고 몸은 뒤틀렸다. 그걸 본 김 박사는 제 벗의 뜻대로 그가 잠에 들 수 있도록 수면 성분의 약을 링거에 열고 투여했다. 준호는 왠지 오늘이 마지막일 것만 같았다. 그러나 그는 하루가 지날 때까지 버틸 생각이었다. 현우가 가장 행복하게 웃고 있는 오늘, 결혼식 날 죽을 수는 없었다. 잘해준 것도 없는데 짐이 되고 싶진 않았다. 적어도 하루만 더……. 제발 하루만…….

점점 눈이 감겼다. 그러나 그의 머릿속에는 앞으로 다섯 시간 이상은 버텨야 한다는 생각이 강했다. 현우에게 상처로 남고 싶진 않았다. 사랑하는 내 손주. 눈에 넣어도 아프지 않을 우리 현우. 할아비가 많이 미안하고 고맙고…….

[BH와 함께한 86년…… 박준호가 걸어온 길]
[막 내린 대기업 1세대, 박준호 별세]
[마지막 길 떠난 故 박준호 회장…… 먼저 보낸 아들의 곁으로]

행복한 결혼식 다음 날, 대한민국 전체가 떠들썩했다. 대기업 1세대의 주역이었던 박준호 회장이 세상을 떠난 것이다. 신혼여행 길에 오르지 못한 두 사람은 옷을 갈아입고 장례식장으로 갔다. 지수는 상처받았을 현우가 걱정되었지만, 그는 장례식장 내내 쓰러지지 않고 굳건히 버텼다.

"현우 씨, 괜찮아요?"

"응."

"좀 쉬어요."

"아니야. 괜찮아."

"진짜 괜찮은 것 맞죠?"

"응. 마음의 준비는 이미 했으니까……. 마지막 인사도 했고."

고인의 사진을 보는 현우의 눈이 깊었다. 지수는 그의 곁으로 가 손을 잡았다. 사람들이 없는 틈을 타서 손바닥과 손목, 팔까지 주무르자 현우가 작은 그녀의 손을 꽉 잡았다.

"사랑해."

"나도요."

"고맙고."

"나도."

"먼저 가지 않을게. 그러니까 너도 아프지 말고."

"걱정 마요. 내가 현우 씨 체력보다 덜하긴 하지만, 엄청 튼튼해요. 장도 튼튼."

그제야 그의 입가에 웃음이 번졌다. 현우는 제 아내를 와락 안았다. 사랑하는 아내를 얻은 다음 날, 사랑하는 할아버지가 세상을 떠났다. 그러나 그는 오늘은 견딜 수 있을 것 같았다. 아니, 내일도, 다음 날도. 사랑하는 아내가 있어서.

외 전

1

 회장이 서거한 이후 BH는 박현우 회장을 중심으로 재정비에 들어갔다. 근 1년은 숨 고르기를 하며 현우는 제 사람들을 채우고, 그에게 반하는 이사진이나 능력 없는 직원은 좌천을 시켰다. 몇몇 이사진들은 박준호 회장의 목숨이 끊기는 순간을 기다리며 각각 전자, 물산, 건설, 화학 등에 각각 주식을 매입하고 차명 계좌로 탈세를 했다. 몇몇은 사모펀드를 이용해 BH생명을 조각조각 낼 단계를 밟아 나가기도 했다.

 결혼 후 1년간 현우는 신혼을 즐길 새도 없이 바빴다. 주주들의 과반수 찬성표를 받아 현우는 회장으로 선임되었고, 지수는 얼떨결에 재벌가의 사모가 되어 안 사람들을 챙겨야 했다. 총수를 남편으로 둔 그녀 또한 배워야 할 게 많았다. 하루에 점심, 저녁, 중간에 티타임을 가져야 할 정도로 만나고 알아 가야 할 사람들도 많았다. 다른 기업의 사모님들과 좋은 관계를 유지하는 것도 그녀의 일이었다. 차라리 회사 생활이 더 편했다 싶을 정도로 지수는 갈수록 살이 빠져 갔다. 거의 매일 긴장한 채 살다 보니 하루 정도는 예전처럼 편하게 있고 싶기도 했다.

 요새도 바쁜 현우지만, 그래도 서울에 있을 땐 그는 꼭 집으로 귀가하는 편이었다. 며칠만 떨어져 있어도 그는 밤마다 짐승이 되어 그녀를 놔주지 않았다. 특히 현우가 다음 날 늦은 출근을 할 때면, 온몸이 근육통으로 아우성을 칠 정도로 그는 그녀를 오랫동안 길게 가졌다. 현우를 생각하고 있을 때, 그에게서 전화가 왔다.

"여보세요."

– 점심은?

"먹었죠. 현우 씨는?"

– 방금 먹었어.

현우의 점심과 저녁은 대부분 유명 인사들과의 미팅으로 이루어졌다. 오늘은 방송국 국장이랬나? 지수도 유 실장에게 공유받는 그의 스케줄 표가 있기에 탭을 꺼내서 살폈다.

– 오늘은 일찍 들어갈게.

"정말요?"

– 응. 노력할게.

일찍 온다는 말에 지수의 얼굴이 밝아졌다.

"오늘 저녁에 지유랑 도형 씨 올 건데. 현우 씨도 저녁 같이할 수 있어요?"

– 으음. 잠시만.

현우와 유성우 실장의 목소리가 들렸다. 지금 스케줄 표에 따로 약속은 없는데. 갑작스러운 회의가 잡히는 게 다반사라 그녀는 크게 기대하진 않았다.

– 저녁은 안 될 것 같아. 그래도 9시까지는 가 볼게.

"알겠어요."

서운한 티를 내지 않기 위해 지수는 더 밝은 목소리를 냈다. 그러나 그걸 눈치 못 챌 남편이 아니었다.

– 미안해. 자꾸 바빠서.

300

1년이 지나고, 다음 해는 멈춰 뒀던 사업들을 추진력 있게 밀어붙이느라 또 바빴다. 그를 보기 위해 지수는 그의 출장 스케줄을 따라다닌 적도 있었다. 그때야말로 정말 서운했던 점이 한두 가지가 아니었다. 일주일 내내 호텔에서 밤에만 만나는 일정이다 보니 그녀는 괜히 낮시간이 우울해지기도 했다. 이 남자 나랑 자려고 여기까지 데려왔나? 하는 생각이 든 적도 있다. 바쁜 걸 알기에 이해하려고 하지만, 그렇다고 서운함이 없어지는 건 아니었다.

남편의 얼굴 까먹을 때쯤 들어와 온몸을 무자비하게 헤집고 다음 날이면 말끔한 모습으로 그는 일을 하러 나갔다. 그녀는 그와 쇼핑도, 맛집도 같이 가지 못한 채로 귀국하기 일쑤였다. 귀국 전날 프라이빗풀에서 같이 밤 수영을 하거나 가끔 스파를 하는 것 외에는 데이트랄 게 없었다. 시드니, 뉴욕, 싱가포르 등등. 몇 번 그의 해외 출장에 동행했다가 그는 미안해하고, 그녀는 서운해하다 보니 최근에는 현우 혼자만 보냈다. 그랬더니 그는 그것이 아쉬운 모양이었다.

– 사랑해.

"나도요. 현우 씨, 사랑해요."

– 목소리 들으니까 힘나네. 저녁에 보자.

그녀 덕에 행복하고 고맙다고 한다. 그 말을 들을 때면 그녀는 행복해졌다. 내가 사랑하는 사람이 나로 인해 행복하다면 그것만큼 좋은 게 또 어디 있을까.

전화를 끊고 지수는 기지개를 쭉 켰다. 시계를 보니 샵에 가야 할 것 같았다. 오후 2시에 재경그룹 차기 후계자인 태환의 부인과 약속이 있었다. 그녀와 퍼스널 쇼퍼를 만나 한차례 피곤한 쇼핑을 해야 할 것이다. 얼른 모든 스케줄을 끝내고 지유와 집에서 맥주를 마시고, 퇴근한 현우를 보고 싶었다.

✳

BH 홍보실에 갑작스러운 불벼락이 떨어졌다. 박현우 회장은 지금껏 직접 홍보실로 내려온 적이 없었는데 오늘은 무슨 일인지 그가 행차했다. 그가 회의실로 쌩하니 들어가는 순간 홍보실 부장과 실장의 얼굴이 아연실색해졌다. 얼어붙은 분위기에 홍보실 직원들은 서로의 얼굴을 힐끔거렸다.

"도대체 무슨 일이에요?"

"지금 BH 사모님 대학교 때 동아리 영상이 인터넷 여기저기 돌아다니나 봐요."

"네? 헉."

이사진들이 회장 앞에서 화를 내고, 어떤 이는 칼을 휘두를 때도 꿈쩍하지 않던 남자이다. 최고의 껍데기를 갖고 심장 따윈 없을 것 같은 사람인데, 넥타이까지 풀어헤친 채로 뛰어오다니. 다들 믿기지 않는 눈치였다.

몇몇 직원들은 BH에 입사해서 젊은 회장을 보고 한 번쯤 다리 걸어 보겠다고 내심 꿈에 부풀었는데, 그와 한 달만 일을 같이해도 두 손, 두 발을 다 들었다. 아직도 젊은 회장의 약점을 쥐고 싶어 하는 사람들이 많았다. 그들은 그의 회사에, 술집에, 피트니스에 수도 없이 미인계를 쓸 여자들을 보냈지만 현우에겐 어림도 없었다. 누군가에게 약점을 잡힐 사람도 아니지만 그보다 그는 아

302

내밖에 없는 애처가로 유명했다. 그렇기에 그에게 미인계 따위는 통하지 않는 것이다.

"도대체 어떤 영상이길래요?"

"잠시만요."

영상은 아직 유튜브에는 퍼지지 않았다. 베이너 포털 사이트에 소규모로 운영되는 카페에 게시글이 올라온 것이다.

[BH 사모, 허리 놀림 장난 아닌데?]

[몸매 미쳤다. 어릴 때 여럿 남자 울렸겠다.]

[박현우가 세상에서 제일 부럽다. 그 나이에 회장에, 이런 여자를 얻다니.]

[다시 태어나면 박현우로 태어나야지.]

[인정. 여자가 봐도 예쁘다. 계속 보게 돼.]

영상을 클릭해 본 직원들은 두 손으로 입을 막았다. 옷차림은 티셔츠에 스키니진인데, 표정과 춤선이 압도적으로 예뻐서 자꾸 보게 만드는 영상이었다. 홍보실 남자 직원들은 하나같이 입을 벌리고 돌려보기를 하고 있었다. 파워풀한 힙합 댄스 동영상도 있었지만, 사람들의 시선을 잡은 건 웨이브를 하며 살랑살랑거리는 춤사위였다. 그때 회의실 문이 반쯤 열렸다. 직원들은 동영상을 얼른 껐다.

"당장 해결하세요. 다시 한 번 내 눈에 동영상 뜨면 가만 안 둡니다. 와이프 마크 누가 합니까?"

"홍보 2팀이 하고 있습니다."

"오늘 내로 다 지워요. 안 그러면 2팀 전체 직원 목을 내놔야 할 겁니다."

"회장님!"

"졸업한 대학교 동아리 영상 찾아서 조금이라도 나오면 다 삭제 요청하시고……."

목을 내놔야 한다고?

직원들은 홍보2실 팀원들을 안쓰럽게 쳐다보았다. 안 그래도 말이 새어 나갈까 봐 댄스 동아리를 했던 사실은 철저히 비밀에 부쳤는데 어디서 샌 건지 모르겠다. 졸업한 동기, 선배, 후배들을 수소문해서 영상을 지워 달라고 하였고, 기사가 올라오면 퍼지기 전에 사이트에서 게시글을 내리도록 손을 썼다. 그런데도 퍼지다니.

"법무팀 동원해서 확실하게 본보기 보여 주세요. 동의 없는 사진, 동영상 유포는 범죄입니다."

"알겠습니다, 회장님."

"젠장."

회의실을 나가는 현우의 미간이 잔뜩 구겨져 있었다. 모든 직원은 고개를 숙였다. 입사 후 회장의 흐트러진 모습을 처음 본 직원들은 숨을 죽였다.

"방금 지나가면서 욕하신 거 맞죠?"

"저도 들었어요."

"우리 회장님은 무슨 욕도 저렇게 찰지게 하세요?"

씨로 시작한 그 욕은 재벌가인 그의 입에서 나오니 매치가 되지 않았다.

"잘못 들었겠죠. 설마요."

"자자, 얼른 일합시다. 이거 오늘까지 처리 못 하면 내일 우리 다 죽는 겁니다. 회장님 눈 돌아가면 물불 안 가려요."

실장의 얼굴은 반쯤 정신이 나간 사람 같았다. 사이버 수사대에 의뢰하고, 법무팀 직원들이 몇 번을 왔다 갔다 했다. 다행히 기사화되기 전에 각 신문사에 연락해 모두 막았다. 만약 기사까지 났으면…… 끔찍한 일이었을 것이다.

"우리 회장님 진짜 애처가신 것 같아요. 저는 보기 좋기만 한데."

"그죠? 집에 이런 마누라가 기다리고 있으면 집에 가고 싶겠다."

"회장님께서 그 말 들으시면 준수 씨 반 죽어날걸요?"

"에이, 설마요."

"진짜예요."

예전에 해외 출장 때 사모님께서 혼자서 뉴욕 거리 돌아다니다가 영화배우한테 대시를 받았는데, 회장님께서 두 손 걷어붙이고 나서서 배우의 한국 활동을 접게 만들었다는 소문이 있었다. 물론 그 배우는 해외에 뜻이 있다며 할리우드에 가긴 했지만. 배우 본인의 뜻이 아니라 살기 위한 선택이라는 후문이 돌았다. 결과적으로 그 배우는 할리우드에서 더 성공을 했지만 말이다.

몇몇 기업가의 자제와 사모들은 아내분이 어리기 때문에 하대하고, 평범한 집안이라며 은근히 무시하고 따돌렸다. 그런 이들에게 현우는 시간을 두고 잘근잘근 밟아 그들의 목줄을 쥐었다. BH가 어떤 곳인지, 아내에게 하는 행동이 곧 그를 향한 도발로 치부하며 인정사정없었다.

"손에 물 안 묻히게 한다는 말이 우리 회장님 보면 알겠더라니까요."

"그래도 그 정도 집착이면 전 무서울 것 같아요."

현우의 재력은 재계에서도 알아주는 편이고 외모도 잊을 만하면 이슈가 될 정도로 최고였지만 한편으로는 범상치 않은 면이 무섭게 느껴지기도 했다. 그래도 아내 앞에선 엄청 꿀 떨어지는 얼굴을 하고 있겠지.

"제가 비서실 통해서 들은 건데, 해외에 출장 가실 때 사모님하고 방에 들어가면 아침에 나올 때까지, 쉬지도 않고 그런대요."

"뭐?"

"그 룸 앞에 아예 개미 새끼 한 마리 못 지나다니게 하신대요. 소문이 그냥 나진 않잖아요?"

그 말에 직원들은 고개를 끄덕였다. 회장님 비주얼을 보면 잠자리가 평범하진 않을 것 같단 누군가의 말에 동의했다.

"저는 그냥 사모님 안 할래요."

"저도요."

부럽다고 했던 직원들은 항복을 했다. 저 남자를 감당할 수 있느냐의 문제를 두고 토론하다가 실장님께 한 소리를 듣고 자리로 빠른 속도로 돌아갔다.

회장 부속실 비서들도 잔뜩 긴장한 채 밖에서 안쪽 눈치를 보았다. 성우는 비서들에게 커피 한 잔씩 돌리라며 법인 카드를 넘긴 후, 현우의 집무실 안으로 들어갔다. 집무실 안은 정적이 흘렀지만, 바닥에 쏟아진 필기구와 서류들은 현우의 마음을 대변

하고 있었다.

"회장님, 저 왔습니다."

"어."

소매를 걷어붙인 현우는 쌓인 결재판을 넘겼다. 펜으로 직직 그어 재작성을 하도록 만드는 손길이 다소 신경질적이었다.

"홍보실에서 쥐 잡듯이 찾고 있다고 합니다. 법무팀에서도 오늘 안에 처리하겠다고 합니다."

"기사로 나가면 절대 안 돼."

"네. 압니다."

"어떤 간 큰 새끼가 그딴 걸 올려?"

실시간으로 올라오는 저질스러운 댓글을 볼 때마다 그는 화가 머리끝까지 올라왔다. 제 여자를 탐내고, 갖고 싶어 하는 사내들을 참아 줄 수가 없었다.

"솔직히 한마디만 해도 될까요?"

"아니."

"하겠습니다."

현우가 펜을 탁 내려놓았다. 성우는 할 말은 다 할 기세로 온몸에 힘을 줬다. 그의 눈빛을 받아치려면 전력을 다해야 한다.

"대학교 동아리 때 했던 활동이라 사실 흠도 아닙니다. 어차피 재벌가 자제가 아니라 신데렐라 스토리로 포장했잖습니까. 동아리 활동 열심히 해서 춤으로 상도 타고, 인기도 많았다고 하면 오히려 젊은 세대들한테는 인기 요소일 수 있어요. 따분한 꼰대들만 있는 곳이 아니라, BH에는 새 생명, 새바람, 젊은 이미지를 줄수도 있다고요. 잘만 포장하면요. 안 그래도 홍보실로 방송국에서 사모님 전격 인터뷰하고 싶다고 연락도 왔구요."

"절대 안 돼."

"회장님께서 너무 품에 싸고도시는……."

"예쁜데 어떻게 세상에 내놔? 다른 남자들 꼬이면, 나 일 못해."

"공과 사는 구분하셔야죠."

"그게 안 되니까 이러잖아."

팔짱을 낀 현우가 불편한 표정을 지었다. 결혼을 하면 어차피 제 여자니까 질투할 일이 없을 줄 알았다. 그런데 실상 질투와 소유욕은 그녀를 사랑하면 할수록 심해지고 있었다. 하루 종일 24시간 붙어 있고 싶어도 현실적으로 불가능했다. 그녀와 저녁을 같이 먹을 수 있는 날이 일주일에 한 번 있을까 말까였다. 그래서 그녀를 안을 때면 끝까지 몰아붙이게 되는 것 같다.

그녀는 꾸준히 관리를 받으면서 물이 올라서 밖에 내다 놓으면 뭇 남성들의 시선을 받는다. 그녀가 외로워서 다른 마음을 먹는다면 남자 하나 침대로 부르는 건 일도 아닐 것이다. 그럴 사람 아닌 거 아는데, 예뻐서 걱정된다.

"오늘은 아홉 시까지 집에 가야 해."

"알겠습니다. 맞춰 보겠습니다."

"무조건."

내내 새벽에 귀가했던 현우가 오늘만큼은 일찍 퇴근하겠다고 못을 박았다. 현우는 넥타이를 바르게 매고 집무실에서 일어났다. 성우와 함께 내부 회의를 하고 외부 미팅을 위해 움직여야 할 시간이었다. 차 회장과의 술 약속은 취소했으니 비서실에서 다른 날로 다시 잡을 것이다.

저녁을 두 차례 먹은 현우는 소화제를 삼켰다. 신경 쓰이는 일이 있으니 위장이 말썽이었다. 그사이 동영상 유포자는 잡혔고, 다신 어디에 올리지 않겠다는 확답을 받아 냈다. 남자의 PC와 모바일에 있던 영상을 모두 삭제했다. 대학교 축제 때 찍은 영상이라고 했던가. 얼마나 많은 남자들이 또 다른 영상을 갖고 있을까.

저녁 식사 후 마지막 미팅을 남겨 두고 있었다. 현우는 약속 상대가 오기 전 지수에게 전화를 걸었다. 신호음이 가지만 받지는 않는다. 그는 미간을 좁히며 다시 통화 버튼을 눌렀다. 이번에도 그녀는 받지 않았다. 무슨 일 있나? 현우는 턱을 괴고 눈을 감았다. 두통이 몰려오고 있었다. 얼른 지수의 품에서 푹 잠을 자고 싶을 정도로. 관자놀이를 누르는 손끝에 힘이 실렸다.

아이 둘을 맡기고 온 지유는 세계 맥주를 한 봉지 가득 사 왔다. 그리고 우리가 쉬는 동안 새로운 소주들이 나왔다며 '이즈백'을 꺼내서 흔들었다.

"어서 와."

"나보다 술이 더 반갑지?"

"너랑 술 다 반가워."

지유는 집 안으로 들어오며 인사하는 도우미 아주머니께 깍듯이 인사를 했다. 선물이랑 그녀가 사 온 것들을 받아 든 아주머니들이 일사불란하게 부엌으로 들어갔다.

"이렇게 보니까 우리 지수 진짜 사모님 같네."

"사모님이라고 하니까 이상해. 맨날 듣는 소린데 적응이 안 되는 거 있지?"

지수는 지유에게 팔짱을 끼며 다이닝룸으로 갔다. 열 명은 앉아도 될 큰 식탁 앞에서 고민하다가 지수는 다시 지유를 데리고 실내 바로 갔다. 둘만의 시간을 많이 갖자며 현우는 집 안에 바(Bar)를 공들여서 설계했다.

"회장님의 세심함이 돋보이는 곳이야. 현우 씨 센스 넘치는 것 같아."

지유는 다시 봐도 조명이 너무 예쁘다며 칭찬을 했다. 지수는 일어나서 먹기 좋은 잔을 꺼냈다. 그사이 아주머니는 두 사람이 먹을 안주들을 내왔다.

"지수 넌 갈수록 미모가 물이 오른다, 올라."

"말만이라도 고마워."

"진짠데. 참, 너 아까 낮에 대학교 댄스 동아리 영상 돌았던 거 알아? 나도 도형 오빠가 보내 줘서 사이트 들어가 봤는데 다 삭제됐더라."

"영상? 어떤 거? 난 못 봤는데."

"우리 남편이 혹시 나도 같이 동아리 들었었는지 물어보더라고. 아니라고 했더니 다행이라고, 맞다고 했으면 질투 때문에 눈이 멀었을 거라고 하던데?"

도형 오빠가 그 정도로 말한 거면 평범한 영상을 아닐 것이다. 현우도 봤을까. 어쩐지 등줄기에 소름이 돋았다. 결혼하고 소유욕이 점점 심해지는 남잔데. 그녀가 속한 동아리는 걸스 힙합이 우선인데, 대학교 축제 때는 분위기를 띄우기 위해 방송 댄스를 연습해서 추곤 했다. 절제미를 살리겠다고 달라붙는 옷은 입어도 과한 노출은 없었다. 그래도 항상 축제 때 그녀의 동아리가 제일 큰 박수를 받았던 것 같다.

"설마 현우 씨는 못 봤겠지?"

"우리 남편도 봤는데, 당연히 봤겠지. 그러니까 영상 다 내려가지 않았을까? 지금은 찾을 수도 없더라."

"망했다. 오늘 일찍 온다고 했는데."

지수는 테이블에 이마를 쾅쾅 박았다. 아니, 과거인데! 생각해 보면 가장 예뻤던 20대 초 아니던가.

"현우 씨도 무서운데, 우리 부모님께서 보셨다면 더 끔찍해. 설마 결혼한 나를 불러다가 머리 빡빡 밀진 않겠지? 그래도 내가 BH 사모님인데?"

"설마. 우리 나이가 몇인데."

지수는 망연자실한 표정으로 맥주잔에 맥주와 소주를 섞었다. 중간에서 부딪친 잔이 흔들리며 손으로 차가운 술이 떨어졌다. 남편들이 오기 전에 마시고 죽겠다는 투지를 불태우며 두 여자는 열심히 폭탄주를 제조해서 빠르게 마셨다.

"근데 도형 오빠는 언제 와?"

"촬영이 좀 늦어져서 한 시간 후쯤? 현우 씨는?"

"아홉 시까지 온다고 했어."

"그럼 그때까지 우리 세상이네. 끝장을 내 보자고!"

다이닝룸에 핸드폰을 두고 온 지수는 지유와 함께 고삐 풀린 망아지처럼 술을 마셨다. 오랜만에 만난 친구가 좋아서, 이렇게 마음 편히 얘기하고 남들의 시선을 신경 안 써도 돼서, 그녀는 현우가 몇 번이나 그녀에게 전화를 했다는 걸 알지 못했다.

현우는 도형에게 전화를 받고 집 앞에서 만나 안으로 같이 들어갔다. 문을 열자 시끄러운 음악 소리가 먼저 그들을 반겼다. 현우는 집 안으로 들어가 음악 소리를 줄이고, 도형을 안쪽으로 안내했다.

아내가 있을 곳은 뻔했다. 두 사람이 방문을 열었을 때, 방 안은 맥주병과 소주병이 나뒹굴고 있었다. 이미 취한 두 여자는 볼이 빨개진 채로 했던 이야기를 반복하며 깔깔 웃었다. 현우는 난감한 표정으로 서 있다가 지수에게 다가갔다.

"지수야."

"남편. 왔어요호웅?"

따라 들어온 도형도 아내인 지유를 챙겼다.

"미안한데, 지유 데리고 가 봐야 할 것 같아요. 같이 술 마실 상황이 아니네요."

"그러네요. 다음번에 제대로 대접하겠습니다."

"어떻게 시간 맞췄는데 미안하게 됐습니다. 지유야, 정신 차려. 유지유."

헤헤헤, 오빠. 애교 부리는 지유를 본 도형이 괜찮다고 웃어 주었다. 지유만큼이나 지수도 더 마시면 안 될 상황이었다.

"안 해. 오늘은 안 해, 안 해!"

투정 부리는 그녀의 입을 막으며 도형은 두 팔로 지유를 안고 나갔다. 현우는 지수를 잠시 두고 손님을 배웅하기 위해 현관으로 갔다.

"지유 씨, 다음에 봐요."

"네, 네. 아아! 현우 씨, 지수가 아이 갖고 싶다고 하던데. 어떻게 하면 임신이 빨리 되냐고 물어보더라고요."

"그랬어요?"

"네. 그래서 제가 답을 알려 줬죠."

지유가 다섯 손가락을 쫙 폈다. 도형은 지유가 말을 하기 전에 손바닥으로 입을 막았다.

"읍읍. 하, 읍, 루, 에, 다으으읍번!"

"아내가 취해서 하는 소리니 귀담아듣지 않으셔도 될 것 같습니다. 내일이면 우리 지유 부끄러워서 얼굴도 못 들 것 같은데, 잊어 주세요."

"네."

현우는 그들이 간 다음 마른세수를 하며 지수에게로 왔다. 안주를 집어 먹으며 그녀는 히죽히죽 웃고 있었다.

"지수야."

"응?"

오늘 엄청 피곤했는데, 이렇게 술 먹고 취한 모습을 봐도 피곤이 풀리는 걸 보면 중증인 것 같았다.

"늦게 왔지?"

"응."

"많이 기다렸어?"

"응."

"그래서 미워?"

"으응."

솔직한 그녀가 예뻐서 볼을 만지자 그녀가 그의 손목을 쳐냈다.

"왜?"

"안 미워. 좋아. 남편 좋아요."

반말을 섞어 가며 웃는다. 눈가가 반으로 접히자 그는 더는 참지 못하고 과일을 오물거리는 그녀의 입술을 그의 입으로 머금었다. 그녀의 입술은 달았다. 살결이 그의 입속으로 빨려 들어왔다. 혀 끼리 얽히자 지수의 입에서 숨결이 새어 나왔고, 그의 얼굴에 따스한 기운이 번졌다. 그게 불씨가 되어 현우는 의자에서 일어나 상체를 숙이며 폭풍 같은 키스를 건넸다.

"숨……. 읍!"

지수는 현우의 가슴을 밀어냈다. 숨 쉴 틈도 주지 않고 밀어붙이는 통에 그녀는 흐려지던 의식을 잡을 수밖에 없었다.

지유랑 과거 이야기를 하며 즐겁게 웃다가 그녀는 어느새 고민을 털어놓았다. 임신. 사랑을 나눌 땐 하루에도 몇 번은 해야 직성이 풀리는 남자라, 처음 몇 번은 피임을 해도 마지막엔 거의 못 하는 경우가 더 많았다. 남들은 피임을 열심히 해도 생긴다는데. 요새는 가는 곳마다 좋은 소식 없냐는 질문이 따라붙었다. 언젠간 찾아오겠지 싶다가도 걱정이 되었다. 현우만 있으면 된다고, 신혼을 오래 즐기고 싶다고 생각했는데 요새는 지나가는 아이만 봐도 예뻤다.

"왜 이렇게 많이 마셨어?"

"오랜만에 기분 좋아서."

푸 하고 숨을 내뱉자 그가 그녀의 볼을 살살 매만졌다.

"지유한테 들었는데 오늘 내 동영상 때문에 난리도 아니었다면 서요?"

"응."

"현우 씨도 봤어요?"

"응."

"그때가 더 예뻤죠?"

그녀가 강아지 같은 표정을 지으며 그에게 물었다. 현우는 피식 웃으며 그녀의 두 볼을 늘렸다.

"지금도 예쁘고, 그때도 예뻤어. 눈 돌아갈 만큼."

"정말?"

"응. 정말."

"근데 표정이 왜 그래요?"

"그거 본 새끼들 다 머릿속을 박박 지우고 싶은 심정이었지."

"세상에!"

술을 마신 지수는 업 되어 있어서 제스처가 평소보다 과했다. 고개를 절레절레 흔들다가 그래도 좋은지 그의 발등 위를 밟고 올라가 발꿈치를 든다. 그의 턱에 쪽쪽 입을 맞추며 두 팔을 그의 목에 감았다.

"지유 씨가 그러는데."

"응?"

"임신하려면 하루에 다섯 번은 해야 한대. 매일."

"으응? 진짜?"

"아이 갖고 싶어?"

그의 질문에 지수는 고개를 끄덕였다. 그가 빤히 바라보며 이마를 댔다. 박준호 회장이 돌아가신 이후, 그녀는 줄곧 그에게 따뜻한 가정을 만들어 주고 싶었다. 이왕이면 아이는 많이. 바로 갖는 건 아니더라도 적당히 시간이 지나면 아이를 두세 명은 낳아서 집안에 아이들의 웃음소리로 가득했으면 좋겠다고 생각했다.

"그래. 우리, 아이 갖자."

"정말?"

"응."

"전에는 더 있다가 갖고 싶다고 했잖아요."

"마음이 바뀌었어."

그는 지수를 번쩍 안았다. 그녀는 그의 허리에 두 다리를 감싸며 두 손으로 그의 어깨를 짚었다. 위에서 그를 내려다보는 자세가 되자, 그는 그대로 침실로 걸어갔다.

"왜요?"

"결혼해도 불안해. 내 여자 탐내는 남자들이 너무 많아."

"진짜 말도 안 돼요."

"오늘 네가 댓글들을 봤어야 해."

상상하기도 싫다는 듯 현우는 고개를 저었다. 그녀의 몸을 받친 손이 움직이며 허벅지를 쓸었다. 침실로 와서 그녀를 내려놓은 그가 넥타이를 흔들어 풀어냈다. 커프스단추를 빼서 협탁에 놓고 셔츠 단추를 푸는 그를 보며 지수가 볼을 붉혔다.

"봐도, 봐도 부끄러워?"

"응."

"내 몸에 침 발랐으면서?"

"아, 정말. 현우 씨!"

결혼하고 그와 잠을 잔 날은 수도 없이 많다. 그의 말대로 서로의 몸에 대해선 누구보다 잘 아는 지경이 되었다.

그가 무릎을 올리며 침대 위로 올라왔다. 지수의 등 뒤로 손을 넣어 지퍼를 내린 그가 드러난 살결에 입술을 댔다. 목을 따라 내려온 혀가 어깨를 둥글게 문지르고 간다. 뜨거운 입술이 닿자마자 지수의 몸은 기대감으로 찌릿했다.

"다섯 번 할 거야."

"못 해요. 안 돼."

그는 지수의 손을 끌어와 팔목에 입을 맞췄다. 팔딱거리는 곳에 입술을 누르고 있자 그녀가 손을 빼려 했다. 그는 한 손으로 그녀의 두 손목을 잡은 다음, 그녀의 원피스를 조금 더 내렸다. 속옷 위로 드러난 살결에 입을 맞추었다.

"으."

잇새로 신음이 터졌다. 그는 그녀가 했던 것처럼 턱을 쪽쪽 빨며 입술로 가까이 갔다. 단숨에 거세게 입술을 빨며 혀로 뭉개자 그녀는 그에게 키스를 되돌렸다. 그녀의 입안 구석구석 혀로 찌르고 그녀의 혀를 잡아채 뽑힐 듯이 빨아들이자 지수의 눈가가 파르르 떨렸다. 입술에서 더 아래로 내려갈수록 지수의 눈빛이 흔들렸다. 그는 그녀의 몸 어디를 어떻게 해 줘야 좋아하는지 눈 감고도 찾을 수 있었다. 지수는 그가 주는 자극을 견디지 못하고 눈을 감았다. 온몸이 자극점이 된 것 같았다. 그가 닿는 곳엔 불이 일어난다. 그녀는 참지 못하고 그를 밀어내고 그의 위로 올라탔다.

"지수야?"

"하아, 현우 씨, 나 터질 것 같아요."

"괜찮아. 괜찮아."

그는 한 손으로 그녀의 머리를 쓰다듬으며 한 손으로는 그녀의 살결을 쓸었다. 허벅지를 쥔 손이 좀 더 영역을 넓혀 가자 지수의 눈동자가 흐릿해졌다. 그의 몸 위에 앉아 어깨를 쥔 손에 힘이 들어갔다. 그는 그녀의 표정을 세세히 살피며 손을 움직였다.

"웃. 내가, 해 주려고, 했는데."

그녀는 힘겹게 말을 이어 갔다. 눈썹을 찡그리고 어깨를 움찔 떠는 그녀가 예뻐서 현우는 당장이라도 그녀를 품에 안고 끝까지 가 버리고 싶었다. 그러나 그는 그녀가 꽃처럼 피는 순간이 좋아서 조금 더 애태울 작정이었다. 그녀의 눈가에 그렁그렁 눈물이 맺힐 때가 얼마나 예쁜지, 볼 때마다 사랑스러웠다. 이 여자를 이렇게 만들 수 있는 남자는 오직 그밖에 없다는 지독한 만족감 때문에 더 보고 싶어 하는지도 몰랐다.

"오늘따라 짓궂어요. 응?"

"응?"

그가 그녀의 말을 되돌리자 그녀가 고개를 저으며 그의 어깨를 밀었다.

"나, 더는, 안 돼……. 응?"

반말을 툭툭 던지는 모습이 귀여워서 그는 그녀의 볼을 쓰다듬다가 불시에 엄지를 그녀의 입가에 물려 주었다. 그게 맛있는 사탕이라도 된 양 그녀는 혀로 그의 손가락을 입안에서 굴렸다. 얼굴이 붉어진 채로 그의 손가락을 쪽쪽 빠는 그녀로 인해 현우는 온몸이 터질 것 같았다.

"지수야."

"응……?"

"하아, 아니야."

그는 그녀의 입에서 엄지를 뺐다. 이대로 뒀다간 그녀보다 먼저 흥분해서 날뛸지도 모른다. 차분히 숨을 고른 그가 경련하는 그녀를 침대에 다시 눕혔다. 위로 올라와 협탁 서랍에서 콘돔을 꺼내려고 하다가 말았다. 피임을 할 때도 있고, 안 할 때도 있었다. 결혼 초기에는 가뜩이나 없는 시간 쪼개서 보내는 신혼을 즐기기 위해 무조건 피임을 했다면, 요새는 반반이었다. 오히려 피임 도구가 없이 그녀를 안을 때가 더 기분이 좋았기에 그는 때때로 생략할 때도 있었다.

"이제 콘돔 안 할게. 그래도 되지?"

"네."

"임신하면 너 힘들 텐데. 정말 괜찮아?"

그녀는 고개를 끄덕였다. 그는 그녀의 정수리 위에 두 팔을 대고 지그시 눌렀다. 그녀가 그의 품에서 벗어나지 못하도록 온몸으로 옭아맸다. 결혼 전에도 그녀는 일에서 재미와 보람을 느꼈고 지금은 그를 대신하여 재단 사업을 하면서 또 다른 성취감을 느꼈다. 그걸 알기 때문에 매번 챙기진 못해도 피임을 나름대로는 신경 써서 하는 편이었다. 사랑을 나누는 마지막 순간엔 항상 이성을 잃어서 그마저도 못 챙길 때도 있긴 했지만 말이다.

"내가 너무 바빴지? 아이에 대한 고민도 못 나누고."

그가 그녀의 눈을 보며 미안한 표정을 지었다.

"아니야. 아니에요. 나도 혼자 잠깐 고민했던 건데. 심각한 것 아니에요."

"더 노력할게."

"뭐를……?"

그녀의 질문을 그는 입술로 막았다. 그녀의 혀뿌리까지 감아 키스를 하며 그는 그녀의 몸 위를 압박하듯이 덮쳤다.

"읍!"

그녀의 욕구를 먼저 채워주기 위한 행위가 먼저이기 때문에 그들의 잠자리는 항상 길 수밖에 없었다. 그는 그녀가 적응하도록 안고 키스하며 어르고 달래는 시간에 공을 들이는 편이었다. 그녀가 그에게 매달리는 순간이 오면 결국 자비 없는 짐승이 되었지만 말이다. 그녀는 정수리를 감싼 그의 손길에 몸을 맡겼다. 그의 몸을 벗어나지 못하게 하려는 듯 머리부터 발끝까지 그녀를 옭아맸다.

"아파."

"아파?"

"응. 아파. 아파요!"

"안 깨물게."

그는 웃으며 그녀의 입술을 부드럽게 핥았다.

좋아요. 안 깨물어서 좋아. 아이, 달아.

그녀는 신음 소리를 내면서도 그에게 솔직하게 말을 해 주었다. 그가 그녀의 골반을 두 손으로 잡자 지수는 숨을 할딱였다. 발끝을 세운 그녀가 침대를 밀어낸다. 엄지가 이불을 긁으면서 스윽 스윽 소리를 냈다. 동동 두 다리를 흔드는 그녀로 인해 현우의 미간도 잔뜩 좁혀졌다.

"그만. 지수야, 그만."

"응?"

그는 그녀의 입술과 코, 볼을 지나 귓불을 빨았다. 버둥거리지 말라고 갈라진 목소리로 말하자 그녀는 키득대며 장난을 친다. 그의 눈빛이 더 지독하게 변했다. 그날 밤은 유독 집요하고 길었다.

잠에서 깬 지수는 아픈 머리를 부여잡았다. 어제 술을 많이 마셔서 깨질 것 같았다. 몸을 일으키자 이불이 스르르 내려갔다. 그녀는 실오라기 하나 걸치지 않은 상태였다. 옆자리를 보니 현우는 출근을 한 모양인지 자리에 없었다. 발을 침대 아래로 내딛자마자 날카로운 통증에 그녀는 다시 털썩 주저앉았다. 두 다리에 힘이 하나도 들어가지 않았다.

"정말…… 못 살아."

발아래에는 그녀가 입었던 원피스와 가운, 휴지가 너저분하게 흩어져 있었다.

침대 위에서 안겼고, 몸에 땀이 흘렀다며 욕실로 가다가 갈아입을 속옷을 꺼내 손에 든 그녀가 사랑스럽다며 그가 뒤에서 그녀를 안았다. 욕실에서는 반신욕을 하며 뭉친 근육을 풀어 주다가 또 불이 붙었다. 배스 가운을 입고 나오자 그녀가 물을 마시는 걸 입술로 뺏어 먹으려다가 식탁 위에서도. 도대체 몇 번을 한 거야. 자다가 깨서 비몽사몽한 정신으로도 했으니까. 진짜 다섯 번 했네. 난잡하게 머릿속을 할퀴고 가는 기억들에 그녀는 머리를 헝클어뜨렸다. 어제 내가 어땠더라.

박현우.

좋아, 좋다고.

아아.

더 해 줘, 응? 응?

술을 마시면 욕정이 배가 되는 건가. 그동안 그에게 힘들다며 피했던 게 무색할 정도로 어제는 그가 하는 행위를 무척 즐겼었다. 그 기억에 온몸이 화끈거렸다.

'오늘따라 더 예쁘네. 사랑해.'

그가 키스를 할 때마다 귓가에 속삭이는 그 달콤한 말 때문에 온몸이 녹아 버렸던 것 같다. 그가 따뜻해서, 달콤해서. 보고 싶다. 아침에 얼굴도 안 보여 주고 간 남편. 보고 싶어 죽겠다.

2

  장학재단 사업과 BH에서 주최하는 후원 사업은 모두 지수의 손을 거쳤다. 서일에 입사해서 야근을 불사하며 일했던 시간들이 아깝지 않았다. 그때 배운 것과 현우, 비서진의 도움을 받아 그녀는 누구보다 잘 해내고 있었다.

  처음 1년은 그녀가 결정하고도 확신이 없어서 집에 온 현우에게 같이 일 얘기를 하며 그의 표정을 살피곤 했다. 그럼 이건 좋고, 저 기획은 아니고, 숫자가 틀렸다는 걸 자연스럽게 알게 되었다. 시간을 쪼개서 업무를 효율적으로 하는 방법도 옆에 있다 보니 배웠고, 현우는 그녀를 재단 이사장으로 올렸다. 대신 그가 회장님을 곁에서 모시던 비서실장을 그녀에게 보내 주었다.

  'BH, 미래 바자회'

  미래를 보고 앞서가자는 슬로건을 건 바자회는 각계각층의 유명인으로 붐볐다. 이번 바자회는 장학재단에서 후원하는 시골 학교와 고아원에서 제공한 제품을 판매하고 새로운 후원자와 업체를 연결해 주는 취지로 기획되었다. 이곳에 온 기자들도 쉬지 않고 카메라 셔터를 눌렀다. 지수는 와 주신 분들에게 깍듯이 인사를 했다. 추진력 있게, 가끔은 대범한 기획을 하지만 그녀는 어리기 때문에 더 겸손해야 한다고 생각했다. 그녀의 얼굴이 곧 현우이기 때문이다.

"이사장님, 회장님 거의 다 오셨다고 합니다."

"네."

그녀의 비서가 인이어로 보안 업체와 소통을 하며 지수를 건물 정문으로 모셨다. 차에서 내린 현우가 사람들의 인사를 받으며 안으로 들어오고 있었다. 묵례를 하며 들어오는 그의 걸음이 거침없었다. 그가 온 순간 정문으로 몰린 기자들은 가드들에 의해 제지당했다.

"회장님 사진은 저희 홍보실 통해서 드리겠습니다. 질문지 또한 홍보실로 부탁드립니다."

유성우 실장의 단호한 말에 기자들은 그에게서 물러났다.

현우는 안으로 들어오다가 지수를 보며 굳었던 근육을 풀며 환하게 웃었다. 가뜩이나 주목받는 사람인데, 저렇게 웃으니 여기저기서 환호 소리가 들렸다. 지수는 그에게 가까이 갔다. 천천히 걷는다고 하는데, 자꾸 발걸음이 빨라진다.

"저런, 조심."

긴 다리로 성큼 다가온 그가 그녀의 팔목을 잡았다. 지수는 그의 손을 놓게 한 후 팔짱을 끼었다.

"일찍 왔네요?"

"응."

"오늘 바빠서 못 올 수도 있다고 유 실장님께 들었거든요."

"다른 덴 못 가도 아내가 주최한 행사인데 빠지면 쓰나."

그는 싱그럽게 웃으며 그녀의 볼을 만졌다. 꿀이 떨어지는 남편의 눈을 보며 지수는 그들을 촬영하는 카메라가 몇 대인지 먼저 살폈다. 지수가 그에게 상체를 숙이라고 손짓했다. 그의 귀가 가까워지자 그녀는 짐짓 엄한 목소리로 말했다.

"스킨십은 나중에 둘만 있을 때 해요."

"그건 당연한 거고. 우리 삼 일 만에 본 건 알아?"

"알죠. 알죠."

현우는 그녀의 말에 동의하지 않는지 그녀의 어깨에 팔을 둘렀다. 그의 몸에서 나는 머스크향이 그녀를 안도케 했다.

처음 보는 사람들을 상대하고, 수많은 사람들 앞에서 마이크를 잡을 수 있는 건 대학생 때 했던 동아리의 영향이 큰 것 같다. 그쪽으로 갈 거 아닌데 취미 생활이랍시고 시간을 버렸다고 생각했는데 실상은 아니었다. 회사 워크샵 때도 상금을 탈 수 있었고 말이다. 물론, 남편인 현우는 질색하지만.

"내일은 나 휴가야."

"정말요?"

"응. 오늘은 집에 가지 말자."

"그럼 어디 가요?"

"별장. 해외는 보는 눈이 많아서 안 되겠어."

그가 해외를 다녀오면 꼭 기사가 떴다. 그의 회사가 무슨 사업을 하고 있는지 추측성 기사가 뜨고, 사업의 성패를 멋대로 판단한다. 또는 나라의 규제 정책 때문에 해외 정치인을 만난다며 오보가 나기도 했다. 오보가 나가면 BH 홍보실은 현우에게 가루가 될 정도로 혼이 났다.

"알겠어요. 집중해요."

지수는 앞을 가리켰다. 그들에게 인사를 하러 오는 후원 대학교 이사장들과 교장 선생님들이 차례로 서 계셨다.

현우는 그녀보다 먼저 나와 악수를 했다. 덕분에 그녀는 고개를 숙이고 눈인사를 하며 건강하신지 안부를 주고받았다. 그는 본인 외에 다른 남자랑 지수가 악수하는 것도 싫어했다. 외부 행사에선 티를 내지 않지만 둘만 있을 땐, 이 손을 나만 만지고 싶다며 종종 소유욕을 드러낸다. 일부러 그녀의 손을 잡고 안부 인사가 끝날 때까지 놓지 않고 있던 몇몇 사람들 때문에 그가 스킨십에 대해 전보다 더 질투를 느끼는 것 같았다. 왜 갈수록 그는 애가 되는 건지. 그녀에게 다가오는 남자에게 또다시 손을 내미는 그를 보며 지수는 웃음이 나오려고 했다. 웃음을 꾹 참고 그의 옆을 보자, 유 실장이 입을 가리고 딴 데를 보고 있었다. 나도 박현우가 이런 남자인 줄 몰랐어요. 그녀가 유 실장과 눈이 마주치자 입 모양으로 말했다.

"뭐라고요?"

"아녜요."

"누구한테 말한 거예요?"

그걸 본 현우가 그녀에게 물었다. 사람들이 가까이 서 있자 그는 그녀에게 말을 높였다. 그녀를 보며 안달 난 시선은 지우고 절제된 시선으로 인사를 하고, 그녀와 함께 단상에 올라 좌중을 압도하며 인사말을 했다. 그녀에게 힘을 실어주는 건, 역시 남편뿐이었다.

현우와 지수는 자리에 앉아서 공연을 보고, 바자회 때 가장 많이 판매된 팀에게 상금을 주었다. 그렇게 행사가 끝날 때까지 현우는 지수의 옆에서 함께 했다. 현우의 눈가엔 아내를 향한 존경과 사랑이 담겨 있었다.

＊

차는 현우가 직접 몰았다. 지수가 집에 들러서 옷을 챙겨 가자고 했으나 현우는 어차피 별장에서 내내 벗고 있을 텐데 굳이 필요하냐고 물었다. 지수는 선사시대도 아니고 그 많은 시간 중에 반은 옷을 입고 있지 않겠냐고 반박했고, 현우는 그 많은 시간을 입고 있으려고 했냐고 오히려 놀란 표정을 지으며 그녀를 놀렸다.

별장에는 그들이 내일까지 먹을 음식이 모두 준비되어 있었다. 현우는 별장에 도착하자마자 관리인을 모두 별채로 보내고, 내일까지 아무도 오지 말 것을 지시했다. 일에 치인 현우는 쉬고 싶을 때면 섬 같은 곳에서 고립되는 걸 좋아했다. 자연이 주는 소리에 의지하며 한참을 지수를 안고 먹고 자면서 저번 휴가를 보내기도 했다. 쉴 땐 먹는 것도 귀찮아한다. 하루에 미팅 때문에 몇 끼씩 먹다 보면 음식에 미련이 없어진다나 뭐라나. 만약 지수가 여기저기 가 보자고 하지 않는다면 정말로 내내 집, 별장, 호텔에서 그녀와 하루 종일 보낼지도 모른다. 그럼에도 쉬는 일정이 끝나면 원래의 그로 돌아와 숨 막히는 일정을 소화한다. 언제 쉬었냐는 듯 사람이 돌변하는 걸 보면, 쉴 때도 다음 스텝을 철저히 관리하는 것 같았다.

"운전하느라 피곤하죠?"

"아니. 이제부터 쉴 거니까 안 피곤해."

"중간에 내가 운전한다니까. 일부러 먼 길 갈 때는 번갈아 가면서 하려고 연수 열심히 받은 건데."

지금은 그녀도 운전이 수준급이었다. 주차도 차선 변경도 잘하는 편이었다. 결혼 후 데이트를 할 땐 운전기사 없이 다닐 때가 많았다. 지수는 그와 번갈아 가면서 운전하려고 연수를 열심히 받았는데, 그는 그녀에게 절대 운전대를 넘겨주지 않았다.

"나랑 있을 땐 힘든 거 하지 마."

"안 힘들어요."

"고생 안 시키겠다고 장모님과 장인어른 앞에서 떵떵거렸는데, 고생만 시키고 있잖아."

그는 그녀의 두 볼을 감싸며 안쓰럽다는 눈으로 그녀를 보았다. 갈수록 살이 빠진다며 그녀보다 그가 더 속상해 했다. 기초 체력을 기르기 위해 열심히 운동을 하는 건 맞지만, 그가 걱정할 정도는 아니었다.

현우는 오직 그녀만을 위한 전담 헬스트레이너와 필라테스 강사를 붙여놓았다. 거기다 그녀 전담 퍼스널 쇼퍼와 헤어디자이너 등을 고용했다. 지수 한 사람을 위한 전담팀이라고 해도 될 정도로 인력에 돈을 아끼지 않았다. 그녀에게 돈을 쏟아붓는 만큼 그녀는 현우의 안사람으로서 부족함 없이 잘해 내고 싶었다.

"다른 사람이 들으면 욕해요. 호강에 겨웠다고 하지. 제가 BH의 그 신데렐라잖아요."

"난 다른 사람 말 안 들어. 내 눈에 네가 힘들어 보이는데."

그의 눈을 보고 있으면 그녀는 정말 내가 그렇게 힘들어 보이나 싶다. 누군가에겐 부러운 삶일 텐데. 힘들지 않다면 거짓말이지만 그래도 그녀는 그에게 그런 내색을 비추진 않았다. 근데 이렇게 그가 위로를 해 주면 마음이 약해져 한없이 기대고 싶어진다.

"힘들다는 얘기 안 하고 참으니까 속상하지. 잘 해내는 것과 별개로 걱정된다고."

"진짜 괜찮아요."

그는 조곤조곤 그가 보고받은 내용을 그녀에게 읊었다. 장학재단에서 탈락된 몇몇이 악의적으로 재단에 전화를 해서 민원을 넣고, 찾아와서 이사장인 그녀에게 날계란을 투척하고, 입에 담지 못할 욕을 했다고 들었다. 다 짜고 치는 거 아니냐고. 얼굴하고 몸하나 믿고 회장 사모 돼서 아랫사람들 눈에도 안 보이냐며 등등.

적어도 그녀는 정말로 어려운 사람에게 기회가 균등하게 배분되도록 최선을 다했다. 그 기준을 잡는 게 쉽지 않아서 특별 제도까지 만들어서 더 많은 기회가 돌아가도록 만들었는데, 그녀가 선하게 대하면 대할수록 오히려 나이 어린 이사장을 무시하는 직원들이 생겨났다. 또는 가만히 있어도 되는 걸 들쑤시니 귀찮아 하는 직원도 생겼고 말이다.

"내가 다 리더십이 부족해서 그런걸요. 다 겪으면서 크는 거죠."

"아니. 그 사람들이 함부로 입을 놀린 거지."

"현우 씨도 다 이런 일 저런 일 겪으면서 그 자리 간 거잖아요. 나도 그런 거라고 생각해 주면 돼요."

그녀의 말에 현우는 고개를 저었다.

"난 내 뒤에서 그러면 재기 불능으로 밟아 놨어. 그런데 넌 착해서 그러지 못하잖아."

"남편이 불도저 같으니까, 난 포용하는 넓은 가슴이 있어야 하지 않겠어요?"

"그 가슴은 나한테만 해당되는 거고."

물가에 내놓은 어린애도 아니고. 지수는 물고 늘어지는 아이 같은 그의 볼을 잡아당겼다. 돌덩이 같은 남자는 아픈 티 하나 안 내고 그녀가 하는 대로 놔두었다.

"내가 현우 씨 앞에서만 약한 여자죠. 누가 보면 내가 현우 씨 딸인 줄 알겠어."

"딸은 아니지. 그래서도 안 되고."

그의 눈빛이 잠시 그녀의 몸을 훑듯이 닿았다.

"근데 도대체 왜 이렇게 날 못 믿어요?"

"믿어."

"아닌 것 같은데요."

"믿는데, 걱정되는 거야. 다칠까 봐. 네가 상처에 무뎌지는 것도 싫고, 나 바쁘고 일 많다고 투정 안 부리고 참는 것도 싫어. 하나밖에 없는 남편인데 좀 나한테는 기대도 되잖아."

"알겠어요. 참지 않고 다 이를게요. 됐죠?"

그는 표정을 풀지 않았다. 쉬러 와서 이런 걸로 얼굴을 붉히다니. 그간 내가 남편한테 무심했던 걸까. 그녀의 표정이 조금 어두워졌다.

"혹시 내가 부담스러워?"

지수는 현우의 질문에 잠시 말문이 막혔다. 부담스럽기는, 좋기만 한데. 이렇게 나를 사랑해 주는 사람이 또 어디 있다고.

"내가 귀찮거나 그래?"

"왜 그런 생각을 해요?"

아직 앉지도 못하고 서서 얘기를 하고 있었다. 현우는 오늘 하루 종일 서 있었을 그녀를 번쩍 안아 들었다. 지수는 그의 목에 팔을 감았다. 두 사람은 별장 발코니로 나갔다. 그는 의자 위에 그녀를 살포시 내려놓고 그 앞에 앉았다.

"우리 잠자리할 때마다 먼저 기절하잖아. 피곤하다고 나 밀어내기도 하고."

이제 내가 귀찮아진 거지. 그가 자조적인 표정으로 한숨처럼 말을 내뱉었다.

"그게 아니라, 현우 씨가, 솔직히…… 좀 많이 왕성하잖아요."

"참아 놨다가 터뜨리는데 그 정도 안 하는 남자 없을걸?"

"몰라요. 내가 비교할 남자가 어디 있어."

그녀의 끝을 꼭 보고 말겠다는 듯 달려드는 남자 앞에서 버티는 여자가 몇이나 될 텐가.

"그리고 나도 우리 잘 때 두 번까지는 좋아하거든요?"

"아니야. 너 세 번째, 네 번째도 좋아해."

"그래요. 다 좋아하는데, 기절해서 자고 깨자마자 또 하는 건 좀 그렇잖아요."

그녀가 아프다고 하기 전까지는 그는 그녀를 만지고 흥분시킨다. 넘어갈 수밖에 없게 그녀가 좋아하는 곳만 공략하면서 말이다.

"귀찮고 부담스러운 거 아니에요. 진짜 현우 씨가 좀 과해서 그런 거지! 난 가끔 행위 없이 안겨 있는 상태로도 좋단 말이에요."

"나도 좋아."

"그럼 이 문제는 아닌 거로 결론 난 거죠?"

귀찮지 않은 걸로 결론이 났지만 현우의 표정은 여전히 풀리지 않았다.

"손이 가는데 어떻게 해. 그러게 왜 그렇게 예쁘래? 몸은 또 왜 다디달기만 해서 사람을 미치게 하는데?"

"허."

"섹스 후에 얘기도 나누고 싶은데. 자꾸 잠만 자잖아."

"내가 기절하는 거라곤 생각 안 해 봤죠?"

"응."

지수는 웃음이 나왔다. 황당한 시선으로 그를 보며 키득거리자 현우는 왜 웃냐며 미간을 좁힌다. 그는 심각한 것 같은데 그녀는 이 상황이 웃기기만 했다.

"현우 씨."

"응?"

"사랑해요."

"나도."

"난 지금처럼 이렇게 같이 있기만 해도 좋고 떨리고 설레요. 내가 어떻게 현우 씨를 부담스러워 할 수 있겠어요. 현우 씨를 얼마나 사랑하는데. 그러니까 그런 걱정 말아요. 잠자리는 내가 현우 씨 체력 못 받아 준 건 맞는데, 그건 현우 씨도 한발 물러서야 한다고 생각해요. 좋은 것과 별개로 근육통도 있고, 가끔 다음 날 배도 아플 때도 있고, 속옷 입을 때 따가울 때도 있어요. 옷에 쓸려서."

그녀의 말에 그의 눈이 잠시 커졌다. 흔들리는 눈빛을 보며 그녀는 괜찮다고 웃었다.

"매번 아팠어?"

"그랬으면 내가 현우 씨랑 맨날 잤겠어요? 좋은데 너무 많이 하면 아프기도 해요. 그러니까 우리에겐 적당히가 필요해요."

그녀의 조곤조곤한 말에 그가 수긍한다는 듯 고개를 끄덕인 후 그녀의 손을 잡았다. 그녀의 손을 그의 손바닥 위에 올리고 다른 손으로 덮는다.

"미안해. 내가, 너만 보면 이성을 잃어."

"알아요."

"노력해 볼게. 좀 덜 하도록."

"너무 안 하면 또 내가 속상하죠."

"아."

그는 이러지도 저러지도 못한 표정을 지었다. 그는 그녀와 사랑을 나누는 게 유일하게 쉬는 시간이며 또 온갖 스트레스를 푸는 행위일 수도 있었다. 그녀의 품에 있을 때만 살아 있는 것 같다고 얘기할 때도 있으니 말이다.

"우리 근데 많이 하긴 해야 해요."

"뭐?"

"우리 아이 가져야 하잖아요. 현우 씨한테 나 외에 보기만 해도 휴식이 되는 박현우 미니미들 만들어 주고 싶어요. 많이 외롭게 컸잖아요. 혼자 외로웠을 현우 씨 생각하면 마음이 아프거든요."

"지수야."

그는 감동을 받은 표정이었다. 그녀의 손등을 쓰다듬다가 손가락 마디마디를 주무르며 침묵을 지킨다.

"다 고맙다. 고마워."

"내가 전생에 나라를 구했나 봐요."

이런 남자를 남편으로 두고.

"그건 내가 할 소리."

그의 목소리가 떨리는 건 착각이었을까. 손을 만지던 현우가 의자에서 일어나 그녀의 앞에 섰다. 동그란 나무 테이블에 몸을 기대고 그가 그녀의 머리카락과 귓불을 만졌다. 지분거리는 손이 그녀의 목을 감쌌다. 점점 그의 얼굴이 다가오자 그녀는 눈을 감았다. 입술이 닿자 몸이 찌릿했다. 살짝 닿은 곳에서 부드러움이 번지고 코끝이 닿을 땐 웃음이 나왔다. 그의 손이 볼을 감싸며 더 깊숙이 키스를 하며 혀끼리 맞댈 땐 몸이 움찔거렸다. 숨결을 앗을 듯이 격해지는 키스에 그녀는 그에게 몸을 맡겼다. 자꾸만 목이 뒤로 꺾였다. 달콤했다. 그녀는 귓불을 지분거리는 그의 손을 허벅지 위에 올려 두고 손깍지를 꼈다.

"하아, 현우 씨."

"응?"

그는 그녀의 이마와 눈가에도 촉촉하게 입맞춤을 했다.

"씻고 해요. 응? 오늘 밤은 기니까요."

"그러자."

그녀가 의자에서 일어났다. 그동안에도 그녀는 그의 손에 낀 깍지를 풀지 않았다.

욕조 안에서 두 사람은 부둥켜안고 있었다. 그녀는 너른 그의 몸에 기댄 채로 거품을 손으로 휘저었다. 욕조 턱에 놓인 그의 팔에 거품을 반원 형태로 일정한 간격으로 올려 두자 그가 뭐 하냐는 거냐며 고개를 갸웃거린다.

"마사지 받으러 가면 등에 이렇게 돌을 얹어 놓거든요. 스톤 테라피라고. 돌이 뜨거운데 등에 올려 두고 있으면 잠이 솔솔 와요. 긴장도 풀어 주고."

"내일 받으러 갈까?"

"현우 씨 시간 되면 같이 받아도 좋을 것 같아요."

그녀는 그의 품에서 나와 몸을 돌렸다. 얼굴을 마주 보도록 앉은 채로 그녀가 그의 어깨를 주물렀다.

"이런 데 아프지 않아요?"

"조금."

"이게 다 긴장으로 뭉쳐 있어서 그래요. 나 봐, 자주 풀어서 말랑말랑하잖아요."

그녀가 그의 손을 가져와 그녀의 어깨 위에 올렸다.

"확실히 현우 씨랑은 다르죠?"

"응. 넌 부드러워."

"그게 다 테라피의 효과라니까요. 현우 씬, 운동하고 일하고 또 일하고, 얼마나 경직돼 있겠어."

조물조물 주무르는 손길이 좋은지 그는 몸을 그녀에게 맡겼다. 손끝에 힘을 줘 목과 어깨를 만져 주자 그는 어떨 땐 인상을 찌푸리면서도 그녀의 손을 쳐내지 않았다.

"전문가한테 받아야 더 좋은데."

"시간 아까워."

"운동할 시간 좀 줄이면 되잖아요."

"그럴게."

체력 관리 하나는 철저한 사람이니까, 알아서 잘하겠지만 그녀는 그의 단단한 근육을 다 풀어 주겠다는 일념으로 열심히 안마를 했다.

"힘들잖아, 그만해. 마사지 받을게."

그는 그녀의 부드러운 살을 만졌다. 그러다 손에 물을 담아 그녀의 머리 위로 뿌렸다. 그녀의 얼굴 아래로 물이 떨어졌다. 푸우 하고 입안에 들어간 물을 뱉는 그녀를 보다가 그가 입을 맞췄다. 그의 팔에 장난치듯 올려 둔 거품들은 금세 자취를 감추었다.

"현우 씨, 우리 나가서. 응?"

"나가서도 하고."

"아아, 미끄럽단 말이에요."

"내가 꽉 잡고 있으니까 괜찮아."

현우는 그녀가 안마랍시고 몸을 만질 때부터 흥분해 가고 있던 상태였다. 욕조 턱을 잡은 그녀의 등줄기를 훑었다. 긴 머리를 모아 오른쪽으로 넘겨준 후 목 뒤에 입을 맞췄다. 그의 몸과 달리 고운 선들이 예뻐서 볼 때마다 감탄을 하게 된다. 춤을 춘 그녀는 유연한 편이고, 몸의 선들이 다 신이 내린 축복처럼 예뻤다. 다른 누구도 그녀의 이런 은밀한 것들은 알지 못했으면 좋겠다. 품속에 가둬 두고 아무한테도 안 보여 주고 싶었다.

"사랑해."

"나도, 웃, 나도요!"

그는 그녀를 품에 안으면서도 귓불을 씹고 볼에 입을 맞췄다. 샤워기로 씻긴 했지만 온몸에 거품이 다 깨끗이 제거된 건 아니었다. 그는 그녀를 갖는데 거품 따윈 개의치 않아 했다. 그녀가 흐트러지는 걸 본 후, 그는 샤워기를 틀었다. 그리고는 배스 가운을 어깨에 걸치게 한 후 번쩍 안아 들고 욕실 밖으로 나왔다.

침대에 그녀를 내려놓는 것과 동시에 그가 그녀의 손바닥으로 그녀의 머리를 감쌌다. 아직 열기가 가시지 않은 몸은 뜨거웠다.

"이번엔 천천히, 오래, 할 거야."

"응. 부드럽게 해 줘요."

"노력은 해 볼게."

그는 욕실에서의 급했던 행위와 달리 이번에는 그녀의 발가락까지 입을 맞췄다. 아찔한 쾌락으로 머리통이 자글자글 끓었다. 사랑하는 여자를 안는 행위는 질리지도 않는다. 도대체 언제쯤 돼야 적당히가 되는지.

"아파?"

지수가 도리질을 쳤다.

"더 부드럽게 할까?"

"충, 충분해요!"

"너 아파 보여."

그가 그녀의 미간을 엄지로 슥슥 만지며 펴 주었다.

"좋아서, 하아, 흥분해서 그래요."

현우는 그녀의 목에 입을 맞추었다. 제 흔적을 한없이 남기며 귓가로 올라가 거친 숨을 쉬었다.

"사랑해."

"으응, 나도요. 현우 씨, 아."

"참는 건 여기까지."

더는 못 참아. 그가 그녀의 귓가에 속삭였다.

부드러움은 거기서 끊겼다. 그렇게 그날 밤, 지수는 현우의 사랑을 쉬지 않고 받았다. 나는 당신이 귀찮지 않다고, 이런 것조차 다

좋다고, 한없이 표현해 주었다. 이 남자가 넘치는 사랑을 주면서
도 한편으로 그런 생각을 한다는 건, 사랑에 대한 결핍 때문이 아
닐까 하는 생각이 들었다. 외로운 어린 시절, 믿었던 사람들의 배
신, 부모의 사랑 등 곳곳에서 상처받은 그가 내세운 가시 같은 건
아닐까. 지수는 그의 사랑이 좋았다. 이렇게 자신에게만 보여 주
는 약한 모습이 그녀를 더 성숙하게 만들곤 했다.

"사랑해요, 현우 씨."

기절하듯 잠에 든 지수는 꿈을 꿨다. 꿈속에서 별똥별이 떨어진
것 같기도 하고. 잠에서 깰 때까지 내내 그녀는 웃음이 샜다. 배
위를 누른 현우의 손이 따뜻해서, 그의 몸이 이불처럼 포근해서
뒤척이지도 않고 푹 잠을 잤다.

한 달 후. 출장에서 돌아오자마자 현우는 지수에게 전화를 걸
었다. 몇 번 신호음이 가자 그녀가 잠에서 깬 목소리로 전화를 받
았다.

－ 한국 왔어요?

"응. 방금. 자고 있었어?"

－ 네. 낮잠 잤어요.

"바로 집으로 갈 테니까 준비해. 병원 가게."

－ 알겠어요. 혹시 나 또 잘 수도 있으니까 삼십 분 뒤에 다시 전
화해 줄래요?

"그냥 자고 있어. 집에 가서 엎고 갈게."

뜨거웠던 그날 밤, 그들에게 아이가 찾아왔다. 생리가 늦어져서 임신 테스트기를 해 본 지수는 사진을 찍어서 그에게 보냈다. 산부인과에 갈 예정이라는 그녀에게 현우는 귀국해서 같이 가자며 이틀만 참으라고 했다.

일주일 동안 예정이던 출장이 5일로 대폭 줄어들었다. 잠도 안 자고 일을 해댄 그 때문에 같이 참석한 부장, 팀장들은 남은 이틀은 기절하듯 잠만 자겠다며 호텔에 처박혀서 나오지 못했다. 그나마 그의 체력을 맞춰 주던 성우마저 뻗었다. 도저히 귀국할 힘이 없다며 하루만 더 있자고 설득했지만 현우는 요지부동이었다.

"유 실장."

"네, 말쓰음하세요."

반쯤 눈이 감긴 성우가 겨우 대답을 했다. 내가 걸어 다니는 건지, 땅 위에 떠 있는 건지, 이게 꿈인지 현실인지 구분을 못할 정도로 성우는 피곤한 상태였다.

"십 개월 후쯤 한 달 휴가 내야 할 것 같아."

"네?"

"나, 아빠 된대."

"네?"

성우는 잠이 확 달아났다. 예전에 출산 시기에 맞춰서 한 달 휴가 낸다고 했던 것 같은데. 설마. 그때는 회장님이 돌아가시기 전이고, 지금은 그가 회장인데. 누가 망치로 머리 한 대를 내려친 것처럼 정신이 번쩍 들었다.

"회장님, 한 달은 좀."

"역시 그렇지?"

"네. 한 달은⋯⋯."

"아내와 자식을 위해 한 달은 좀 짧아. 세 달, 아니, 일 년은 육아 휴직하는 것도 좋겠어."

점점 개월 수가 늘어가는 현우를 보며 성우는 속으로 생각했다. 회장님의 정신을 번쩍 들게 하는 건 사모님이지. 이런 건은 회장님이 아니라 사모님과 협의를 해야겠다고 생각했다. 피곤한 와중에도 현우의 얼굴이 빛이 났다.

"집에 도착하려면 얼마나 더 기다려야 하지?"

"저희 이제 귀국했습니다만."

"후⋯⋯."

집으로 가는 내내 초조해 하던 현우는 차가 집 앞에 멈추자마자 성우에게 대충 인사를 하고 집 안으로 뛰다시피 들어갔다. 문을 열고 들어간 그는 나갈 준비를 마친 지수를 보고 집 안에서 일하는 분들 앞에서 그녀에게 찐하게 키스를 했다. 그 순간만큼은 아무것도 보이지 않았다. 아, 원래도 그녀와 있으면 그녀 하나만 보였던 것 같기도 하다.

"고마워, 지수야. 사랑해."

"나도요. 현우 씨, 축하해요. 아빠 되는 거."

"응."

그는 타액으로 촉촉한 그녀의 입술을 닦으며 이마에 경건하게 입을 맞췄다. 사랑스럽지 않은 곳이 없는 여자. 제 아이의 엄마가 될 사람. 가족. 그 모든 것들이 그의 가슴을 벅차게 했다.

그들은 10개월 후 한 아이의 부모가 되었다. 현우는 한 달간의 휴가 대신 2주간의 휴가를 얻었다. 지수가 출산하는 장면을 본 현우는 둘째는 없다고 선언했다. 어떻게 사람이 열 시간을 진통을 할 수 있는지, 그는 제 아내가 죽는 거 아니냐며 출산 과정 내내 무척 초조해 했다. 성우는 현우의 모습이 주위에 새 나가지 않도록 출산 당일 철저히 대학병원 분만실 밖을 엄호했다.

딸이 태어났을 때, 병실로 병원장부터 각 전문의들이 와서 인사를 했다. 산모만큼이나 초췌해진 현우를 보며 다들 회장님의 안위를 먼저 걱정했다.

딸은 현우를 닮아 튼튼했다. 울음소리가 우렁차고 다른 아가들보다 먹는 양도 두 배였다. 아내의 출산 이후로 BH는 남자 직원의 출산 휴가와 육아 휴직에 대하여 적극 반겼다. 물론 여자 직원에게도 관대했고 말이다. 직원 복지에 출산 장려금까지 생겼다. 선대 회장인 그의 할아버지께서 직원 복지로 첫째 자녀의 대학 학비는 지원되도록 하였는데, 현우는 그걸 셋째까지도 지원받을 수 있도록 더 넓혔다. 퍼 주는 만큼 회사에서 일할 땐 몇 배로 부려 먹겠다는 말도 덧붙였다.

여전히 현우는 회사에서는 쉽지 않은 상사였지만, 지수는 불도저를 컨트롤할 수 있는 유일한 상대였다. 성우는 난감한 일이 생길 때는 사모님과 독대 신청을 하였고, 현우는 그런 그를 곱지 않은 시선으로 흘겼다.

"서희는 자?"

"네, 잠들었어요."

서희는 분유와 모유를 병행하고 있었다. 워낙 먹는 양이 많아서 지수의 젖 양으로는 감당이 안 된다. 배가 부르면 곧장 잠에 드는 아이였다.

"씻고 올게."

그는 지수의 이마에 입을 맞추고 욕실로 갔다. 얼른 서희를 보기 위해 그는 깨끗하게 몸을 씻고 안방으로 갔다. 아기 침대에서 새근새근 자는 아이는 천사 같았다. 무릎을 꿇고 앉은 현우는 그렇게 한 10분을 넋을 놓고 서희를 보았다. 그 옆에 선 지수가 그의 어깨에 손을 올리자 그는 그녀의 허리를 감싸고 그녀에게 얼굴을 기댔다.

"요새 출근하자마자 퇴근하고 싶은 기분이 들어."

"아마 직장인들은 다 그럴걸요?"

"난 아니었어."

결혼 전에는 출근하는 날이 즐거웠다. 어떤 사업을 할까, 다음 날은 어떤 결과물을 가져올까. 그의 머릿속엔 일밖에 없었다. 언제쯤 꼭대기로 올라갈까. 그런 야심으로 하나씩 밟고 올라가는 재미를 느꼈다. 그런데 결혼을 하고는 그녀가 있는 집에 가고 싶단 생각이 잦았고, 지금은 출근하자마자 집에 가고 싶단 생각이 들었다. 그에게는 무척 생소한 감정이었다. 천사 같은 아이를 보다가 그는 그의 검지를 반쯤 구부린 정도의 크기쯤 되는 아이의 손을 보았다. 서희는 곰돌이가 그려진 천 장갑을 끼고 있었다. 어제까지만 해도 못 보던 거였다.

"이건 뭐야?"

"손싸개요. 이때는 자기 몸을 못 가누잖아요. 그래서 바둥거리다가 얼굴에 상처 날까 봐 이렇게 해 둬야 해요."

"그렇군."

"미리 말하지만, 서희 손싸개는 이미 선물로 여러 개 받았거든요. 현우 씨는 안 사도 된다는 거예요."

아이에게 필요한 것이 있으면 현우는 좀 과하게 사 오는 편이었다. 그가 사 온 내복은 어쩌면 서희가 크는 동안 다 입지도 못할지도 모른다. 신생아 땐, 배냇저고리는 얼마 입지도 못한다고 했는데도 그는 기어코 종류별로 사 왔다. 출장을 다녀온 날이면 백화점을 싹쓸이해 오나 싶게 트렁크 하나는 서희 몫으로 갖고 다녔다.

유 실장에게 좀 말려 보라고 하는데, 성우는 회장님께서 아이용품을 고르실 때 제일 행복해 보이신다며 말릴 수가 없다고 했다. 뭐든 다 해 주고 싶은 아빠 마음이 아니겠냐고 좀 봐 달라고 현우 편을 들기도 했다. 그리고 보면 그녀와 현우 사이에서 정말 이쪽저쪽 편을 잘 들어 주는 것 같았다. 그러니 현우가 아끼는 거겠지.

"서희 깨면 내가 볼 테니까 오늘은 푹 자."

"응."

지수는 그에게 대답하고도 그의 옆에 계속 있었다. 이제는 밤에 잘 깨지 않고 새벽까지 잘 자는 편이었다. 남들은 백일은 지나야 겨우 밤에 잠을 잔다고 하는데, 서희는 백일이 되기 전인데도 잘 잤다.

"머리카락도 더 자란 것 같아, 우리 서희."

"똑같은데요?"

"아니야. 자랐어."

하루 만에 머리카락이 자라 봐야 얼마나 자랐다고.

"얼굴도 더 예뻐졌어."

"확실히 태열이랑 좁쌀 여드름 없어지니까 뽀얗고 예뻐요."

"보기만 해도 아까운 건 너 외에 처음이야."

"이제 내가 이 순위예요?"

'너 외에 처음이야'를 여기서 들을 줄이야.

"일 순위지. 네가 없으면 서희도 없는데."

서희가 깰까 봐 속삭이듯 얘기하던 두 사람은 아쉬운 발걸음을 뗐다. 그들의 침대로 들어와 누웠다. 지수는 현우의 팔을 베고 품으로 들어갔다. 그는 그녀를 안으며 자세를 바로잡았다. 현우는 눈을 뜨면 아기 침대가 보이도록 자리를 잡았다. 서희가 더 어릴 땐 그와 그녀 모두 아기 침대 방향을 보며 잠들곤 했다. 매번 백 허그를 한 자세로 자다가 이제는 이렇게 그의 가슴에 파묻혀 있으니까 너무 좋았다. 코끝으로 그의 가슴을 문대자 현우의 팔에 힘이 들어갔다.

"나, 죽어라 참고 있는 거 알면 참아 줘."

"현우 씨."

"후우."

현우는 자연분만을 한 그녀의 몸이 회복될 때까지는 절대 건들지 않겠다고 선언했다. 100일이든, 200일이든 그녀가 허락할 때까진. 그래서 그는 그녀의 몸을 만지다가도 갑자기 욕실로 사라지곤 했다. 돌아올 땐 얼음장처럼 차가운 몸으로 왔다가 또 얼마 지나지 않아 베란다를 가고 욕실을 오가며 욕망을 다스렸다. 안쓰러우면서도 지수는 아직은 몸이 회복되지 않아서 그를 받아들일 순 없었다. 언젠가 둘째, 셋째를 낳을 거지만 지금은 그와의 사랑이 무서웠다. 현우의 잠자리는 처음만 부드럽고, 끝으로 치달을수록 격해진다. 그래서 그녀는 아직은 이렇게 안아 주는 것 외에 사랑을 나누는 건 좀 더 미뤄야겠다고 생각했다.

"자 자. 얼른."

"잘 자요. 근데, 현우 씨."

"응?"

"사랑한다고 안 했어요, 오늘."

그녀의 말에 그는 그녀를 꽉 끌어안았다. 이렇게 안기는 것만으로도 그의 넘치는 사랑이 느껴지지만 역시 입으로 듣는 게 더 좋았다.

"사랑해."

"응."

"서희도 사랑하지만, 역시 난 지수 널 제일 사랑해."

"다행이에요. 딸한테 질투할 뻔했잖아."

그가 키득거렸다. 그의 웃음소리가 듣기 좋았다. 요새는 집에 오면 씻고 나와서 서희부터 보는 현우를 보며 조금 질투가 나긴 했다. 서희가 커가면서 더 예뻐지면 나는 안 보이는 거 아닌가. 그런 생각을 하니, 그만큼 그녀도 질투가 많은 사람이란 걸 인정하게 되었다.

"나도 서희한테 질투해."

"에? 현우 씨가?"

그녀가 그의 품에서 고개를 들었다. 그는 언제부턴지 모르지만 그녀를 내려다보고 있었다.

"응. 나보다 내 아내랑 더 가까워 보여. 나한텐 인색하게 구는 이 가슴도 서희한테는 다 내주잖아."

"나 할 말 없게 하는데 선수야."

"그럼 나한테도 관대하게 굴 거야?"

그의 시선이 그녀의 목 아래로 내려왔다. 침을 꿀꺽 삼킨 그녀가 묘한 표정을 지었다. 서희가 태어나기 전까지 그의 손과 입술에 관대했지만, 젖이 돌기 시작하면서는 그러지 못했다. 당분간은 관대하지 못할 것 같아서 그녀는 쉽게 대답을 할 수 없었다.

"그래도 딸이니까 양보할게."

"허."

"잠시 동안이니까."

그가 인심 쓰듯 말했다. 대신 다른 곳은 자기만 만지겠다며 그의 손이 다리를 만졌다. 이러다 또 화장실 가려고 하나. 그날 밤도 현우는 침대와 화장실을 오갔다. 그러면서도 침대로 돌아오면 현우는 미안해하지 않아도 된다며 그녀에게 입을 맞추고 사랑을 속삭였다. 언젠가 이 욕망을 터뜨리게 되면 그는 배려 따윈 모른다는 얼굴로 제왕이 되겠지만, 지금은 한없이 그녀에게 져 주는 남편이었다.

이번엔 그녀가 그를 만지지 못하도록 그녀를 뒤에서 안았다. 허벅지와 팔로 그녀를 품에 안고 움직이지 못하도록 한 다음 그는 숨을 고르게 쉬었다.

"잘 팬 이 자세가 좋겠어."

"나는 숨 막혀요."

"꼼지락거리면 나 또 화장실 가야 해."

"그럼 당분간 떨어져서 잘까요?"

"그럼 나 죽어."

그런 거로 안 죽는데. 그녀가 속삭이자 그는 몸은 좀 힘들어도 이렇게 있고 싶다고 했다. 그녀를 안고 자는 게 버릇이 돼서 그녀의 체취를 맡으면 이상하게 잠이 잘 오고 편하다면서 말이다.

그는 오늘은 그녀보다 먼저 잠에 들었다. 편안한 밤이었다.

3

서희가 태어난 후 1년은 눈 깜짝할 새 지나갔다.

박준호 회장의 기일, 현우와 지수는 검은 정장을 차려입고 별장 인근 산소로 갔다. BH 그룹 일가만 모여 있는 산소였다. 얼마 전 돌잔치를 한 이후 아장아장 걷기 시작한 서희도 함께였다. 현우는 무릎을 굽히고 앉아 서희의 기저귀를 채워주고 검은 원피스를 입혔다.

"아빠, 시러."

"응?"

"시러. 시러."

"아빠가 싫다고? 왜?"

현우는 서희에게서 두 손을 떼고 서운한 표정을 지었다. 지수가 화장을 할 동안 자신 있게 서희의 외출 준비를 하겠다고 했지만, 아이가 울려고 하자 현우는 진심으로 당황했다.

"왜, 왜 그래. 배고파?"

"아니. 아빠아. 시러."

요새 야근과 출장이 잦아서 현우는 서희를 거의 일주일 만에 보았다. 설마 그 사이에 날 까먹은 건가? 혹시라도 딸이 자길 잊을까 봐 현우는 매일 한국 시간에 맞춰서 영상 통화를 했다. 아내와 서희가 두 사람의 시간에 빠져서 자길 까먼으면 어떡하냐고 성우에게 말했다가 팔불출 소리까지 들었다.

그의 어린 시절을 떠올리면, 부모님의 얼굴이 정확히 떠오르지 않는다. 그래서 그는 그런 부모가 되고 싶지 않았다. 그러나 어느새 부모와 닮은 자신의 모습이 보이곤 한다. 그럴 때마다 현우는 더욱더 아내와 서희에게 잘하려고 노력했다. 그런데 싫어라니. 때마침 드레스룸에서 메이크업을 끝낸 지수와 전담 실장이 나왔다. "오늘 산소 앞에서 MBK, SBC, KSB 등 지상파 공중파 기자님들 사진 촬영 있으시고, 기도하는 모습은 영상으로 해서 9시 뉴스에 나갈 예정입니다. 오늘 사모님 메이크업은 수수하면서도 우아한 분위기로 했고……."

실장이 더 설명하려는 순간, 서희는 울면서 엄마에게 점프했다. 잘 차려입은 지수의 정장에 서희의 콧물이 묻어나기 시작했다. 기껏 세팅한 실장은 잠시 놀란 표정을 짓다가 얼른 갈아입을 옷을 찾으러 드레스룸으로 다시 들어갔다.

"우리 서희, 왜 그래?"

"엄마, 시러. 시러!"

아빠도 엄마도 싫다니. 현우는 머리를 짚으며 관자놀이를 눌렀다. 어젯밤에 아이를 재우고 지수와 오랜만에 뜨거운 밤을 보냈는데 혹시 아이가 그걸 들은 걸까. 아니면 자는 서희를 안아서 아기 방에 눕혀놔서 그런가. 새벽 내내 자다 깨다 반복하며 지수를 안았다. 중간중간 얼음물을 마시고 싶다는 지수의 뜻에 따라 부엌으로 가면서 아이의 방도 확인했는데, 분명 푹 자고 있었다. 잠귀가 밝지 않은 녀석이라 한번 자면 엎어가도 모르는데. 그와 그녀가 사랑으로 쾌락의 신음을 지를 때, 아이는 울고 있었던 걸까.

현우는 근심 어린 표정으로 서희를 보았다. 그런데 지수는 방긋 웃으며 서희를 안아서 침대로 데려갔다. 현우는 그녀를 졸졸 따랐다.

"현우 씨, 서희 기저귀 좀요."

"응? 아, 응."

기저귀를 주자 지수는 빠른 손놀림으로 아이의 속바지를 벗기고 기저귀를 갈아주었다. 현우의 느낌으로는 눈 몇 번 깜빡이는 동안 아이의 기저귀를 갈고 바지까지 입힌 것 같았다. 내가 지금 뭘 본 거지. 그도 서희를 목욕시키고 기저귀를 갈아주지만 저런 센스와 스피드는 갖추지 못했다. 나름 그도 똥 기저귀도 갈고 옷도 입히는데…….

"기저귀였어?"

"네. 우리 서희 시원하지?"

"응! 엄마 좋아."

"이런……."

엄마랑 아빠가 싫은 게 아니어서 다행이다. 현우는 십년감수한 표정으로 서희를 보다가 허탈한 웃음이 나왔다.

"서희 그럼 나가서 이모랑 손 잡고 정원에서 놀아. 비눗방울 하면 되겠다."

"좋아. 조아! 이모오오오!"

서희는 뒤뚱대지만 넘어지지 않고 뛰어서 사용인에게로 뛰어갔다. 서희가 태어나고 사용인들은 모두 아이를 예뻐해 주었다. 몇몇 분들은 아이가 대학생이라 이맘 때 생각이 안 난다며 서희를 볼 때마다 사랑스러워서 어쩔 줄 몰라 했다. 돌이 지나고부터는 낯가림이 아예 사라져서 서희는 자주 본 분들에겐 '이모'라고 부르며 뽀뽀도 곧잘 했다. 그래서 더욱 사랑을 받는 건가.

"아빠 싫다고 해서 걱정했잖아."

"에이, 서희가요?"

"응. 아까 아빠 싫어라고 백 번은 말했어."

"백 번? 세 번 아니구요?"

"몰라."

백 번은 들은 것 같아. 현우의 투정에 지수는 고개를 절레절레 저었다.

육아는 정말 매번 난관에 부딪치는 기분이다. 말을 하지 않을 땐 울음으로 아이의 기분을 캐치해야 하는데, 말을 시작한 지금도 마찬가지이다. 현우는 평안한 얼굴을 한 지수를 보며 존경스러운 마음이 들었다.

"어디서 엄마 교육 같은 거 받아?"

"엄마 교육?"

"아니. 익숙해 보여서."

현우는 지수를 품에 안고 턱으로 그녀의 정수리를 눌렀다.

"그런 걸 누가 교육해 줘요. 그냥 터득하는 거지."

"그런가?"

"현우 씨도 잘하고 있어요. 다만 내가 서희랑 같이 보내는 시간이 더 많으니까. 상대적으로 아이 기분을 더 잘 캐치하는 거죠."

"역시 육아 휴직을……!"

"제발요. 성우 씨 울걸요."

서희가 태어나고 정식 휴가를 냈는데도 현우는 집에서 쉬지 못

했다. 끊임없이 그의 폰으로는 무수한 메일이 날아왔고, 이것만 확인 부탁드린다며 비서실의 연락도 장난이 아니었다. 정말 신기한 건 핸드폰을 무음으로 해뒀는데도 현우는 전화도 잘 받고, 메일도 거의 바로 확인하는 편이었다. 지수는 그래서 그가 핸드폰을 아이처럼 끼고 다녀서 텔레파시라도 통하는 줄 알았다.

"나도 서희 사랑하는데, 내 사랑을 알까?"

"그럼요."

"아빠 마음을 열어서 보여줄 수도 없고 말이야."

"이미 충분히, 하고 있어요."

서희의 넓은 방의 반이 다 그가 사 온 장난감이었다. 몇 번 갖고 놀다가 실증이 나면, 또 다른 걸 사 오고 또 사 오고. 버리려고 모아둔 장난감을 현우가 몇 번 갖고 놀아주면, 서희는 현우가 출근한 다음 날 하루 종일 그걸 갖고 논다. 지수의 눈엔 서희가 현우를 얼마나 사랑하는지 보이는데, 그는 그게 잘 안 보이나 보다. 아빠 싫어에 저런 표정을 짓는 걸 보면.

"사모님, 옷 세팅해 두었습니다."

현우가 지수를 안고 있는 걸 보며 실장은 얼굴을 붉혔다. 현우의 입맞춤에 고개를 숙이는 실장을 보며 지수는 그를 밀어냈다.

"아…… 드레스룸에서 기다리겠습니다."

"아니에요. 같이 가요. 현우 씨, 그만, 그만요. 우리 실장님 오늘 처음 오셨단 말이에요."

"강 실장님은?"

"출산 휴가요."

현우는 그녀를 안고 있던 팔을 풀었다. 실장을 따라 가려는 그녀의 손목을 잡고 입술에 가볍게 입을 맞췄다.

"정말."

"어차피 수정해야 할 테니까."

현우가 그녀의 입술 주변을 손으로 문댔다. 살짝 립스틱이 번져 있었다.

박준호 회장의 기일.

이사진들과 가족들로 붐볐다. 현우와 지수가 기일을 챙기다 보니, 현우에게 잘 보이기 위한 이사진들의 노력도 빛을 발했다. 각 이사진의 사모들도 찾아와 지수에게 고개를 숙이며 그녀의 기분을 맞추려고 애썼다. 지수는 그런 것들을 좋아하는 편은 아니었지만, 그들이 서희가 귀엽다고 공주님이라고 말할 때면 어쩔 수 없이 표정이 풀리곤 했다.

"우리 서희 공주님. 엄마 닮아서 예쁘네."

"그러게요. 사모님 닮았네요. 자세히 보니까 회장님 얼굴도 보이고."

"이모, 좋아."

"응?"

"이모, 좋아, 좋아, 좋아! 사탕! 좋아!"

서희는 자길 예뻐하는 사모님들에게 좋다고 하며 용돈, 사탕을 받았다. 저거 알고 보면 여우과인가? 지수는 피식 웃었다. 나중에 남자 여럿 울리는 건 아닌지……. 아니다, 그 전에 네 아빠가 울겠구나. 지금도 딸이랑 평생 같이 살고 싶다고 난리인데.

"물 주떼요! 무울! 주떼요. 엄마. 아빠아!"

회사 실무진과 이야기를 하며 현우가 서희가 있는 방향으로 왔다. 아빠를 먼저 본 서희가 두 팔을 벌리며 현우에게 뛰어갔다. 그러자 현우는 두 팔을 뻗어 아이를 번쩍 안아 들었다.

"높아. 슝 슈우웅!"

"아빠 비행기네."

지수는 두 사람에게 가서 서희의 치마를 잡아주었다. 하늘을 나는 것 같다며 아이는 까르르 소리를 지르며 좋아 했다. 엄숙한 분위기가 순식간에 웃음바다로 변했다.

"아빠 똥."

"응?"

"똥 쌌쪄. 으하하하하."

아까 어깨에 앉은 서희가 방긋방긋 웃으며 말했다.

"이런."

현우는 인상을 잠시 쓰며 사람들에게 양해를 구했다. 아이가 똥 쌌다고 한 번 더 반복하자 지수는 서희를 제게 넘겨 달라고 손을 뻗었다. 그러나 현우는 아침의 아빠 싫어를 만회해 보려고 하는지 직접 아이를 안고 별장 안으로 들어가려 했다.

"회장님! 저희가 하겠습니다."

"네, 저희가 할게요."

다들 어쩔 줄 몰라 했지만 현우는 괜찮다며 모두 거절했다.

"감사합니다만, 제가 하겠습니다. 서희가 낯가림이 심해서요."

"아, 네."

낯가림이라니……. 그냥 잘 모르는 사모님들에게 서희를 보여주기 싫은 거겠지. 현우는 예의 바른 미소를 지으며 사람들을 물리고 안으로 들어갔다.

"아빠가 시원하게 갈아줄게. 아빠가 해 줄게. 우리 서희."

아빠, 좋아. 소리를 듣고 싶은 현우의 노력은 오늘도 계속 되는 듯했다.

공식 행사가 끝나고 현우는 회사로 복귀했다. 지수는 서희와 함께 집으로 와서 불편한 옷들을 훌훌 벗고 편한 원피스로 갈아입었다.

"서희 배고파? 밥 먹을래?"

"시러!"

"그럼 목욕 할까?"

"아내!"

"안 한다고? 그럼 뭐 할까?"

서희는 지수의 손을 잡고 자기 방으로 끌었다. 거기서 본인이 원하는 장난감을 잔뜩 꺼내 와 지수에게 주었다.

"아. 병원 놀이하자고? 엄마가 환자할게."

지수가 바닥에 눕자 서희가 그녀의 손목을 잡고 일으키려 끙끙 거렸다.

"오늘도 엄마가 의사구나."

술래, 의사, 선생님, 엄마. 나도 쉬운 역할 하고 싶은데. 환자 역할은 언제쯤 할 수 있는 건가. 현우한텐 환자 역할 시키던데. 이따 밤에 한번 뭐가 다른지 봐야겠다고 생각하며 지수는 청진기 장난감을 귀에 꽂았다.

"우리 꼬마 손님, 어디가 아파서 오셨나요?"

"배. 배. 아야. 아야아야."

"배가 아파요? 잠시 누워 볼까요?"

지수는 서희를 이불 위에 눕혔다. 청진기를 대고 배와 가슴에 대며 토닥거려 주자 아이는 졸린지 눈을 비빈다.

"서희 졸려요?"

"아니! 앙 졸료."

"눈에 졸린데?"

"안 자. 엄마 서희 앙 자!"

안 자겠다고 우기는 서희에게 웃어주며 청진기 대신 손으로 토닥거렸다. 아침부터 움직였으니 피곤하기도 하겠지. 낮잠 잘 때가 되었다.

"앙 졸려."

으으으응. 끙끙 대며 말을 하던 서희가 어느새 새근새근 숨소리만 들렸다. 아이가 더 깊이 잠들 때까지 지수는 잠시 아이의 옆에 있다가 아이 침대에 팔을 베고 엎드렸다.

"엄마도 졸리네."

같이 잘까. 해야 할 일이 있었는데……. 아이 방 안에는 두 여인의 숨소리만 들렸다. 그렇게 두 시간 동안 두 사람은 기절한 것처럼 잠에 취했다.

＊

　주말 아침, 지수가 노트북을 켜고 재단 일을 마무리 지을 동안 현우는 서희와 정원으로 나갔다. 정원 깊숙한 곳에서 비눗방울을 찾아 온 서희가 현우에게 주었다. 그는 비눗방울 뚜껑을 열어 서희에게 주었다.

　서희가 후후 불고 손으로 흔들어 비눗방울을 갖고 놀 동안, 현우는 사용인에게 주차장에서 박스 하나를 가져다 달라고 했다. 그 박스 안에는 비눗방울 물총이 종류별로 들어 있었다. 비눗방울에 빠진 서희를 위해 그가 특별 주문 제작한 장난감 총이었다. 사용인이 박스를 내려놓자 현우는 그 안에서 총 두 개를 꺼냈다. 비눗물을 장전하고 아이를 향해 발사했다.

　"와. 방울, 아빠. 아빠. 방울. 방울! 좋아."

　"어때. 아빠 방울은 크지?"

　"응. 커! 커!"

　서희가 갖고 있는 것에 비해 엄청 큰 비눗방울이 서희의 위로 둥둥 떠 다녔다. 아이는 자기 것을 잔디 위에 두고 현우가 쏘는 방울을 따라 뛰어다녔다. 현우는 서희에게 가까이 가서 한쪽 무릎을 꿇고 앉아 서희의 손에 작은 총을 쥐어 주었다.

　"이건 비눗방울 총이야. 봐봐, 여기를 이렇게 누르면."

　"와. 방울. 아빠. 방울."

　"발사."

　현우가 서희의 손을 같이 눌러주었다. 그러자 아이는 금세 배워서 총을 쐈다. 후후 부는 것보다 총이 훨씬 좋은 모양이었다. 현우가 나무 사이에 숨어서 서희가 등을 돌릴 때 비눗방울을 쏘고 숨었다.

"아빠?"

아빠를 찾다가 비눗방울을 좇아간다. 그러다가 다시 뒤를 돌아 아무도 없는 걸 확인하고는 서희는 울상을 지었다. 예전에는 어디 숨는지 알려주고 숨어도 못 찾더니, 이제는 나무 뒤에 숨는 걸 보면 금세 찾아버린다. 그래서 일부러 등을 돌렸을 때 숨었더니 여기저기 찾고 다니는 게 보였다. 왜 이렇게 귀여울까. 총총 뛰어다니는 모습에 현우는 웃음을 참지 못하고 나무 뒤에서 나와 서희에게 갔다.

"아빠."

으앙. 으아앙. 으아아아아앙. 서희의 울음소리가 커졌다. 현우는 한 팔로 서희를 안았다.

"서희 무서웠어?"

"응."

그의 목을 꽉 끌어안고 어깨에 얼굴을 묻은 서희가 사랑스러워서 현우는 어쩔 줄 몰라 했다. 이것 때문에 더 놀리게 되는 건가. 현우는 아이의 이마에 쪽 하고 뽀뽀를 했다.

"비눗방울 더 해 줄까?"

"응. 응."

"아빠 어디 안 가. 걱정하지 마, 우리 서희."

아빠는 네가 떠나지 않는다면 오래오래 같이 살 수 있어. 이 말은 굳이 하진 않았다. 아직 서희가 이해하기 힘든 말일 테니. 서희와 뛰어다니며 놀고 있는데, 지수의 목소리가 들렸다.

"다 했어?"

"네. 다 했어요. 우리 공주님 아빠랑 비눗방울 놀이 했네?"

"응. 아빠. 좋아. 재미쪄."

"오. 재밌어도 알아? 우리 공주님 말이 갈수록 느네."

"그러게. 우리 딸. 기특하네."

현우는 아이의 이마에 무수히 많은 뽀뽀 세례를 했다. 단어 하나가 늘 때마다 현우는 감격했다. 서희가 '빠빠'를 처음 하던 날 현우는 케이크를 샀고, 서희가 '아빠'라고 한 날에는 간소하게 지인들을 모아 파티를 했다. 이유도 모른 채 초대된 사람들이 이유를 듣고 엄청 웃었다.

'진짜 대단하네. 우리 도형 오빠보다 더 해.'

지유의 남편인 도형도 만만치 않은 자식바보였는데, 현우는 따라갈 수 없다고 했다. 지수가 안으로 들어가자고 고갯짓을 하자, 현우는 공주님을 한 팔로 안고 한 팔은 지수의 어깨를 감싸고 집으로 들어갔다.

아이를 목욕시키고 재운 다음, 현우와 지수는 와인을 마셨다. 지수는 턱을 괴고 현우를 보았다. 어딜 봐서 이 비주얼이 아빠인지. 아직도 믿기지 않는다.

"서희가 정말 예쁜데, 가끔은 진짜 화날 때가 있거든요."

"응."

"근데 서희랑 당신이랑 노는 거 보면 진짜 낳길 잘했단 생각해요.”

“왜? 우리가 놀 때 뭐가 달라?”

“현우 씨가 정말 행복해 보여서요.”

그녀와 있을 때도 잘 웃지만, 서희를 보는 시선과 웃음은 조금 달랐다. 뭐라 표현할 수 없는 기쁨이다. 제 아이를 볼 때만 나오는. 그런 웃음은 영원히 서희의 것이겠지.

“행복하지. 내 딸인데.”

“방금도 웃었어.”

“난 사실, 신혼이 길어도 좋다고 생각한 적도 있는데. 지금은 서희 없으면 어땠을지 상상도 안 가. 자는 모습도 귀엽고, 눈을 뜨면 더 사랑스럽고. 육아가 다들 힘들다는데. 지수 네가 힘들 거 아는데도 난 마냥 좋네.”

현우는 서희가 생각나는지 따스한 미소를 지으며 와인을 마셨다. 지수는 청포도 하나를 포크로 찍어 현우에게 먹여주었다.

“맛있죠?”

“응.”

“내가 먹여줘서 맛있나 봐요.”

“응.”

“서희가 주면 더 맛있을 거고?”

“서희가 나한테?”

서희가 과일을 건네는 상상을 하는지 현우의 입꼬리가 점점 올라갔다. 피식 웃고 헛기침을 한다.

“정곡을 찔렀나 보네요.”

“그래도 난 지수 네가 일 순위야.”

"난 딸하고 경쟁 안 하네요."

그런 거로 질투하진 않는다. 그냥 아이를 예뻐하는 모습에 뿌듯할 뿐. 내가 낳은 우리의 아이가 사랑받는 건 늘 벅찬 행복으로 다가오곤 한다. 남들 다 하는 걸 우리 서희가 하면 대단해 보이고 신동인가 영재인가 고민하게 된다. 그녀도 현우 못지않게 팔불출이었다.

"근데 우리 요새 피임 계속 안 하잖아요."

"응."

"이러다 둘째 생길 것 같아요."

"음. 그럼 어떡하지."

현우는 잠시 고민하는 표정을 지었다. 그는 결혼 후에는 콘돔을 하기 싫어했다. 오롯이 그녀를 다 느끼고 싶다나 뭐라나.

"지수 네 생각은 어때."

현우의 물음에 지수는 나초를 먹으며 찡긋 웃었다.

"전 둘째 낳고 싶어요. 혼자보다는 둘이 낫더라고요."

"네가 힘들 텐데."

"에이, 힘든 축에도 못 끼죠. 우리 엄마가 그랬어요. 서방 잘 만나서 육아 편히 한다고."

"장모님께서 그러셨어? 그런 말이 어디 있어. 우리 지수, 얼마나 힘든데."

"그죠?"

지수는 투정을 부리면서도 엄마에겐 반박하진 못했다. 신생아 때는 모두 똑같이 힘들겠지만 지금은 조금 수월한 편이긴 했다. 둘째 생각도 드는 걸 보면 말이다. 그녀를 대신해서 아이를 안아

주고 재워주고 먹여줄, 도와줄 사람들이 있으니 말이다. 이런데
도 몸과 마음이 피곤한 날이 있는데, 엄마는 날 어떻게 키웠을까.
그래서 오히려 엄마랑 아빠가 더 위대해 보였다.

"넌 장학 재단 일도 바쁘니까. 일하면서 서희 챙기는 게 쉽지 않
지. 아무리 재택이라도."

"그래도 남들 다 하는 걸요."

"……."

"현우 씨도 서희 잘 보잖아요."

"나야 당신에 비하면 새 발의 피지."

"나도 다른 사람에 비하면 그럴걸요. 육아 초보."

현우는 절대 당신은 초보가 아니라고, 당신만큼 잘하는 사람 보
지 못했다고 덧붙였다. 지수는 그 말에 순수하게 웃으며 당신이
진짜 육아 잘하는 사람을 못 봐서 그렇다고 웃었다.

모든 엄마는 다 그럴 것이다. 나는 부족한 것만 같다고. 아이에
게 짜증을 내지 말아야지 하다가 일할 때 옆에서 사부작거리면
나도 모르게 큰 소리가 나가게 되고, 그럼 죄책감을 느낄 것이다.
다들 지금 그만큼만 해도 된다고 잘하고 있다고 하는데, 엄마란
게 그런 건지 지수는 서희에게 못한 것만 생각하게 된다.

예전에 서윤을 보면 그런 생각을 했다. 윤호한테 그렇게 잘하
는 엄마가 어디 있냐고. 나중에 윤호가 크면 엄마한테 고마워해
야 한다고 서윤에게 말했는데, 아마도 서윤은 그녀의 말에 공감
하지 못했던 것 같다. 그때 서윤이 그랬다. 나중에 윤호가 다 컸
을 때 고맙다는 말 들을 자격이 있는지 모르겠다고. 자긴 너무 바
빠서 윤호 신경 써주지 못했다고. 남들이 볼 땐 그게 그녀에게 최

선이었는데. 아이를 낳고 보니 서윤의 마음을 이해하게 되었다.

"참, 어린이집 선생님들 충원했죠? 휴직한 가족들도 모두 계속 이용한 거 맞죠? 그때 시설 더 넓힌다고 했잖아요."

생각난 김에 회사어린이집에 대해 물었다. 서울 말고 각각 흩어져 있는 계열사들도 다닐 수 있게 곳곳에 설립하자고 했는데 현우는 그걸 여가부와 교육부 각각에서 지원 사업으로 가져왔다. 꿩도 먹고 알도 먹고. 사업적인 센스가 대단한 사람이니, 뭐 하나를 해도 손 크게 회사 이미지든 이윤이든 무엇이든 보탬이 되도록 만들 것이다.

"응. 이제 일 이야기는 그만……."

일 이야기는 단 오 분도 안 한 것 같은데. 다른 이들과는 몇 시간도 끄떡없이 일 이야기를 하는 사람이, 집에만 오면 그녀와 은밀한 시간을 보내고 싶어 한다. 지수와 서희의 일과 같은 것. 지독한 소유욕이 서희에게도 옮아간 모양이다.

동네 친구를 집에 불러서 놀았다고 하면 다음 날이면 그 집안이 어떤 곳인지 찾고 있었다. 일부터 백까지 본인이 알아야 직성이 풀리는 것이다. 특히 인성이 별로라고 소문난, 개차반 집안이라면 아예 대문 앞에 발도 못 붙이게 하라고 어깃장을 놓기도 했다. 우리 서희는 좋은 것만 보고 자라야 한다나 뭐라나.

"우리 얼마 만이지? 둘만 있는 거."

"며칠 안 된 것 같은데."

"아니야. 정말 오랜만이라고."

그는 그녀를 안아서 침실과 이어진 욕실로 갔다. 언제 누구에게 부탁한 건지 욕조에 거품이 가득하고 김이 모락모락 나고 있었다. 라벤더 향이 가득한 공간이라 그런지 보기만 해도 노곤해졌다. 지수는 얼른 욕조에 들어갈 수 있도록 준비를 한 후, 현우보다 먼저 들어갔다. 풍덩 소리와 함께 물이 욕조 밖으로 흘렀다. 현우는 밖으로 흘러넘치는 거품을 받아서 지수의 머리 위에 올려주었다. 물과 함께 떨어지는 거품 때문에 지수가 눈이 따갑다며 눈을 비비자 현우는 키득거리며 웃었다. 그러다 그도 욕조 안으로 들어갔다.

"당신도 죽어 봐라!"

이번엔 지수가 손에 거품을 묻힌 채로 현우에게 달려들었다. 그는 그녀의 두 손목을 한 손에 잡고 씩 웃었다. 그리고 남은 한 손으로 거품을 모아서 그녀의 눈앞에서 흔들었다.

"살려 줘요."

"죽어 보라더니?"

"와인에 취했었나 봐요."

"우리 지수가 와인 한 잔에 취할 주량은 아니지."

눈앞까지 거품이 다가오자 뒤이어 느껴질 따가움이 떠올라 그녀는 눈을 질끈 감았다. 지금쯤이면 따가워야 하는데 아무 느낌이 나지 않았다. 그래서 지수는 조금씩 눈을 떴다. 그녀를 놀리려던 걸 멈춘 현우가 욕조에 등을 기댄 채 나른하게 그녀를 보고 있었다. 귀여워 죽겠다는 표정을 짓고선.

"진짜 비눗물 얼굴에 묻히려는 줄 알고 놀랐잖아요."

"설마."

지수는 앉아 있는 현우의 위에 앉아 그의 허리를 감싸 안았다. 그의 단단한 가슴에 얼굴을 댄 그녀는 빠르게 뛰는 심장 소리를 들었다. 서희를 보고 있을 땐 안정적으로 뛰던 가슴이 지금은 튀어나올 것처럼 빠르게 뛰었다. 워낙 포커페이스에 능하고, 섹스를 앞둔 순간에도 그녀의 쾌락을 우선시하는 사람인지라 가끔은 정말 괜찮나 싶을 때가 있다. 그럴 때마다 지수는 그의 목이나 팔, 가슴에 손을 대 보곤 했다. 워낙 어려서부터 자신의 감정을 숨기고 참는 걸 당연시 해 온 사람이라 지금 느끼고 있는 감정을 폭발하기 직전까지 잘 참아내곤 했다. 그나마 그녀와 결혼하고 서희를 낳으면서 점점 변하긴 했지만 말이다.

"지금 흥분했죠."

"응."

현우가 물 안에서 손을 빼 머리를 쓸었다. 젖은 머리카락이 올라가며 그의 이마가 드러났다. 지수는 그의 볼록한 이마를 만지고 뾰족하게 솟은 코를 쓸었다. 신이 빚은 듯 얼굴 하나는 흠잡을 데가 없다. 아직도 그는 기사에 가끔 뜰 때마다 웬만한 연예인보다 더욱 많은 댓글이 달렸다. 특히 여느 재벌과 달리 정략결혼이 아닌 연애결혼임이 밝혀진 후로는 그룹 전체에 대한 이미지가 달라졌다.

건설사로 커진 회사라 보수적이고 딱딱할 것 같던 이미지가 국민 친화적인 이미지로 바뀌었다. 그래서 근 몇 년간 전국 아파트 재개발은 대부분 그들의 몫이기도 했다. 그만큼 인지도가 더 커진 것이다. 그뿐 아니라 해외 호텔 사업에서도 괄목할 만한 성장을 끌어냈다. 백인 사이에서 박수갈채를 받을 정도로 현우는 완벽한 꿈의 호텔을, 완벽한 건축물을 선보였다. 나아가 각 나라와 도시마다 컨셉을 잡고 하나하나 랜드마크 같은 호텔을 세우기 시작했다. 아직도 그의 도전은 끝나지 않았기에. 수많은 곳을 누비며 얼마나 열심히 일하는지, 지수는 그런 그가 가끔은 안쓰러웠다.

"현우 씨 밑에 직원들 더 늘리면 안 되나."

"왜?"

"일이 너무 많으니까. 여기저기 대신 다녀줄 사람도 없고. 걱정돼요."

"이미 많이 늘렸는걸."

"사람은 늘리고, 일은 줄이고 해야죠. 현우 씨는 사람 늘리면 일을 몇 배로 늘리니까."

그녀의 걱정에 그가 지수의 머리를 흩트렸다.

"내가 좋아서 하는 일이야."

"진짜?"

"응."

백업 비서가 두 타임으로 돌아갈 정도로, 그의 부속실 직원이 웬만한 스타트업의 직원 수가 될 정도로 현우는 일이 많았다. 그러나 강철 체력인 건지 그는 출퇴근길에 항상 그녀가 보던 그의 모습 그대로였다. 당당하고 힘이 넘치는 모습. 정말 위로받고 싶을 때의 그는…….

"무슨 생각해?"

"우리 섹스하는. 아니……."

그가 위로받고 싶을 때면 사랑을 나누는 행위가 거칠고 길었던 걸 생각하던 중이었다. 그에게 위로는 그녀와 함께하는 것이었으니까. 사랑을 나누고 먹고 자고 일어나서 또 하고. 그녀가 녹초가 되도록, 무언가 힘든 걸 쏟아내듯 사랑을 나누면 그는 평소의 박

현우로 돌아간다.

"기대하고 있었어?"

물 안으로 들어온 손이 그녀의 허리를 만지작거렸다. 점점 더 아래로 내려가는 손을 느끼며 지수가 그의 허리를 더욱 세게 안았다.

"아……."

그녀를 안은 채로 벌떡 일어난 그가 욕조 밖으로 나왔다. 넓은 욕조를 지나 침실로 간 그가 그녀를 침대로 눕혔다. 물기와 비눗물이 그대로 묻어 있었다. 언제 가져왔는지 수건 재질의 가운으로 물기를 대충 닦아내고 그가 그대로 발목을 잡았다.

"현우 씨……!"

"왜."

"나, 아직 준비가……."

"된 것 같은데."

그건 당신이 만지작거려서. 몸 말고 마음이 아직 준비가 안 됐다고! 지수의 말은 그의 입술에 먹혔다. 우우엉웅얼. 말소리가 밖으로 새지 못하고 이상한 언어로 튀어 나갔다.

"보드라워."

그는 그녀의 맨살을 만지며 입을 맞췄다. 그의 입술은 뜨겁고 달콤해서 온몸이 짜릿하게 달아오른다. 몽롱한 표정으로 그를 보자 현우가 그녀의 몸 위로 자리를 잡았다.

"앗!"

인상을 찌푸리며 뻐근한 통증을 참아냈다.

"아파?"

"조금."

"왜 적응을 못 할까."

그의 다정한 질문에 지수는 피식 웃었다. 정말 너무 아파서 그러는 게 아니라, 불편한 이물감을 아프다고 느끼는 게 맞을 것이다. 이 감각이 익숙해지지 않는 건, 연애 때도 느꼈지만 그의 몸이 남다르기 때문이다.

"지금은?"

살짝 몸을 물린 그가 물었고 지수는 괜찮다고 고개를 끄덕였다. 그러나 몇 번의 부드러움도 금세 사라졌다. 한없이 몰아치고 상대를 끝으로 몰고 가는 그의 성정 그대로 사랑을 나누는 행위도 같았다. 몰아치다가도 모든 걸 멈추고, 무슨 말을 해도 좋다는 듯 다정하게 물어보면 비밀까지도 술술 불어버릴 것 같다. 그러다 더욱 큰 상을 주고.

"지수 너. 몸이 터질 것 같아."

"으응?"

고개를 아래로 내리자 그의 입술이 닿았던 곳이 불그스름했다. 또한 그와의 행위로 얼굴에서 목까지 모두 빨갛게 달아올랐을 것이다.

"사랑스러워. 내 여자라 예쁘고."

"내가 만약 다른 남자의 여자였다면 어떻게 했을 거예요?"

그녀의 질문에 그의 미간이 좁아졌다.

"다른 남자의 여자라고 생각해 본 적 없는데."

그리고 나서는 그의 몸짓이 조금 거세졌다. 집요하게 그녀를 흥분시키자 지수는 장난이라며 목을 뒤로 꺾었고, 현우는 그녀의 쾌락의 끝까지 따라가며 오히려 더 지분거렸다. 하필 이런 순간에 현우의 발작 버튼을 누르다니. 순수한 궁금증에 대한 답은 지독한 소유욕으로 돌아왔다. 다리에 힘이 풀린 그녀가 녹진녹진한 상태로 누워있자, 그는 옆으로 와서 누우며 그녀를 품에 안았다.

"현우 씨. 으."

"아직 안 끝났어."

다리 사이로 그의 긴 다리가 들어오고 좀 더 몸을 가까이 밀착했다. 지수가 팔을 뒤로 돌려 그의 몸을 밀어냈지만 그럴수록 그는 더 가까워졌다. 그녀의 배를 손으로 감싼 채로 더 그에게로 가까이 끌면서.

"네가 다른 남자의 여자였다면……."

"……."

"수단과 방법을 가리지 않고."

"읏."

그가 그녀의 귓불을 물었다. 그에게 씹히는 감각 때문에 아랫배가 조여들었다. 발끝을 까닥이며 지수가 신음을 뱉자 그가 그녀의 등 뒤로 입을 맞췄다. 촉, 촉, 초옥. 부드럽게 그가 살결을 빨 때마다 지수의 몸은 간헐적으로 움찔댔다.

"내 여자로 만들었겠지. 어떻게든."

"뺏는다는 거예요?"

"글쎄."

애매모호한 답을 하며 현우는 그녀를 더욱 오래 가졌다. 요 근래 사랑을 나눈 날들과 비교했을 때 더없이 집요했던 밤이었다.

＊

 다음 날 아침, 현우는 출근 준비를 마치고 아침을 먹었다. 지수는 한 시간 전 곤히 잠들어서 아마 오후는 되어야 일어날 것 같았다.

 "아내는 깨우지 마십시오. 서희가 방에 가지 못하게 부탁합니다."

 "네, 회장님."

 "국 맛있네요."

 "감사합니다. 저, 그런데, 사모님은 괜찮으신 거죠? 요새 많이 피곤해 보이셔서요. 박사님 한번 들르라고 할까요?"

 "괜찮습니다. 내 아내 몸 상태는 제가 잘 압니다."

 현우는 만찬을 남기지 않고 다 먹었다. 밤새 사랑을 나누느라 그에게도 체력 손실이 있었다. 기분만큼은 상쾌했지만 말이다. 그녀가 다른 남자의 아내가 된다는 상상. 그 발상이 질투로 작용해 평소보다 좀 더 과하게 그녀를 안았던 것 같다.

 "이런."

 그는 손으로 관자놀이를 눌렀다. 짐승 보듯 보면 어쩌나. 박사님이 와서 보시면 한 소리 들을 것 같은데. 설마 다시 못 하겠다고 하진 않겠지. 그래도 몇 년 살면서 적응은 됐을 테니. 적당히 해야 하는데 도통 지수와 있으면 '적당히'라는 단어를 잊고 마는 것 같다. 매일매일 해도 적당히를 모르는 내가 비정상인 건가. 현우는 컵에 담긴 물을 다 마신 후 입술에 묻은 한 방울까지 혀로 핥아 마셨다. 지수에 관해선 적당히를 모를 수밖에. 이렇게나 입술이 타는데.

✻

　지수는 정확히 두 줄이 그어진 임신테스트기를 보며 멍한 표정
을 지었다. 새로운 환경에 적응하고 서희를 키우면서 스트레스가
심했던지, 한 번 유산을 했다. 사람이 스트레스를 받는다고 느끼
지 못해도 몸은 정확히 아는 모양이다. 항상 웃어야 하고, 누군가
에게 매번 표적이 되는 그런 삶. 한동안 유산의 상처 때문에 현우
도, 그녀도 아이에 대한 이야기는 피했었다. 그러다 얼마 전 지수
는 현우에게 조심스럽게 이제 피임하지 않아도 된다고 말했고, 2
달 만에 아이가 생겼다. 내년에 태어나면, 서희가 네 살이니까 세
살 차이가 될 것이다.

　지수는 아직 홀쭉한 배를 손으로 쓸었다. 이 소식을 얼른 현우
에게 전하고 싶었다. 지수는 핸드폰을 꺼내 임신테스트기 사진을
찍고 현우에게 전송했다. 부엌으로 가서 물을 꺼내 마시는데 핸
드폰이 울렸다.

"네, 여보."

－ 나 지금 집에 가고 있어.

"네?"

－ 회장님!

－ 서류는 서초동으로 가져와 줘. 메일로 가능하면 포딩하고. 술
약속은 한 시간만 미뤄.

　문이 열리는 소리와 그를 부르는 외침이 동시에 들렸다. 이게 무

슨 일인가 싶어서 계속 듣고 있는데 현우의 숨소리가 거칠어졌다.

"현우 씨, 지금 퇴근 중이에요?"

– 응. 15분 내로 갈게.

"아니에요. 이번 주에 박사님 스케줄 잡고…….."

– 내가 잡았어.

"벌써요?"

고작 몇 분 만에? 하긴, 박현우의 말이 곧 법이지.

– 벌써라니. 조금만 기다려. 위험한 물건 만지지 말고.

지수는 이런 것들도 이제 적응해야 한다는 걸 매번 잊곤 한다. 어디를 가도, 어떤 곳에서든 그와 관련된 것들은 우선순위가 된다. 안 되는 것이 없는 삶. 바꿔 말하면 그가 말하는 모든 것이 이뤄지는 삶. 그러나 그것을 누리기 위해 현우는 한시도 긴장을 늦출 수 없는 삶을 산다. 지수와 서희. 두 여자를 제외하고는 모두 언제 그의 자리를 끌어내릴지 호시탐탐 기회를 노리고 있었다. 회사에서도 마찬가지다.

회장이라는 자리는 여러 사람의 말에 귀를 기울이되, 결단을 내려야 하는 자리다. 모든 일에 대한 책임은 현우에게 있었다. 그의 판단에 한 회사의 사활이 걸려 있고, 누군가의 일자리를 늘릴 수도, 앗아 버릴 수도 있는 것이다. 누군가에겐 서운함을, 누군가에겐 원망을 들을 수 있는 자리이다. 그와 뜻이 다른 몇몇이 다른 가족들을 선동해서 현우의 권력을 누르려고 시도 때도 없이 덫을 놓는다. 그래서 현우에게 힘이 되어 줄 여식을 소개해 주려 했던 전 박준호 회장님의 뜻을 저절로 이해하게 되었다.

'집에 오면 네가 있어서 살 것 같아.'

의기소침해질 때면 현우의 그 말이 힘을 주는 것 같았다. 집에
왔을 때 그녀가 있으면 좋고, 서희를 보면 힘이 난다고. 집에 매일
와 있고 싶다고. 이렇게라도 그에게 힘이 될 수 있어서 지수는 뿌
듯하고 행복했다.

유산 이후로 아주 잠깐 몇 달 현우 앞에서 울기도 하고, 한동안
혼을 놓은 사람처럼 멍하게 있곤 했지만 극진한 보살핌 덕에 부
부 사이는 금세 회복이 되었다. 지수는 물을 마시며 손으로 배를
쓸었다.

"사모님, 회장님 오셨습니다."

"벌써요?"

"그러게요. 오늘은 일찍 퇴근하셨네요."

지수는 김이 모락모락 날 정도로 뜨거웠던 물이 식어 있는 걸 그
제야 보았다. 태어날 아이와 현우를 생각하다 보니 벌써 십오 분
이 지나 있었다. 그의 이른 퇴근을 전달받지 못한 사용인들은 갑
자기 분주해졌다. 지수는 실내용 슬리퍼를 신고 현우가 들어올 현
관 앞으로 걸어갔다.

현우는 집으로 와 지수를 보자마자 와락 안았다.

"몸은 괜찮아?"

"응. 컨디션 아주 좋아요."

"아픈 데는 없고? 어지럽지는 않고?"

"전혀요."

그는 아픈 사람을 대하듯 걱정하는 얼굴을 하고 있었다. 어디 아픈 곳도 없고 컨디션도 정말 좋은데.

"앞으로 외부 모임은 조금 줄여 볼게."

"안 그래도 돼요."

"음. 지수 너는 골프 모임 나오지 말고."

"왜요! 나 이제 필드 나갈 수 있게 됐는데!"

얼마나 연습했는데!

"위험해."

"그럼 수영이라도……."

"좋아. 저녁에 내가 시간 뺄게."

"혼자 해도 되는데요."

그녀는 운동 신경이 좋은 편에 속해서 운동을 배우면 곧잘 했다. 다만 배우고 싶지 않아서 안 배웠을 뿐이지.

"아니야. 저녁에 서희랑 같이 셋이서 수영하자. 서희 수영도 내가 가르쳐 주고. 수영장 물 온도랑 수질도 체크해 봐야겠군."

유산 때문에 그런가. 서희를 임신했을 때보다 더 그녀를 걱정하고 있는 것 같았다.

"나 정말 괜찮아요. 스트레스 받는 것도 없고."

"응."

그러더니 그가 그녀를 다시 안았다. 놓아줄 생각이 없는 모양이다.

"내가 잘할게. 지수 네가 알기 전에, 내가 먼저 알아챌게."

"어휴. 현우 씨. 나 정말 괜찮……."

"응."

괜찮다는데 그는 그걸 믿지 않는 것 같았다.

옷을 갈아입고 병원에 간 두 사람은 임신이 맞다는 이야기를 들었다. 심장 소리도 좋고 아주 잘 자라고 있다고. 혹시 모르니 2주에 한 번씩 검진에 오라는 말도 들었다. 박사님의 말에 현우가 일주일에 한 번도 괜찮다고 했더니, 박사님께서는 그렇게 자주 올 필요는 없다고 2주에 한 번도 엄청 잦은 거라고 답해 주었다.

그날부터 현우는 밤마다 그녀와 같이 잠들고 아침에 함께 일어났다. 그녀가 가는 곳에는 최소 두 명의 가드가 따라붙었고, 집 안에서는 목욕을 할 때 빼고는 손에 물도 못 묻히게 했다. 그 많던 모임들도 줄이고, 재단 관련 일도 나눌 수 있도록 직원들을 더 채용했다. 정말 극성인데, 그가 그럴 때마다 지수는 자꾸 웃음이 나왔다. 배가 서서히 불러 오는 동안 오히려 웃는 일들이 많아졌다.

"지수야. 고생했어. 죽다 살아났다며!"

"응. 지유야. 나 진짜 죽을 뻔했어."

"어휴. 애 낳는 것 힘들지?"

"애 낳고 나서 후처치가 더 힘들어. 내가 왜 이걸 잊어 버렸을까."

출산이 얼마나 아팠는지 분명 기억하고 있었는데. 그래서 서희를 낳은 후에는 겁을 먹어서 현우와 잠자리를 못 했다. 거의 1년까지는 관계를 맺더라도 전처럼 격하게 할 수 없었다. 더 시간이 지나니 출산의 기억이 사라지고 그와의 관계도 예전처럼 격렬해졌다. 하루 종일 몇 번을 하기도 하고, 밤부터 아침까지 그에게 물고 빨리기도 했다. 그게 달콤해서 그랬을까.

"애는 몇 킬로에 낳았어?"

"3.9킬로."

"자연분만…… 살아 있는 게 용해."

지수도 그 말에 고개를 끄덕였다. 3.9 킬로그램으로 태어난 아드님은 울음도 우렁차고 최근 태어난 신생아 중에 몸무게가 가장 많이 나갔다. 서희가 태어났던 날과 확연히 다른 모습에 지수 또한 놀랐다. 내가 어떻게 낳았지. 친정 부모님과 지유가 병실을 왔다 간 이후, 현우가 들어왔다.

"고생했어."

그는 초췌한 그녀의 이마에 입을 맞췄다. 진통하는 순간부터 출산까지 현우는 그녀의 옆을 떠나지 않았다. 소리 지르고 울고 땀에 온몸이 젖을 동안 그는 계속해서 그녀의 손을 잡아 주었다.

"진짜 아팠어요. 아직도 아프고."

지수는 현우에게 친정 엄마와 지유에게 못 했던 투정을 부렸다.

"응. 내가 대신 아프고 싶더라."

"나도 당신이 대신 아팠으면 좋겠어."

"그래. 너 이렇게 아픈 걸 내가 또 잊고…… 하, 정말 X대가리를 자르거나 해야지."

현우의 품에 폭 기대고 있던 지수가 고개를 위로 번쩍 들었다.

"뭔 대가리요?"

"응?"

"방금 뭐라고……."

376

상스러운 단어를 들은 것 같은데. 지수가 뾰족한 눈으로 그를 보자 현우가 고개를 저으며 웃었다.

"셋째는 없다고. 그 말 했었어."

"아닌데, 분명 ㅈ……!"

"쉿. 도진이 들어."

1인실 안에 신생아실이 따로 마련되어 있었다. 잘 자고 있는 도진을 보며 지수는 더는 현우에게 추궁하지 않고 모른 척했다. 네 아빠가 뭔 대가리를 자르려고 했는지 나중에 말해 주겠다고 다짐하며.

"당분간 잠은 다 잤다."

"그러게. 우리 지수, 잠 못 자겠네."

"전에 서희를 어떻게 키웠더라. 나 분유 타는 법도 까먹은 것 같아. 신생아 목욕은 어떻게 시켰지."

다 도와줄 사람은 있겠지만 정말 기억이 안 난다. 지수의 말에 현우는 그녀의 두 볼을 잡고 그를 보게 했다.

"일단 쉬어. 나중에 다 같이 하자. 난 다 기억하고 있으니까."

"정말?"

"응. 내가 다 할게."

이번엔 출산 휴가 못 쓰게 해야지. 그는 말을 하면 지키는 사람이라 오히려 지수는 괜찮다며 고개를 저었다. 도와줄 사람 다 집에 있으니까 알아서 하겠다고 덧붙였다.

"우리 지수, 서희랑 도진이 독차지하려고?"

"무슨 독차지예요."

"나도 아이들 아빠야. 나한텐 일보다도 네가 세일 중요해."

그 말은 듣기 좋지만, 현실적으로 그의 부재는 회사에 큰 손실로 다가올 것이다. 아니면 그의 밑에서 근무하는 부속실 사람들이 두 배로 고생을 하던지.

"누가 아이 아빠 아니래요? 퇴근만 빨리 해요. 휴가 내지 말고."

"이미 냈어."

"난 몰라."

지수가 두 손으로 얼굴을 막았다. 성우 씨가 이번엔 절대 안 된다고 미리 와서 부탁했는데.

"너 출산하는 거 옆에서 지켜봤는데, 내가 어떻게 휴가를 안 내? 말도 안 되는 소리."

"······."

"사랑해, 내 아내."

"나도요."

"아이들도 사랑스럽지만, 네가 제일 예쁘고 귀해."

그가 그녀의 얼굴에 붙은 머리카락을 꼼꼼히 떼어내며 입을 맞췄다. 이렇게 초췌한 모습도 예쁘다는 듯 보고 있었다. 가슴의 반이 풀어헤쳐진 병원복을 잘 여며 주었다.

"갑자기 옷은 왜."

드르륵. 문이 열리고 박사님과 의사, 간호사가 같이 들어왔다. 회진 시간인 모양이었다. 언제 또 그걸 봐 가지고. 이미 출산할 때 사람 아닌 꼴 다 보여줬는데.

"회장님 여기 계셨네요. 병원에 소문 다 났습니다. 둘째라서 좀 괜찮으실 줄 알았더니. 셋째 때도 이러실 겁니까."

"셋째라니요. 그런 일은 없습니다."

현우가 정색하며 말했다. 더는 지수를 생사의 기로에 두고 싶지 않다는 얼굴이었다.

"정말입니다."

"금실이 좋으셔서 그게 가능할지 모르겠네요."

그 말에 같이 있던 의사들은 함께 웃었다. 지수만이 웃지 못하고 있었다. 아까 뭔 대가리를 자르겠다는 말이 혹시……. 회진이 끝나고 현우는 자연스럽게 지수의 옆에 왔다.

"이제 풀어줄게."

"뭘?"

그는 병원복의 단추를 풀었다. 아까처럼 병원복이 풀어헤쳐진 채로 지수는 어이없는 웃음을 흘렸다.

"도진이 깰 시간이야."

정말 귀신같은 사람. 현우는 도진에게 가기 전에 손을 깨끗하게 몇 번이나 씻고 침대로 갔다. 아이가 울자 천 기저귀를 한 번 보고는 품에 안고서 지수에게로 왔다. 한 번 아이를 키워봐서 그런지 그는 작은 아이를 잘도 안고 그녀에게로 왔다.

아이와 함께일 때의 현우를 보면 이상하게 가슴이 먹먹하다. 이 남자를 만난 건 정말 큰 행운이라는 생각이 들었다. 나도, 우리가 낳은 아이들도 귀하게 여겨줘서 고맙고 사랑해요. 이 말을 하고 싶은데 울 것 같아서 지수는 그저 그를 보며 계속 웃었다. 왜 웃냐고 물어서 그냥 좋아서, 라고 답했다.

"왜 그래. 아파서 그래?"

"아니. 사랑해서 그래."

사랑해서. 좋아서. 가슴이 먹먹해서.

"뭘 고백이 이렇게 스윗해. 애 듣는다."

"도진아. 엄마는 아빠를 너어어어무 사랑해."

지수의 고백에 현우가 고개를 저었다. 아이의 앞에서 고백받은 게 부끄러운지 그가 고개를 옆으로 잠시 돌리며 웃었다. 배가 고파서 입을 오물거리던 도진이 참지 못하고 우렁차게 울었다. 시끄럽고 배고프고 쉬야 해서 찜찜한데 왜 두 사람은 손 놓고 있냐고, 짜증을 담은 울음이었다.

- 완결 -